FANTAISIES GUÉRILLÈRES

Du même auteur
chez un autre éditeur

Quelque chose de l'ordre de l'espèce, éditions Joca Seria
(collection Extraction)

Prototype 876437 i-A, éditions Joca Seria
(collection Extraction)

GUILLAUME LEBRUN

FANTAISIES GUÉRILLÈRES

CHRISTIAN BOURGOIS ÉDITEUR

ISBN : 978-2-267-04664-9

Note à l'attention des moines copistes

Vous tenez entre les mains la véritable *geste Jehannesque*, telle que recueillie auprès de Yolande d'Aragon et de Jehanne la douzième, apostillée ci et là lorsque cela s'avérait nécessaire. Aucune protestation de votre part concernant la véracité de ce récit ne sera prise en compte,

Deus autem ille aut defendat et custodiat te,

~~Abdul al-Haz~~

Eugène IV, pape

SYMPATHY FOR THE DEVIL

1

Laisse-moi me présenter comme il se doit :
my name is Yolande,
and I am from Aragon,
née sur les terres du royaume de France quatorze siècles après Jésus-en-Christ, répandue au sortir du ventre par des hurlements de joie, déjà bien esbardaillée des choses du monde, instruite en diableries, quatre fois reine, deux fois comtesse, dame de Guise, duchesse et maîtresse incontestée de mes sujets hérités de mienne épopée angevine, mariée à Louis, dit Loulou, belle-mère et liée par le sang au Grand Bastard de France, je me montre si douce avec lui qu'il me nomme tantine. Alors que j'étais enfin en âge de pouvoir sécher les vêpres, une grande guerre civile s'est déclenchée. Sache que c'est pur hasard si je me tiens du côté des Armagnacs plutôt que de celui des Bourguignons. J'eusse pu être en inverse et le vivre aussi bien. Nonobstant, il faut reconnaître que tout avait mal commencé pour les gens de la classe mil trois cent quatre-vingts. Car, bien

avant la scission fatale dont je te parle, le royaume était plongé et jusqu'à l'aine en grande bastaille contre les traîtres d'ascendance englishoise. Eux aussi héritiers du trône de France, par directe lignée d'Isabelle la Louve, en survivance des roys maudits, et voulant comme tout le monde leur place au banquet : ce qui donna lieu à quatre-vingt-dix ans de négociations outre-Manchettes à coups de flèches et d'espées.

J'appartenais ainsi à une Cour de France déjà dévastée où nous attendions que nostre tout nouveau Dauphin, j'y reviendrai, trouvât un moyen de se sacrer lui-même. Et cette bombance de tristesse et de frustrations diverses eût pu continuer jusqu'au tombeau si un retournement de l'Histoire ne m'avait enfin offert la place que je méritais depuis longtemps. Je m'en vais te raconter comment :

J'étais dans un champ, c'est là que tout a commencé.

À l'époque, la situation s'était passablement aggravée par rapport aux années précédentes, qui, à dire le vrai, n'étaient déjà pas bien fiérotes. Mais là :

La guerre ? Totale.

Les Englishes ? Everywhere.

Mon husband ? Idiot.

J'étais de plus en plus affligée d'être coincée dans ce camp de big loosers, ratiboisés jusqu'à l'os et trahis de partout. Car, je l'ai dit, au fond de moi je n'étais en faveur de personne, j'avais simplement mieux joué à l'Armagnac jusqu'à présent. Le marasme aidant, je laissais parfois échapper quelques bijoux et autres écus à l'intention des petits Bourguignons finalement si près de gagner la longue et grande guerre. En faisant par ailleurs bien savoir alentour que je n'étais pas du tout réticente à l'idée de subitement me retourner pour regarder la perfide Albion dans les yeux et lui déclarer à elle aussi mon amour. Sait-on jamais. Nenni veux mes œufs en panier seul, et à l'insu de tous nouais virevoltantes relations contre-nature avec nos Ennemis.

So.

On en était là de l'Histoire, et j'étais donc dans un champ, tranquille mais sévèrement déprimée. J'avais mon exemplaire *des Très Riches Heures du duc de Berry* et je me plaisais à alterner prières extatiques et blasphèmes radicaux, du genre à faire mourir d'apoplexie un troupeau de carmélites.

Mon attention impie s'est vue soudainement détournée par le boucan que faisait un petit nid d'oiseau tombé d'un arbre à quelques pieds de mes ardoulettes. Dans la mesure où je n'avais rien d'autre à faire et que je commençais à en avoir ras le heaume des enluminures du Languedocien, je me suis mise à décapiter précautionneusement les oisillons qui piaillaient en aigu, puis à remettre leurs cadavres en malplace façon puzzle. Ça m'a divertie un moment, mais lorsqu'on s'est enjoyé à changer trois fois la teste de l'un sur le corps de l'autre, on se lasse. Note que, malgré ce, rien n'était pire que d'être coincée en Cour avec l'assemblée générale des abolis du cervelet.

Alors, n'aie crainte, nous allons très vite revenir mordre le sujet à vif, mais il est deux ou trois choses que tu dois savoir avant, afin de bien saisir miennes haine et isolement volontaire. Pour tout ce que je ne dis point, reporte-toi à ta version locale de l'*Encyclopédie de Yongle*, je ne suis pas ici pour t'éduquer[1].

À cause de tous ces renversements de l'Histoire depuis cent années ou presque, tu imagines sans peine qu'il était malaisé aux clampins d'entraver qui-que-quoi dans l'arbre monarchique afin d'être assurés de la bonne généalogie d'untel ou d'une-telle : mais ça n'a pas suffi aux nutjobés qui nous dirigent. Et grande bastaille d'ego Paris-province finit par provoquer cette guerre d'entre soi généralisée, sise au cœur cuit à point de nostre Royal Family : Charles VI, nostre roy, toujours bien vivant en chair et en os mais rendu fol, une régence bancale fut établie pour nous maintenir à flot. Ajoute à ça Louis d'Orléans, frère dudit roy, salement assassiné en sombre ruelle par le duc de Bourgogne, nostre cousin, et voilà qu'on qualifie tous Dijonnais de félons usurpateurs au lieu de les embrasser sur les deux joues. Mon husband Loulou était aficionado armagnac et j'étais retenue à lui par bague et chaînette. En outre, le petit dernier de la fratrie des Valois s'était entiché de Marie, la plus débilitante de nos children. Le susdit, nommé Charles par sien père, entitré comte de Ponthieu, était laid comme un séant de baron cacochyme. Dieux ! que

1. Yolande a toutefois consenti à nous fournir son arbre généalogique, que vous pourrez trouver en appendice de cet ouvrage.

cet enfant ne faisait pas prince. Il avait toutefois réussi à séduire ma Marie en lui hululant sérénades nuitée après nuitée, ayant même escrit pour icelle petit poème, gravé par ses gens sur un anneau d'or :

Icelui vient des cieux
Et tous les dieux entre eux
N'argutent que par toi

Fesserie de niaiseux, mais point pour ma pauvrette. Imagine-la éperdue, réclamant à Père et Mère une fiançaille immédiate ; et Charles d'aller quérir ses propres parents pour leur parler de cette tombade d'amour. Et voilà comment je me suis retrouvée avec l'abruti sur les bras. Afin de ne pas avoir les deux persillés de cervelle sous les yeux en permanence, je les avais congédiés en Anjou sous prétexte d'assurer leur sécurité : il faut dire que les rues de Paris étaient si peu sûres que même les cabochiens n'osaient plus sortir tout seuls le soir. J'en étais provisoirement débarrassée et c'était par ailleurs bien suffisant pour prouver nostre « loyauté », guillemette-moi le mot s'il te plaît.

J'ajoute ici que les nouvelles qui me parvenaient par pigeons de mes soldates angevines ne se recoupaient que trop : nostre petit Charles ne portait pas très haut les armoiries du royaume, ça non. Il n'avait que deux neurones en guise d'instruments de tactique militaire et si nous l'avions esgourdé, nous aurions perdu bastaille sur bastaille. L'occasion se serait présentée, je me serais introduite en secret dans l'atelier de sire Pastoureau et j'aurais choisi un bien bel âne pour toute héraldique le concernant.

Sa Mother, Isabeau de Bavière, reine de France et haute fourbesse de l'escarte-cuisses, ce n'était pas officiel mais c'était son titre complet quand on en parlait entre nous, n'avait guère supporté ma nouvelle emprise sur les amours des tourterelles et, depuis que j'avais éloigné les children de ses hideux jupons, me considérait avec nettement moins de respect qu'elle n'en aurait eu pour une fièvre typhoïde. Je dois avouer que je n'avais point eu la patience de faire preuve de diplomatie avec la Germaine. À ses exigences concernant le retour de son fils en capitale, j'avais répondu aussi sec : « Nous n'avons point nourri et chéri celui-là pour que vous le fassiez clamser comme ses frères, le rendiez fol comme son père ou aussi englishois que vous. Je le garde près de moi. Venez le prendre si vous l'osez. » Suprêmes et parfaites accusations puisque gratuites et fausses en tout ; elle en avait conçu force évanouissements de rage, mais, coincée comme elle l'était par le mariement à venir, icelle devait composer malgré-ce avec mienne féroce présence.

Pour ma part, j'en disais pis que pendre à chaque occasion qui m'était donnée, mais toujours de façon dissimulée, esbourdouillée de précautions diverses telles qu'*il paraît, j'ai entendu dire, oh ! vous savez pas*. Je prenais la température du peuple et tout le monde était d'accord avec moi :

1. Isabeau avait fréquenté hors chrétienté la moitié de la Cour et autant de serviteurs aux compétences douteuses ;

2. elle était à peu près aussi esparpillée que son royal husband sur le plan cervellique ; mais chez elle, point d'hallucinations ni délires, plutôt grandes hurlances, obsessions sans pourquoi et colères increvables ;

3. elle était intégriste hardcore-mon-coco genre anti-Englishe puissance mille, d'où sa hargne redoublée à mes dires de tantôt.

Par ailleurs, elle non plus ne pouvait pas s'empifrouiller Jean sans Peur, le duc de Bourgogne. Mais pas seulement depuis son alliance englishoise, non non, depuis toujours il lui faisait bourdonner le saint-sépulcre, le cousin, et toute la région avec lui. La Bourgogne, Isabeau, elle n'y avait jamais foutu les pieds, elle trouvait ça pas hygiénique. Alors, quand l'estrandet a commencé à tenter de s'autodésigner seul vainqueur du jeu des trônes, elle est devenue rose bonbon de colère, la Mother, cinq pieds deux pouces de haine écumante.

Toutefois, ces derniers temps, on la voyait tournicoter bien souvent autour dudit duc, comme si elle avait subitement décidé d'ajouter un tiers d'eau croupie à son hypocras. D'aucuns disaient que ces minauderies étaient là tentatives de soutirer diables informations ou bien d'apaiser les guerroiements subjacents. Ou même simple fantaisie de sa part. Mais moi, je voyais clair en sien jeu de dupes : elle pressentait une retournade de dernier cadran, savamment orchestrée par quelque fabuleuse traîtresse.

Oui, car dame Yolande a toujours fait avec ce qu'elle avait dans sa manchotte, et je prenais mes aises, assurément. Charles de Ponthieu, bien que maigrichard et sans charisme, ferait un roy comme un autre, après tout. Je l'avais donc dûment fait revenir à Paris. Dès lors, il avait suffi d'éliminer la concurrence. Les deux aînés, Louis de Guyenne et Jean de Touraine, n'étaient pas aussi coriaces que je l'avais imaginé ; alors que je me préparais à tâche autrement plus ardue, quelques herbes aux loups savamment mixées à de l'hydromel en étaient venues à bout. Bien heureusement, le clampin de Cour est aussi ignorant en herberie que le reste du royaume : il fut prestement déclaré qu'ils avaient succombé à un *mal mystérieux*. En l'occurrence, moi, et moi seule. Je rêvais de dire à Isabeau que j'étais responsable de l'occisation précoce de ses deux cancrelats et mordais donc rudement sur ma chique, me rassurant à l'idée que le moment viendrait bien assez tôt.

Ainsi, le 5 avril de l'an de grâce 1417, je devins future belle-mère du Dauphin ; je crus avoir tout prévu et que bielle route se traçait vers mienne victoire. Mais ces ébouriffés du bulbe se révélèrent réticents à l'idée de céder son dû au Ponthieu. On ne soupçonnait que trop sa bastardise et une preuve de sa divine provenance semblait estre devenue nécessaire, puisque la politique et les poisons n'y suffisaient plus.

Mais revenons à présent au cœur de l'Histoire, c'est-à-dire, once again, Moi. J'étais donc dans un champ, j'avais les mains toutes malpoissées de sang et, comme à chaque fois que je me lançais dans des activités qui frôlaient l'hérétique, je m'attendais à voir les autres rappliquer en foule anxieuse pour se mesler de ce qui ne regardait que moi.

Loulou, surtout, avait la fâcheuse manie d'arriver l'air de rien et de poser moultes questions de malcervelé, telles que suit : « Parviens-tu à te tenir loin du Diable ? », « As-tu vu un Buisson ardent quelque part ? », « Aurais-tu eu, au cours d'une de tes promenades, une prédiction quant au futur du royaume ? »

Ah oui, précision importante : afin de dissimuler mes activités herbageuses et d'éviter ainsi que les gens d'armes et autres prêtres dépressifs ne viennent vermiller dans mes malles, j'avais fait croire à tout le monde que j'étais devineresse. Mais attention, pas comme ces sorcières qui se mettent nues dans la forêt pour dallasser autour d'un feu de bois les soirs de solstice, non, une bonnaventureuse bien chrétienne qui, de temps à autre, a une révélation importante issue de Jésus-en-Christ ou de sa Mère ou de son Père ou des saints : y a trois mille saints, c'est simple, il suffit de donner un prénom au hasard pour décrocher la queue du miqué au tourniquet de la nutjoberie.

Bon, c'était bullshiterie, mais dans la mesure où tout était misère et nulle splendeur, je m'étais dit que je pouvais peut-être gagner quelques deniers en conseillant les cocues et, par ricochet, acquérir un statut spécial au sein de la basse-cour, encore un peu plus au-dessus du lot des simplets.

Il arrivait donc qu'on vienne me voir certains soirs avec troubles incertitudes sur son devenir, ou sur la fidélité de son husband, ou sur la cuisson de la dinde de Noël, et je répondais toujours par des phrases vagues et adaptables à n'importe quelle situation. Les ménagères étaient ravies et je gagnais de quoi me payer des robes sans avoir à ouvrir une ligne de crédit auprès de Loulou. Mais depuis que nous étions devenus pré-beaux-parents du Dauphin, tout en continuant bien évidemment de nous faire laminer par les Englishes et évincer par les Bourguignons, çuici avait décidé de me mettre au service du royaume et considérait que tous mes supposés talents divinatoires permettraient d'en savoir plus sur le couronnement du prince.

Je gérais tant bien que mal cette pournillade qu'il s'était ardemment implantée en cervelle, mais le harcèlement devenait chaque fois plus précis et j'allais bientôt me retrouver à court de phrases toutes faites. Et mon Loulou, il est crétinant mais pas à ce point-là : si je continuais comme ça et que rien n'arrivait, il me conduirait au bûcher sans ciller. Il est comme ça, mon husband, il aime brûler les gens. Et les sorcières en particulier. Comme il a une certaine autorité sur les égrotants de l'axone, il suffirait qu'il jure m'avoir vu me diaboliser pour que la Cour tout entière parte couper de la boisellerie et ravive les braises sans poser plus de questions.

Je cherchais donc en permanence des choses intéressantes et mystérieuses à lui dire, en belles tournures qui pourraient le satisfaire, mais je ramais comme sous Caton. Il devenait méfiant ; j'étais même certaine que, d'une manière ou d'une autre, il me faisait surveiller. J'allais devoir trouver une solution pour me débarrasser du problème : j'avais déjà bien bonne idée pour cela.

Mais là j'étais seule, les mains pleines de sang d'oiselets, et pas de Loulou, pas de Cour, personne. En regardant autour de moi, je compris qu'il se produisait une lucifette inédite.

On ne pouvait distinguer jour de nuit, tant tout était grisâtre. L'herbe jaunissait, laissant apparaître au-dessous une terre noire et sableuse. Si j'avais à adjectiver le paysage apparu sous mes yeux, je proposerais *blême*. C'est un mot bien blatte puisqu'il ne veut rien dire. *Blême. Blême, blême, blême, blême, blême.* Tu vois ? Aucun sens. Tout était donc blême et moi-même je blêmissais. J'ai commencé à marcher sans savoir s'il y avait une véritable direction à prendre dans ces strates éthériques de brumes fantômes. J'étais si loin de tout que je ne voyais plus contours, pourtant bien sûre de ne point m'être déplacée de trop de lieues. Ce qui aurait dû se trouver à l'horizon ne s'y trouvait pas, ni le château ni la forêt autour du château.

J'étais au milieu d'un autre royaume que le mien, spectral et désertique ; je me suis même demandé à un moment donné si je n'étais point morte, tant tout cela ressemblait à la fin promise.

J'exagère peut-être un peu, mais ce qu'il te faut d'ores entraver, c'est que nous autres, princesses, reines et saintes catins, le sens de l'aventure et le goût des contrées inconnues ne sont pas exactement ce qui nous définit le mieux. Tu as vu que j'étais tout de même plus avisée que la plupart. Ce n'est pas bien difficile : depuis toutes petites, on nous a expliqué qu'il fallait prier, se marier, pondre nombre children, sourire à s'en sécher les dents, éventuellement crever dans d'atroces douleurs gynécobstétriques afin que nostre husband puisse se remarier avec sa nièce de douze ans. De tous temps, avons dû livrer bastailles, surmonter rumeurs absurdes et grandes humiliations pour acquérir une certaine indépendance et liberté de cervelle. Mais c'étaient là combats d'alcôve, de chambre au soir, de femmes entre elles et d'hommes discrètement poussés dans l'escalier ; non point d'esgorgements en ruelles ni d'explorations de pays outremarins.

Au bout d'un certain temps, alors que j'avançais toujours dans les nuances de gris sans cesse mouvantes autour de moi, j'aperçus un lac. C'est à cet instant précis que quelque chose s'est mis en place dans ma teste qui fonctionne encore au jour d'hui, une machinerie de l'esprit qui était déjà présente à l'intérieur de mon crâne et qui a cliqueté rudement pour ne plus jamais s'interrompre. J'ai su, et c'était là certitude absolue, comme je sais miens noms et prénoms, que c'était vers ce lac qu'il me fallait aller, car j'y trouverais les réponses à des questions que, sottement, je ne m'étais encore jamais posées.

Plus j'approchais, plus ledit lac me semblait estrange, plus estrange encore que tout le reste. Je compris qu'il était vivant, doté d'une conscience propre. Il m'appelait, sans mot bouliner pourtant, et je ne pouvais m'alourdir à quoi que ce soit pour m'empêcher d'avancer. Je mettais un pied devant l'autre mue par une force invisible.

J'étais Fascinée, note la majuscule. Je sentais bonheur et joie se mesler au-dedans de mon corps et mille espérances. Espérances de quoi ne saurais dire, mais oui, espérances, une forme de Foi nouvellement éclose et sur le point d'être apprise. Je sentis toute l'angoisse précédente lentement se dissoudre et marchai à présent avec une grande ferveur.

L'eau à la surface ne reflétait rien, pas même mon visage lorsque je me penchai au-dessus. Le lac continuait pourtant de m'appeler et m'intimait de venir en lui pour que je puisse y trouver bon chemin vers l'Autre Lieu.

Lorsque j'approchai ma main, l'eau devint l'espace d'un instant masse compacte, rétive à tout contact humain ; puis l'agrégat se délita en matière glutinante, viscosité verdâtre, qui salit le bas de ma robe et commença à se retirer, moïsant le passage promis.

Au centre du lac, au-dessus des limons et des poissons qui palpiotaient en cherchant de l'air, s'élevait un palais magnifique, sans démons ni gorgones pour le garder, pourtant similaire à celui situé à la fin de l'Enfer. Une montagne hallucinée, monstrueuse, à l'architecture cyclopéenne, telle que surgie des tréfonds de la Terre et du Temps. Haute comme des dizaines de cathédrales, ses tours penchées figuraient en sculptures des créatures inconnues en ce monde. J'en conclus qu'il s'agissait probablement là d'un renversement de ma propre intelligence. Il paraît que quelquefois, en venant en âge, vous avez un rouage de cervelle qui fonctionne mal et commencez à voir des choses et à entendre des gens qui ne sont point là, pourtant certain que vous n'êtes fol en rien. J'entrai dans la montagne-cathédrale en me disant what the fucking hell, Yolande : que ce que tu vois soit la réalité ou pas, t'es foutue de toute façon, alors autant aller jusqu'au bout de ton delirium tremens. La grand-porte de la montagne-cathédrale se referma avec brutalité. J'étais coincée, et joliment.

L'intérieur n'en était pas exactement un : les murs étaient en pierre de taille, mais il n'y avait pas de plafond au-dessus de moi, juste le ciel, d'un noir profond, sans lueur d'étoiles, une obscurité solide et écrasante. Et devant moi, des portes, chacune faiblement luminescente. Des portes à hauteur d'homme, cette fois. Une infinité de portes sur ma gauche et sur ma droite, des portes illuminées on ne savait comment, des portes littéralement à perte de vue. Je m'étais attendue à bien des horreurs, comme des hordes de meurtriers sanguinaires ou des dragons à six testes ; mais alors des portes, non, vraiment pas. J'imaginais qu'il se passerait très vite *quelque chose*, mais rien.

C'est là que je me suis dit : voilà, my poor Yolande, tu vas rester ici jusqu'à ce que mort par faim et soif s'ensuive, Loulou sera veuf et, comme le clamsage anoblit les gens, on pourra enfin commencer à dire du bien de toi, ce sera déjà ça.

Désespérée et ne sachant quoi faire, j'ai tenté de forcer une poignée. Fermée. Puis une autre. Pareil.

Ah ! finalement c'est peut-être ça, la Mort, ai-je commencé à m'égosiller avec l'arrogance que tu me connais. Puis je me suis soudain mise à rire : de l'absurdité de cette situation, de l'inanité de mienne existence, de toute la tension accumulée. Il m'était impossible d'arrêter, et les murs de la montagne-cathédrale renvoyaient l'écho de mon rire, et c'était mille rires déments que j'entendais en retour.

À la vingtième porte close, j'avoue avoir laissé libre cours à ma frustration et essayé de l'ensoulader à grands coups de pied. Puis je me suis assise par terre et suis passée brusquement du rire aux larmes. Je suis restée là un moment, à vagir comme Ariane sur son île sans que personne me prît suffisamment en pitié pour me faire fontaine. Je ne pourrais te dire combien de temps exactement, mais longtemps, jusqu'à me vider toutes ces larmes hors du corps et m'en trouver hébétée.

Puis tout à coup, au moment où je pensais crever pauvre Yolande icelle bien seule, une des portes s'est ouverte sur du vide. Je m'y suis engouffrée, ne réfléchissant ni dieu ni diable à ce que j'allais trouver de l'autre côté.

Au détriment de belle logique qui eût voulu me voir polioter une nouvelle fois sous une nef de ciel immense, je me trouvai transportée dans une pièce en rectangle d'or, quoique basse de plafond et fort étroite au passage, comme si elle se dimensionnait selon mes besoins. Accrochées aux murs et illuminées à intervalles réguliers par des pans de torches aux flammes estranges et clignotantes, il y avait là moultes tapisseries gigantesques, d'une si somptueuse tisserie que c'était incontestablement l'œuvre de plus grande artiste encore qu'Arachné, et si vives en couleurs et en tons qu'elles eussent pu se mouvoir sous mes mires sans que j'en fusse étonnée. C'était partout fils d'argent pur, brisures d'améthyste et d'agate incrustées d'onyx ou de rubis, au liseré d'émeraude. J'eus dès mon entrée dans la pièce la certitude froide, tranchante comme la lame affûtée d'un coutelas de boucherie, de voir ici même la Vérité toute nue de nostre monde, que je devrais tenir secrète jusqu'au moment propice.

2

Après la Grande Révélation, je compris en plus de tout le reste qu'en rien n'étais folle ni perdue, mais que je venais au contraire de me retrouver après des années d'errance en mienne teste.

En quelques minutes à peine, j'étais à nouveau dans le champ où j'avais laissé les oisillons décapités. J'avais la Divine Clé habilement dissimulée en poche. Je savais désormais ce qu'il me fallait faire et entrepris de me rendre à la Cour le plus rapidement possible.

Je les trouvai tous avachis et glutinés dans la grand-salle. Isabeau était assise sur le trône avec son air éternellement las, le Dauphin à ses pieds en train de jouer à chat-qui-pue avec diables cousines ou apparentées. Loulou se tenait un peu plus loin, il parlait avec un prêtre, sa seule activité depuis des mois et son unique kink depuis toujours. Je m'éclaircis la gorge et fis une entrée solennelle ; nul ne sembla la remarquer, ce qui normalement m'aurait fait barnaudir et frapper quelques valets, mais l'heure était grave et je pouvais endurer l'affront. Je me mis au centre de la pièce et tapai des mains pour attirer l'attention de tous les schlagues alentour. Ils mirent un peu de temps à se concentrer et je pus finalement prendre la parole dans un silence adéquat :

« Mes chers esbaubis et vieils et bions bienheureux, je suis là, icelle Yolande, et vous dis sans détour ce qu'iceux pensent bas : nous loosons tant et plus le royaume de France. Et ce pour plusieurs raisons. Tout d'abord, et c'est le cœur marri que je suis contrainte d'assoutenir les thèses impies, la rumeur court et bien loin quant à la nature du prince : on le suppose neveu plutôt que fils, issu de Louis plus que de Charles. Vostre Majesté, Vostre Majesté, vous savez tous les deux que je n'ai jamais cru pareille absurdité. Mais c'est le peuple qui parle, et nous devons tout faire pour le dédire de cette infâme conviction une fois pour toutes. Car nostre prince, si vigoureux, est assurément de sang royal et non point bastardé.

« Ensuite, nous sommes isolés : Paris est sur le point d'estre englishisé, les Bourguignons ont victoire sur tout. On nous dit pauvres et malcervelés, harcelés de partout par les armées estrangères. Illégitimes, dénoncés à grands cris par les sujets sur lesquels nous souhaitons pourtant régner, réduits à portion congrue et esbardaillés par nostre propre arrogance.

« N'essayez point d'arguer, mes amis et bielles présences, vous savez bien qu'icelle Yolande dit vrai. Nous attendons depuis trop longtemps et nous avons l'affrontement inconsistant, la hallebarde molle et malmenante, perdant ici une bastaille, là une place forte, reprenant parfois un territoire pour en perdre trois autres. Nous sommes élus de Dieu qui veille sur toute chose et espérons un Signe de Sa part. Mais peut-être plaçons-nous trop d'espérance en Sa Manifestation. Non point qu'il faille douter de Son appui, oh ! certes non : vous savez bien, Majestés, que je suis croyante en dévotion, et bien pieuse, ma vie en témoigne. J'ai parfois certaines révélations, sur lesquelles vous comptez bien pour vos affaires. Et j'en ai eu une ce jour : cessons d'attendre. Car rien n'arrivera si nous restons en cet état d'incertitude. N'est-il point escrit dans le Livre que nous devons prendre nostre Destinée en main ? Je suis bien certaine de l'y avoir lu quelque part.

« Voici mon idée et croyez-moi quand je vous dis qu'elle m'a été inspirée de très-haut : Depuis des années, une Grande Prophétie annonce que le royaume sera sauvé par une bielle et vaillante et vierge Guérillère. Vous vous en souvenez, n'est-ce pas ? Il fut une époque où les clercs du collège dit Sorbonne publiaient nombre fol de petites annonces afin de trouver la susdite. Plusieurs se sont présentées. Hélas, elles étaient toutes malaisées, tchimbourles au possible et encore moins vierges qu'une tenancière de Maison. Il ne fallait qu'un simple regard au premier venu pour s'apercevoir de la supercherie et la dénoncer sans plus attendre. Pourtant, beaucoup y ont cru, et sans faillir encore. Combien de temps perdu en dénonciations et colloques afin de prouver l'absence de sainteté de celle-ci et de celle-là ! Et vous savez quoi ? Je pourrais malgré-ce sortir prestement et me rendre immédiatement dans les villages, Dieu m'en garde, mais je pourrais, afin de vous en ramener sans effort des dizaines de grouillots balbouinants, persuadés jusqu'au tréfonds de leur pauvre âme illettrée que Frestana ou Jacotte était bien l'envoyée de Dieu et que nous avons brûlé une sainte. Les gens sont ainsi. Ils veulent l'espérance, et, quand ils pensent l'avoir trouvée, ils ne la lâchent plus. Même lorsque les événements les contredisent, ils refusent de renoncer à leurs croyances et préfèrent tordre leurs certitudes pour les faire rentrer coûte que coûte dans le moule malfaçonné de la réalité. Se trouvant ainsi transformé à leur mire, le monde factice qu'ils perçoivent persévère dans leur crâne jusqu'à la fosse commune. Par ailleurs, il est indéniable que le peuple et la soldatesque ont besoin, pour décider de se battre, d'être sûrs que c'est là juste combat et bielle raison d'offrir sa vie. C'est ce que nous avons perdu, tous autant que nous sommes : la capacité de représenter leur espérance afin qu'ils la placent en nous et en nous seuls. Car, après tout, les Englishes sont-ils pires que d'autres ? Oui, évidemment, ce sont des monstres sans délicatesse et malpeignés, aux dents tordues et chicoteuses. Mais pour le toutvenant ? Même sous l'atroce occupation, nos sujets ripaillent et boivent presque comme avant. Leur existence reste la même, seul l'accent est modifié. All prévôts du petit Châtelet Are Bastards, comme on dit désormais. Il faut leur redonner la Foi, la Vigueur. Voici donc ma proposition : formons nous-mêmes la Guérillère. Nous avons du temps devant nous. Plutôt que de nous estropier en boissons, amours courtoises et querelles médiocres, réunissons nos fonds et nos forces pour lui offrir apprentissage. Seule nostre Cour saura la vérité : pour les gens, la petite sera issue de nulle part et donc de Dieu. Son savoir, improbable pour une pimprinotte de son âge et de sa condition, apparaîtra assurément comme un don du Ciel. Elle sera ainsi le symbole de nostre légitimité, l'incarnation divine de nostre incontestable provenance, portant haut nostre drapeau au cœur de la bastaille. Mais il ne faudra pas se contenter d'en former une seule. Vous savez comme les children peuvent être fragiles et vacillants, une simple fluxion de poitrine les met en cercueil. Il nous en faut plusieurs, il nous en faut beaucoup, et la plus forte sera celle que nous choisirons pour nous représenter. Je propose de m'occuper de leur éducation religieuse et en matière de bielles-lettres. Bien évidemment, nous la ferons passer pour inapte à l'escrit mais elle devra déchiffrer certains messages que nous lui transmettrons et bien connaître le Livre. Je m'emploierai également à lui apprendre ce qu'elle doit savoir de nos ennemis et, cela va sans dire, comment éviter les tentations du Diable. Les hommes de mon cher et bieau husband peuvent se charger des préceptes ayant trait à l'éducation virile : monter à cheval, manier l'espée, tout, jusqu'aux diverses tactiques de guerre. Car, en cas de grand affrontement, elle devra faire illusion. Mais pour estre prêts à temps et se lancer dans le combat, il nous faut commencer le plus tôt possible. Voilà ce que je voulais vous ardouiller, ci-présente Yolande, qui pense avec respectueuse sincérité avoir trouvé bielle et bonne solution pour la France. »

J'avais parlé sans être interrompue, mais des jappements de surprise et d'effroi avaient parcouru la Cour pendant mon discours et je voyais à présent le regard ahuri de tous les imbéciles posé sur moi.

Isabeau elle aussi me fixait, l'air mauvais comme le choléra ; note que je dis *mauvais* mais qu'il m'était impossible de savoir ce qu'elle pensait à ce moment-là : elle avait l'air mauvais en toutes circonstances. Elle se leva, difficilement, elle était assise depuis si longtemps que son fessier et le trône faisaient corps, et pointa un doigt très germanique vers moi :

« Ach, tu oses te substituer à Dieu, maraude ? »

Comment avais-je pu imaginer une seule seconde pouvoir échapper à sa bojerie ?

« Tu penses que le Seigneur n'est plus apte à veiller sur nous ? Il a préservé en santé le Dauphin, ton bieau-fils en gestation, t'en souviens-tu encore, fourbesse ? Il a également empêché l'Ennemi englishois de nous occire. Der Teufel[1] a fait perdre raison à mon pauvre husband et pourtant Dieu lui accorde encore quelquefois la parole lorsqu'il est ganz allein mit mir. Et sais-tu ce qu'il dit ? Des prières, meine Liebste, des Je vous salue Marie, des Nostre Père et des Ô toi sainte Rita. Vois-tu, Dieu

1. « Le Diable », en dialecte allemand.

ne nous a pas abandonnés ! Impie ! Tout ce que tu dis est impie ! – Elle bavait. – Gott lui-même te condamne. Ce sont les démons du Carnage qui parlent par ta bouche. »

Je m'inclinai comme il se doit, malgré ma forte envie de lui mettre main en gueule, et promptement.

« Vostre Majesté, impie, nenni. Je suis certaine qu'en cas de prophétie réalisée, au-delà même de nos sujets, bien des foutrins sans drapeau viendraient fissement gonfler le nombre de nos adhérents, pris de peur de se voir harceler par l'envoyée de Dieu s'ils faisaient défection.

— Jamais, tu m'entends, jamais nous ne ferons cela. Dieu a règne sur tout, le Destin et la Terre et les Hommes. Il sait tout, Il voit tout, et sois assurée, ma pauvre Yolande, qu'Il voit bien au jour d'hui la honte dont tu te couvres. Par égard pour ton husband, je ferai comme si je n'avais rien ouï de toi en cette après-midi. Nous serons victorieux, durch die Gnade Gottes[1], ou bien nous périrons, car c'est là ce qu'Il aura choisi. Son dessein est escrit en nostre chair et ne peut se désescrire. »

Elle crachait à présent, sa face tout empourprée, et la fureur qui l'animait était sur le point de la faire défaillir. Déjà, une de ses dames de compagnie préparait les sels tandis qu'une autre remplissait un broc d'eau à lui tendre. Un homme, probablement de ceux qu'elle épouillait à l'époque, osa lui poser la main sur l'épaule pour la calmer.

1. « Par la grâce de Dieu », en agitation bavaroise.

Je m'étais doutée de ce qui allait advenir en parlant, mais n'avais pu me soustraire à l'essai. Certes, j'avais conduit l'autre cintrassique au bord de l'implosion, mais tous avaient entendu, et c'était sur eux que je comptais. J'observais du coin de l'œil mon Loulou qui me regardait avec gravité et pieux amour. Il hocha légèrement la teste, et je sus qu'il me fallait me retirer sans tarder. Je fis une ultime révérence à l'horrible Teutonne et partis dans mes appartements : soit la minuscule chambre arrachée in extremis à la prolifération immobilière de la royal family.

Là, je méditais les enseignements reçus en pays de Haute Vérité, que je m'étais bien gardée de révéler à la conjuration des teubés. Je passais toute la soirée à ressasser grandes stratégies, tournant et retournant la Clé dans ma poche, encore étonnée qu'elle ne ressemblât qu'à cela, une clé, une clé ordinaire, pareille à celles dont j'usais chaque jour, mais qui me permettrait d'entrer dans ce que le Vrai Dieu appelait Grande-Jonction. Ce qui m'avait été révélé dans l'Autre Lieu me vrilla la teste la majeure partie de la soirée.

Il était bien minuit passé lorsque Loulou finit par me rejoindre. Il avait sa mine tragique des veilles de carême et je le connaissais suffisamment pour savoir qu'il avait pris tantôt une décision irrévocable.

Je me redressai, toute prête à entendre la sentence, quelle qu'elle soit, ayant prévu de m'enfuir au petit matin pour trouver d'autres solutions en cas d'échec armagnac. Le plus simple étant de cesser de l'être et de prêter allégeance au cousin, en espérant qu'en récompense de si vile trahison il me laisserait atteindre la ville de Grande-Jonction par son entremise englishoise.

À ma grande surprise, Loulou me prit tendrement la main :

« Ma mie, je vous ai esgourdée tout à l'heure et vous avez bien parlé. Hélas, comme chacun sait, la Femme est faiblement cervelée, et si elle peut, ici et là, avoir entendement des choses et même parfois avis pertinent sur telle situation, elle manque de réflexion pour s'exprimer en bielles circonstances. Jamais n'eussiez dû arguer comme tantôt devant la reine. C'était là mauvaise tactique. Nostre Majesté, bien que grande en gouverne, et bielle et bien faite, est trop prise par les affaires pour souffrir confrontation de tiers. Elle doit estre protégée de l'extérieur, et ainsi protéger le prince qui est nostre avenir à tous. Non, ma mie, vous eussiez dû venir me trouver et tout me dire de vos pensées. Je dis *vos pensées* par égard pour vous, mais je sais bien qu'elles vous ont été dictées. C'est le Seigneur Lui-Même qui vous a murmuré les mots que vous deviez balbouiner. Vous avez la comprenette étroite et Il use de vous comme parchemin pour que je puisse agir. C'est un honneur et j'en reste coi. Sachez qu'Il a raison. Nous devons trouver une prophétesse pour la France. Et Son idée de formation est la meilleure. Nous avons encore des années de combats à venir. Car, malgré nos défaites et triste sort, il nous reste suffisamment d'hommes et de forces en présence pour tenir au moins dix ans sans céder ; tout pourrait donc rester suspendu tel que suit, mâtiné de vagues luttes.

Je suis tout comme Lui disposé à ne plus attendre. Profitons du temps qui nous est accordé pour mettre en œuvre Son projet. Puisqu'Il vous a choisie, je ne saurais Le dédire et vous vous occuperez de l'éducation des petites. Je vous laisse part de mes hommes et vous déciderez des fonctions qu'ils doivent occuper en vostre dispositif. Je viens de passer la nuitée à m'entretenir avec les seigneurs de la Cour et tous sont d'accord avec moi : il faut vous aider à accomplir vostre Divine Mission. Nous allons vous donner les fonds nécessaires à sa mise en place et bon continûment. Pour cela, je pars dès demain à Angers avec nostre fils ; les lettres sont déjà envoyées et les nobles de chez nous n'attendent plus que mienne présence pour investir. Préparez vostre exil pendant mon absence. Dans un premier temps, je dirai à la reine que vostre comportement inepte m'a conduit à vous claustrer. Pour justifier vostre départ dès après, nous inventerons que vous estes allée vous reclure à la campagne, voire en couvent : une sorte de retraite. Vous reviendrez de temps à autre : songez alors à raconter combien vostre vie est plaisante, tout entière vouée à la prière et à la componction. Nous conserverons le secret et il faudra que la prophétesse survienne inopinément, nous trouverons le moment adéquat. Personne ne pipera, nous jouerons tous la surprise, vous comprise. Ce sera magnifique, ma mie, avec la grâce qui vous a été accordée je ne doute pas une minute de la réussite de vostre entreprise. »

Il m'embrassait les mains et me caressait les cheveux en me parlant. Il avait l'air plus amoureux que jamais, bien plus amoureux qu'au jour de nostre mariement et que toutes les années suivantes : c'était dégoûtant à tous points de vue. Mais je me laissai faire pour l'occasion, imitant moi aussi l'extase sentimentale, lui susurrant des *merci* langoureux à l'oreille.

Intérieurement, je jubilais. J'avais réussi mon coup au-delà même de mes plus secrètes ambitions : bourse illimitée, total freedom, des années tranquilles loin du husband et de tous les calotins, entièrement dévouée au façonnement de ma jeune Guérillère. Car j'avais pleinement conscience d'une chose : j'avais beau être hardie, et bien structurée en chair, jamais ne saurais combattre monstres et gorgones qui grouillaient assurément dans l'endroit où je devais me rendre. Il me fallait une espée pour libérer Grande-Jonction et une belle et forte personne pour la tenir. Une pimprine que j'initierais au Savoir, qui m'accompagnerait en ma périlleuse mission et me défendrait jusqu'à la mort. Icelle devant en concomitance jouer à merveille le rôle de la prophétesse qu'ils attendaient tous et même bouter sans faillir les Englishes et leurs sales faces pustuleuses hors du royaume. Et peut-être faire passer le duc de Bourgogne, tant qu'on y était. Pourquoi pas ? Mais tout cela après coup, inscrit dans la joyeuse perspective de maintenir nostre domination sur Grande-Jonction. J'acceptai que Loulou honorât nostre conjugalité, dans la mesure où c'était sans doute la dernière fois avant longtemps, et je m'endormis tel un nouveau-né rassasié de bonheur et de certitude quant à l'avenir.

Le lendemain je lui préparai un petit quelque chose pour la route et lui fis de grands goodbyes. Puis je choisis judicieusement une trentaine d'hommes en armes parmi ceux qui portaient nos armoiries.

À la Cour, je me confinais comme une pesteuse. Officiellement, j'étais à demi répudiée pour soupçon de nutjobing sorcellique ; mais je voyais que beaucoup simulaient l'outrage et me regardaient en héroïne et servante de Dieu, chargée de son Grand Œuvre.

À peine une semaine plus tard, je reçus une lettre de mien fils à laquelle je ne m'attendais point :

Mummy Dearest,

Le Styx des ennuis s'amoncelle, et je t'escris pour t'annoncer une nouvelle qui va te destruire comme elle m'a destruit. Je rentrais en Angers avec Père. Tout se passait comme dû et nous cahotions joliment sur les routes. À une heure de nostre arrivée, il devint rubicond, enfiévré, répétant baveux qu'il allait de Charybde en Scylla. Il a alors sombré en évanouite. Je craignis que son cœur n'ait lâché, abusé des lys. Il finit par recouvrer l'esprit, mais sienne fièvre était toujours là et le mettait en ruinage. Une fois au palais, je l'ai fait porter en couche avant de mander le docteur. Tu sais que seuls les faits sont mon bréviaire et, bien que mortifié, j'attendais donc patiemment le verdict médical. Jamais n'oublierai ses mots : « Vot' Popa lé en crevade, on peut pas y faire bon Dieu de grand-chose, faut juste prier, mon garçon. » Trois jours plus tard, malgré les prêtres en ronde autour de son lit, Père faisait toujours des reculades contre la vie, comme si son corps abandonnait l'existence. Je ne dormais point, sans oser le déranger, car il ne savait plus que j'étais sien fils ; nous tournions les pages des heures, oui, mais des pages vides. La nuit suivante, je l'ai entendu sortir de sa chambre. Je me suis dit que Dieu avait dû agir et que ça allait mieux. Mais nenni, Mère, en rien. Apparemment, en plein milieu d'un de ses délires nocturnes, il fut terrassé par grande faim et se mit à chercher la cuisine. N'ayant point souvenance du lieu, il a tourné un moment dans les couloirs. Quand il l'a enfin trouvée, confit par la joie, il omit l'escalier. Nostre bonne Constance, qui m'a tout rapporté, n'a pas eu le temps de le rattraper. Il a dévalé les marches sur les os, sans cris ni hurlements. Il a relevé la teste, apercevant le jambon sur la table, et, même s'il n'avait plus rien dans le corps qui ne fût brisé, il a commencé à ramper. Constance m'a assuré qu'elle s'était précipitée à sa suite mais qu'elle était arrivée too late. Père, un coutelas dans une main et une tranche de lard dans l'autre, avait rejoint les Cieux avant que d'avoir pu se nourrir.

Je voudrais tant vous attendre, mais ne le puis, le corps aimé a jauni, la mort et de grosses mouches noires sont partout sur lui. Puissiez-vous estre apaisée, sachant qu'il y aura du monde à l'enterrement, si l'on en croit les apparences.

Les nobles sont venus et m'ont confirmé leur soutien inconditionnel en vostre mission, j'assurerai pour ma part la continuité et de vos affaires et de celles du duché.

Mère, vous me manquez diablement
en ces temps obscurcis.
Vostre Louis, désormais III d'Anjou

L'enthousiasme m'avait probablement conduite à forcer sur les doses : à coups de colchiques ingénieusement administrés, ça eût dû prendre une année bien pleine avant que Loulou n'aille en tombe. Forcée de remettre mes calendes en perspective, je finis par trouver le moyen de tirer avantage de cette erreur d'appréciation herbacée.

My Little Baby,

C'est transpercée par larmes et tristesse que je t'escris, et sache que je n'aurai point les mots pour dire tout le mal qui m'enserre le cœur. Aussi vais-je être brève. Tien père était homme merveilleux, il n'en faut point douter. Et son titre t'échoit, de toute évidence. Toutefois, et, crois-moi, c'est encore plus esparpillée par la douleur que je le dis, mon cher husband est parti trop tôt et tu es encore bien jeune pour gérer tant d'affaires ducales : tu en aurais le cerveau en bouillie et le corps pantelant. En rien ne veux cela pour toi, nenni : tienne mère t'aime trop pour laisser faire comme suit. Il faut donc que tu annonces au Parlement que tu nommes ce jour un lieutenant général qui gouvernera à ta place, et ce jusqu'à nouvel ordre : moi. Je suis bien la seule qui connaît tous les secrets et ces malplaces politiques qui te putréfieraient.

Je te tiens en haut amour et te reverrai tantôt.
Je dois à présent te laisser pour porter
grand deuil sans tarder,
Madame ta Mère

J'attendis quelques cadrans que la nouvelle du trépas angevin se répandît avant que de revestir ma plus belle robe noire ; une voilette en dentelle assortie me couvrant le visage, je sortis me promener, larmoyante, dans les allées du castel. Cela fit grand effet et la Cour se tint coite et respectueuse à mon endroit. Isabeau elle-même n'osait interrompre par des gesticulations et paltoqueries une veuvette aussi dévastée que je semblais l'être.

Il ne me restait plus qu'une seule chose à faire avant de partir : réussir à trouver Charles VI. Je savais que l'occasion allait se présenter, bien que le Fol n'était point facile à débusquer. Il passait son temps à ruminer dans les interstices secrets du château. À la nuitée, on entendait son pas partout autour de nous, comme mille spectres venant nous hanter. Parfois, il frappait moults coups sourds au hasard des portes, mais, lorsqu'on se levait pour aller voir, n'apercevions que sa silhouette fuyant en silence. Certains disaient qu'il était déjà mort et que c'était par haute magie qu'il errait encore en ce monde. Tous les jours, juste avant l'aube, il faisait quérir des musiciens. Depuis sa chambre, les rebecs, flûtes et guiternes jouaient jusqu'à ce que le soleil achève la nuit. Cet air-là, tous le connaissions, par ouïe ou témoignages : c'était le dernier à avoir résonné durant le bal des Ardents.

Deux décades auparavant, une grande feste avait été organisée à l'hostel Saint-Pol, pour se moquer de la conjugalité de Catherine l'Allemande, une dame de compagnie de la reine. Avant ce soir-là, le roy avait déjà eu un premier accès de folie manifeste, mais la charlatanerie doctorale avait tranché par un diagnostic de grande fatigue, conseillant au Sixième de s'amuser. Pendant des mois, ce fut donc succession de beuglements orgiaques et beuveries diverses. Charles donnait l'impression d'aller mieux. À l'occasion dudit bal, ses meilleurs amis et lui s'étaient déguisés en hommes sauvages. Masqués, nus, couverts de poils d'ours, le corps enduit de poix, de lin et d'étoupe, ils agaçaient les danseurs de hurlements de bestes. Les torches avaient été soufflées et la salle tout entière était plongée dans le noir. La musique peinait à recouvrir les cris d'extase. Louis d'Orléans, le frère du roy, qui ignorait tout de la party, était rentré plus tôt que prévu de l'auberge où il avait dîné. Prenant peur et ne comprenant quoi, il approcha sa flamme des danseurs, qui s'embrasèrent aussitôt. Ce furent alors cris de terreur qui envahirent le ciel, à la fois des hommes qui brûlaient vifs et des convives qui s'enfuyaient. Le roy ne dut son salut qu'à la duchesse de Berry, quatorze ans à peine, restée seule pour porter secours aux Ardents. Elle prit dans ses bras celui qui se trouvait devant elle et étouffa les flammes avec sa robe. Et c'est parfait hasard si sous le masque se trouvait Charles. La petite avait eu beau sauver son corps, l'esprit du roy, lui, s'était durablement consumé au cours de cette nuit-là. N'en restait désormais que cendres.

Il fallait que j'agisse avant les premières notes de musique. Je me faufilai à pas de loup jusqu'à la royale chambrette. Il n'y avait point de gardes, le Sixième s'amusait souvent à en esgorger un ou deux en les accusant de diablerie, et tous avaient fini par renoncer, malgré les écus supplémentaires promis par Isabeau. Les musiciens, les yeux bouffis de fatigue et d'angoisse, accordaient leurs instruments à la lueur des bougies, un peu plus loin dans le couloir. J'entrai vivement et sans frapper. Charles était assis là, vestu d'une grande bure rouge qui lui couvrait les avant-bras, une couverture aux fleurs de lys posée sur ses genoux. Il ne parut point surpris de me voir, comme s'il m'attendait. J'avais à la main le document minutieusement rédigé en secret et par moi seule ; alors que je m'apprêtais à ouvrir mienne bouche pour arguer de ma venue, le roy leva la main pour me faire faire silence, puis me la tendit. Hésitante, je lui remis le papelas fondamental. Il le parcourut rapidement et se tourna vers le royal office. J'approchai de deux pas, ne sachant que dire pour l'encourager. Après un court instant de réflexion, il apposa ses signature et sceau tout en bas du papier. J'étais stupéfaite et jubilante mais n'en laissai rien paraître. Il se leva : il était bien plus grand que moi, et, malgré ses yeux verts hagards et ses cheveux dépenaillés, n'avait rien perdu de sa beauté prime. Il me mit le document dans les mains, puis les enserra dans les siennes. Non point pour me faire mal, mais comme pour me rassurer. Il se pencha vers moi, mon cœur battait à tout rompre : il pouvait avoir dissimulé dague ou coutelas et décider de terminer mienne existence ici et maintenant. Mais il souffla sur la mèche de cheveux qui me tombait au front et me sourit largement.

« C'est longue route sur laquelle tu t'engages. Bonne chance, mon amie. »

Je souris à mon tour, fis légère révérence et sortis sans ajouter un mot. Le papel venait de priver à jamais la reine de la régence et octroyait tout pouvoir au Ponthieu.

Je partis le lendemain. À la fenêtre du château, Isabeau souriait et savourait ce qu'elle pensait estre grande victoire. J'eus alors une vision d'elle, juste après sa mort. Son cadavre décharné et harassé par le malheur, mis en cercueil par le peu de serviteurs restés fidèles à sa cause. Et la barque silencieuse qui l'emmènerait au fil de l'eau dans sa demeure dernière, l'annonce de son trépas étant accueillie avec indifférence par toutes les contrées. Pendant un instant, j'eus de la pitié pour elle. Pendant un instant seulement, car celui d'après je crachai ostensiblement pour lui signifier mon mépris le plus profond.

Nous chevauchâmes longuement, des jours bien pleins, nous arrêtant dans des auberges et des camps de fortune. Les hommes étaient courtois, mon husband puis mon fils les avaient prévenus qu'ils m'aideraient là à accomplir grande tâche qui allait sauver le royaume et mettre le prince en trône. Ils me parlaient avec respect et je voyais déjà parmi eux les plus jeunes et joliment faits auxquels je suggérerai de joindre mienne chambrette lors des longues nuits d'hiver. Après tout, j'aurai grand temps devant moi le soir venu, autant se divertir.

Nous finîmes par arriver en haute campagne. Personne à moins de trois heures de marche.

Ci-devant moi plaine dégagée, entourée de forêts profondes, avec en son centre une grange suffisamment large pour y placer le lit des petites et, tout à côté, une maisonnette encore en état qui tiendrait lieu de salle d'éducation, puis de repos et d'esbaudissement pour nous autres, dès les children endormies.

J'installai mes malles et mes caissettes de manuscrits dans la plus grande des chambres, sortant des coffres mes robes et mes effets, en sifflotant d'allégresse ; j'entendis à côté les hommes arguer pour décider qui s'attribuerait la pièce la plus proche de la mienne, jouant de force et de bien peu d'entendement. Tout finit par se régler par nombre coups portés dans la face, l'estomac et les parties basses, chacun trouvant finalement son coin en ayant fait montre d'une virilité suffisante pour me voir convaincue.

Au bout de quelques heures, il n'y eut plus aucun bruit. Je m'allongeai sur le lit nouvellement fait. Je me sentis chez moi pour la première fois depuis longtemps.

Le lendemain, nous resterions à quelques-uns afin d'entamer les nécessaires travaux de réfection tandis que je lancerais les autres à la recherche des petites. Il nous fallait les faire venir bien vite afin de révéler l'élue parm'icelles. Rien de mieux en tel cas que l'arrachement brutal aux racines parentales de quelques fleurs malpoussées : j'avais une idée précise quant à la manière de procéder.

Tout était désormais parfaitement en place pour que j'accomplisse ma mission.

En fermant les yeux, je me dis : c'est demain que tout commence.

My name is Yolande, and I am from Aragon,
ci-près Grande Prêtresse,
fuck yeah !

C'est dès potron-minet que je réveillai mes hommes. J'amenai la soldatesque mal rasée en plein champ pour tout leur expliquer. Je ne suis pas certaine qu'ils aient escapité mes balbuties, car ils appartenaient à l'inévitable trinité :

1. joli de la face ;
2. bien bâti en chair et corps ;
3. cervelé de moitié.

J'en désignai vingt parmi les plus vigoureux et leur remis à chacun une bourse pleine jusqu'à la corde : une partie afin d'honorer leurs frais de chevauchée et tout le reste à offrir comme dédommagement aux parents qui seraient malcontents de voir partir leur little kid.

D'aucuns protestèrent contre le fait même de payer : ils voulaient attendre noir profond pour s'emparer des enfants dans leur sommeil et repartir sans un bruit. Ainsi c'est free, arguaient-ils. Mais free, nenni.

Free signifierait surtout hordes de villageois en colère, pensant que Lucifer et affidés avaient pris leurs children pour les mener au sacrifice. De là viendraient dans la foulée nombre prêtres hystérisés promettant grand-vengeance et escrivant à leur pape, ledit pape déclarant enquête ouverte dans tout le royaume pour retrouver ces voleurs démoniques.

Il serait alors impossible de se dépêtrer de ce genre de malvenue, car, si nous étions confondus d'une façon ou d'une autre, nous n'aurions guère de justification crédible pour ce que nous faisions ici. Le charivari subséquent pourrait même parvenir jusqu'aux oreilles de la reine.

« Or, si Isabeau en venait à ouïr ce qui se trame, c'en serait fini de nous, my dear friends. Nous serions, tous autant que nous sommes, brûlés, pendus, nos noms effacés des registres, avec gravée sur nos os l'infamie sorcellique pour des siècles à venir. Il nous faut donc payer : il y a dans vos besaces plus d'écus que ces gens n'en gagneront dans leur vie entière, et cela même s'ils réussissaient par divine surprise à marier leurs larves en bielle dot. En nous les vendant plutôt que de miser sur le hasard, ils auront ainsi de quoi s'acheter des terres et vivre en surclampins jusqu'à la fin de leurs jours. Bien évidemment, le mystère entourant ce prélèvement de petites les amènera sans doute à poser moultes questions percluses de doutes au premier entretien de négoce, mais le soupèsement des bourses promises suffira à dissiper toutes malconsidérations quant à nos intentions réelles. »

Après quelques bêlements supplémentaires faisant montre une nouvelle fois de leur pénible idiotie, les soldats finirent par partir. C'est alors que…

Quoi ? Que dis-tu ?

Mais je n'ai absolument pas terminé ! What the f...

C'est moi qui suis le cœur de cette histoire et tu voudrais que je lui laisse ma place ?

Je n'en ai pas fini, certes non. Mais puisque tu veux l'entendre de sa bouche, très bien. Voici ma grouillote, à elle de te dire tout ce qu'elle sait et tout ce qu'elle a vu.

TOXIC

1

Tu veux que je parle devant toi, je m'exécute puisque c'est mon tour, mais sache que YO a raison, je suis malaisée en arguties.

Je suis née par trois fois.

La première fois était ratée, et il n'y a pas discutaille là-dessus : Père était noble mais sans appui, il passait son temps à ruminer sa richesse perdue et maudissait tout travail en crachant glaviot bien gras. Mère était partie en esprit depuis longtemps et dormait tout le jour. Elle ne se levait que la nuit pour arpenter la chaumière et manger en secret victuailles, jolie fantomine. Je me cachais souvent pour la regarder mais n'ai jamais ouï le son de sa voix.

Au fond, je ne sais point si elle existait vraiment, car parfois certaines choses proviennent de ma seule imagination, et tu sais toi aussi ce que c'est que de rencontrer ces difficultés à savoir distinguer vrai de faux et de croire si fort à sa propre fantaisie qu'on la pense réelle en toute honnesteté.

Par ailleurs, et ce même avant que de pouvoir formuler pensées bien claires en bouche déclose, j'ai toujours senti une différence en moi, qui rendait mol et malléable mon cœur et me faisait ne point estre comme les jeunettes de mon âge et de ma condition. C'est pourquoi j'évitais autant que possible les enfants et les adultes, préférant m'esbaudir en jeux avec les gorets, les chats ou les chevaux, me roulant dans la fange avec délectation.

Mon père m'en faisait réprimande à grands coups de ceinturon et haute badine ; il hurlait comme diable et frappait, sans cesse frappait, à la moindre incartade. Et tout était incartade à ses yeux.

Son souhait était que je parte loin, et pour ce faire me marier le plus tôt possible ; mais je ne désirais point le mariement et c'est la raison pour laquelle, devant l'imminente menace, je me suis mise à me remplir le corps de toutes nourritures, le faisant se boursoufler et se tendre toujours plus.

La malfaçon dans laquelle j'étais par le biais de ce corps, en hardie volontaire, a porté beaux fruits : aucun prétendant n'est venu trouver mon père pour achever de signer les contrats après m'avoir vue tout entière.

Bien pauvrette en dot que j'étais et ne pouvant user de ma joliesse comme argument pour convaincre, on me mit au rebut et me promit au couvent.

En attendant que je vienne en âge, je restais seule avec Père et Mère et jouais des heures sans aller à l'étude. On ne m'apprenait point, et grand merci, à coudre ou à repriser, mais non plus à lire ou escrire, et j'étais toujours vêtue de la même robette, trouée et bien cradouille, sans que personne songeât à m'en faire changer.

Ayant pitié de mon état, le fils du palefrenier me donna en secret un haut-de-chausses issu de ses armoires, que je passais par-dessus ladite robette pour m'en faire suspension, enfonçant manches de jambes trop longues dans les bottes récupérées d'autres serviteurs.

Comme je n'avais plus d'amis sans charité, et que j'étais seule dans la journée, je décidai de joindre avec plus d'insistance encore les animaux sis sur le domaine, et les befriendais biel et bien, réussissant même à entendre leur langue, qui est en réalité une et unie, parfaitement accessible à la comprenette si on prend la peine de tendre l'oreille. Aptitude que l'on acquiert en âge de déraison et que l'on perd en grandissant, comme ce fut mon cas.

Un jour que j'étais avec un porc bien gras au bord d'un petit lac et que nous nous esbaudissions dans la vase, heureux soldats de boue, je vis de l'autre côté de la rive une chose extraordinaire : c'était une grande et belle personne, aux longs cheveux noirs détachés, portant jupon rouge délavé par l'usure, gracieusement agenouillée près d'une conque et mettant à l'eau des loques qu'elle frottait avec vigueur.

Elle avait les bras transis de froid mais n'interrompait nullement sa tâche, sienne peau mouchetée par endroits, le visage crispé par l'effort. J'osai à peine lui regarder la face et, baissant donc les yeux, j'aperçus, au niveau du poitrail, où moi je n'avais rien, deux merveilles auxquelles je ne pouvais croire et qui débordaient de la busterie. Je sentis dans mon ventre un grouillement que je n'avais point éprouvé jusque-là. Tout dans cette mie me laissait bouche bée ; mais c'était surtout ce double-renflement qui me fascinait.

Je l'ignorais alors, car j'étais en petit âge, mais je venais d'avoir la première confrontation avec ce qui allait devenir une de mes primes obsessions : user d'intelligence et de séduction afin de parvenir par mains et langue à la poitrine des tierces personnes bien faites de corps ou d'esprit. Je restai longtemps à observer la bellotte, et c'est le cœur transformé en morceaux de boisellerie finement coupés que je la vis repartir une fois son travail achevé.

Mon ami le goret n'entravait rien à la situation et continuait de vouloir m'enstraîner en jeux boueux, me poussant du groin pour m'enjoindre de le suivre. Mais je voulais demeurer assise sur la rive, espérant le Grand Retour.

Les jours suivants, je revins aux mêmes heures, me tenant au même endroit, mais de laveuse, nenni. Je rentrai alors chez moi desséchée par la rage, tapant du poing sur les murs et les valets. Je refusai de participer à la mangeaille commune et on devait me conduire en chambrette par la force pour m'y tenir couchée. Je continuai à me rendre près du lac, mais ci-près seule et sans espérance.

Deux semaines passèrent avant qu'elle ne reparaisse.

Cette après-midi-là, j'avais emporté avec moi petit jeu d'os qu'on lance et doit rattraper sans laisser choir. C'est par telle puérile distraction que je celais ma tristesse lorsque la magnifique arriva avec sa conque à linges.

Je craignais de l'avoir tant reconstruite en esprit qu'elle s'en trouverait enlaidie par la réalité. Mais nenni, j'étais bien trabalée et bulbeuse d'avoir pensées si blasphémantes : elle était encore plus emplie de joliesse que la première fois. À l'intérieur de mon poitrail, mon cœur essayait de sortir en frappant fort sur sa cage.

Elle s'accroupit pour se mettre ardemment au travail. Elle ne me remarqua pas et j'avais donc tout loisir de me riveter les mires sur elle. Je n'osais point me déporter sur les côtés afin de tenter de m'approcher finement en faisant le tour du lac ; aussi m'arquai-je toujours plus au-dessus de l'eau, attirée comme si c'était là sorcellerie. Et, rivetée comme j'étais, je ne fis point attention au poids de mes os : je vacillai et tombai dans l'ondine avec un grand bruit de rochecoulée. Lorsque j'émergeai enfin, la laveuse se tenait droite et me regardait. Je me retins de me laisser noyer tout à fait par pure honte et me remis le plus vite possible en terre ferme. Elle m'adressa alors la parole :

« Hé, petit garçon ! Vas-tu bien sans dommage ? Tu ne t'es point blessé, hé ? »

J'étais toute figée de l'ouïr, m'étant préparée nuit et jour à l'observance mais non point à venir en voix. Je ne répondis pas.

« Eh bien, tu as eu langue coupée par maléfice ? Réponds ! Vois-tu donc, je ne veux que m'assurer de ta bonne survivance ! »

Je restai toujours immobile puis fermai soudainement les yeux : j'imaginais qu'ainsi sise dans le noir je pouvais disparaître, et, ne me voyant plus alentour, la belle-amie finirait par reprendre son ouvrage et rentrer en sien domaine sans plus s'inquiéter de moi. Je faillis choir en pommes lorsqu'en rouvrant l'œil je la découvris à quelques enjambées.

« T'es-tu démantibulé les jambes en tombant ? Non, pour de vrai ne veux rien me dire ? Comment te nommes ? »

Je songeai à me jeter à nouveau dans le lac et nager tête sous l'eau jusqu'à épuisement d'air et mort certaine.

« Tu ne parles toujours nenni ? Hé, c'est bien malpeinant de te laisser là sans savoir. Icelle a pour nom Elissandre. Toi, petit garçon, tu n'as point de nom et point de langue, c'est bien ça ? Laisse-moi te regarder : mais dis-moi, tu es encore plus sale que la Bourgogne et l'Englishlande réunies ! Que t'est-il arrivé ? Tu n'as point de parents pour te débarbouiller la face ? C'est cela ? Tu résides partout car tes parents ont passé ? »

Je ne saurais expliquer pourquoi j'ai acquiescé à cet instant précis, mais ce simple hochement de tête a provoqué chez elle un tel élan de compassion qu'il ne me sembla guère possible de me dédire ensuite.

« Oh ! ventreDieu quémalheur ! Si jeune et laissé seul en craderie ! Et mangeant sans doute herbes vomissantes et chats fort crus ! J'en suis toute renversée ! Tu ne peux rester ainsi, oh ! nenni. J'ai déjà beaucoup de children et bien peu d'écus ; aussi ne puis te subvenir trop longtemps. Mais tu vas te joindre à nous et passer la nuitée dans ma chaume. Dès demain, je te mènerai à l'abbé ; lui saura que faire de toi. Toujours portons children perdus à l'abbé, qui leur trouve des utilités en cent et mille. C'est là pur acte chrétien, vois-tu. Allez, c'est décidé, hé ! Mets ta petite main dans la mienne et allons-y, je finirai ma conque demain. J'ai bien le temps pour les travaux de maison alors que toi, tu dois avoir faim et soif, et ne peux te laisser en l'état. »

Faire reculade était exclu, sauf à m'enfuir en courant vite et loin, et je me trouvai par ailleurs débaraillée par sa face parfaite, toute marquée de rides et pleine de trous, sa voix qui était à mon oreille mélodie de clavecin aux accords harmonieux et son double-renflement dont je n'avais jamais été aussi proche : je lui pris donc la main et la suivis.

Nous partageâmes le port de conque sur le retour, elle prenant une poignée et moi l'autre, en marche bancale à cause de la différence de hauteur que nous avions ; Elissandre parlait sans cesse et de bien des choses échappant à ma comprenette. Elle commentait principalement les divagations issues du livre saint : je reconnus Jésus, Marie et Jean, mais j'avoue n'avoir jamais rien apprécié dans ces histoires.

Quand nous fûmes arrivées à sa chaume, une nuée de petits l'accueillirent, riant et sautant sur elle. Des enfants bien plus jeunets que moi, je dirais entre trois et huit années, qui me firent à moi aussi grandes festes, posant moultes questions et me touchant comme pour mieux me voir. Elissandre leur dit que j'étais petit garçon vivant en lac, mangeant ce que je trouvais et résidant partout.

« C'est pour ça qu'il est si large de hanche et de venstre ? demandèrent-ils.

— Eh ! oui, bien sûr, pardouille ! Il n'a jamais appris lieu et heure de mangeaille et doit gloutonner la nourriture quand il y en a ! Et ça lui permet de passer les rudes hivers et grande gelure ! Tout replet, il peut ainsi se chauffer un peu. Mais ses malheurs sont terminés ; il reste en chaume d'iceux cette nuitée, et demain l'église. »

Ils poussèrent de grands cris de joie en apprenant qu'ils auraient donc un nouveau camarade de jeu pour ce soir, certes fort sale et odorant, mais inédit à leur monde clos.

« Allez, entre, garçon, je m'en vais te donner sustance et nous te changerons avant le retour de mon husband. Mais il faut faire vite, il revient tantôt. »

Tu vas me trouver bestiasse, mais je n'avais pas réalisé jusque-là qu'en cas d'enfants avérés, il y a forcément mariement en embuscade et que c'est non point par opération sorcellique que les larvets viennent au monde. J'étais dévastée d'avoir si bêtement manqué de logique, et bien plus encore de savoir l'espousé sur le point de revenir.

Je m'assis à la grande table de bois tandis qu'Elissandre préparait écuelle de soupe, faisant chauffer tambouille sur feu de cheminée. Elle mit devant moi coutelas à fendre miche et m'autorisa à prélever petite tranchette de pain. Les marmousets me harcelaient tant et plus pour que je les joigne, mais, tout obnubilée que j'étais par leur mère, je les ignorai complètement. Finalement lassés de me solliciter, ils sortirent pour jouer à blaireau-qui-couine dans le jardinet. Restée seule avec mon adorée, je voulus lui parler, maintes fois, mais aucun mot ne parvenait à franchir barrière de lèvres. Je m'en voulus si gigantesquement de ma façon d'estre que j'eusse pu me faire zigouille sans regret à cause de la frustration que je me causais. Elissandre s'affairait toujours, nettoyant écuelle au broc, passant balayette sur sol de pierre et ravivant le foyer. Je pensais que c'était pour mon humeur qu'elle faisait tout cela, jusqu'à ce que, passant l'œil par le fenestrou de cuisine, elle s'écria, comme s'adressant à elle seule :

« Oh ! tiens, voilà mon husband qui revient ! »

Il ouvrit la porte d'un grand coup de pied. Il était blondgras, large comme un bœuf, naseaux et face similaires, les cheveux peignés par l'huile qui les détrempait, et, ne disant ni-bonjour-ni-merdre, vociféra dès le seuil :

« Que me disent les children ? Tu nous as ramené un clopinard qui dormait sur les routes ?

— Oh ! husband, clopinard nenni, mais petit garçon résidant partout. J'étais près du lac à linge lorsqu'il est tombé à l'eau. Malgré cette douchette, il était encore bien empli de saletés et muet par surcroît. Ne pouvais chrétiennement le laisser en l'état et l'ai donc ramené pour le confier à l'abbé. Il souffrait faim et soif et m'en vais l'ensouper pour l'étancher un peu.

— L'ensouper ? Parce que tu penses, pauvre eschtarbassée, que nous avons nombre écus cachés en coin que nous puissions offrir écuelle supplémentaire à qui demande ?

— Oh ! husband, Elissandre sait bien que pauvreté nous atterre, et mieux que personne ai appris à diviser rien en deux. Mais il avait gargouillis de ventre tels que je n'eus guère le cœur de ne point lui promettre mangeaille.

— Tu es vraiment grande vermine de foutresse ! »

À ces mots de hurlements, l'espousé s'approcha d'Elissandre et lui abattit brutalement une de ses grosses mains calleuses sur la face. Elle en eut la joue rougie et des traces de doigts bien visibles commencèrent à lui manger pour moitié sa complexion de figure.

Je fulminai et m'étais mise droite dès le premier cri. Je n'avais jamais vu telle violence sans qu'elle fût réciproque, et attendis qu'Elissandre mette à ce bardolé de vérole une frappe de même vigueur. Mais elle ne fit rien d'autre que de pleurer et tomber à genoux :

« Oh ! husband, pardonne, pardonne, je suis désaxée en esprit et ne sais plus ce que fais ! »

Je pouvais sentir mon sang bouillir à l'intérieur de mes veines, ma boiste en os à deux doigts d'exploser de la rage afférente. Le mari se tourna vers moi, ses mires animales m'observant comme cerf avant grande bastaille de cornes.

« Hé quoi ! En sus de cette infamie, tu lui as donné de la miche ! De la miche que j'ai gagnée en suant sang et eau pendant que tu attendais gentiment en chaume ! C'est donc ça que tu fais quand je suis aux champs ? Tu offres à tous pesteux le fruit de mes labours ? »

Et ce disant, il donna des coups de pied dans le ventre d'Elissandre, qui n'offrit point de rebuffades, mais excuses ineptes et pleurs multiples.

Tandis qu'il continuait à frapper la pauvrette toute régoulumée sur le sol, j'attrapai le coutelas sur la table et sans plus réfléchir le plantai au niveau du cou musculeux du mâle hystérique. Il émit petit cri de surprise, comme si c'était là piqûre de mouchette, et porta sa main à l'objet. Mais, plus habile et rapide que lui, je retirai le coutelas de la chair en prenant soin d'accomplir parfait cercle d'Euclide, laissant tendons et graisses scindés en deux et à l'air libre.

Du sang commença à jaillir. Le blattard porta cette fois ses deux mains sur la blessure, mais ne parvint nullement à arrêter le flot. Il se vidait à une vitesse folle, comme caneton à Noël, se répandant partout sur le sol, et sur Elissandre, et sur moi. Il tenta à un moment donné de balbutier quelque chose qui ressemblait à « tu m'as tué, garçon », mais je ne fais là que supputation postérieure : ce n'était point compréhensible sur le moment, car il s'étouffait avec le sang qui lui envahissait les poumons et lui sortait à présent de la bouche. Au bout de quelques secondes, il chancela, tenta de se retenir en table et chaise mais finit par s'effondrer, et, après d'ultimes soubresauts, resta totalement inerte.

Elissandre mit une main devant sa bouche et murmura : « Oh ! mon dieu, oh ! mon dieu, oh ! mon dieu. » J'étais pour ma part diablement satisfaite d'avoir éliminé le choléreux et m'attendis à de grandes félicitations. Mais nenni.

« Qu'as-tu fait là ? FoutreDieu ! Et mes children ? Mes pauvres petits children dépèrisés comme suit ! Et moi ? Que va-t-on faire, ventreDieu ? Quémalheur, quémalheur, quémalheur... »

Elle tournait en rond dans la chaume et s'arrachait les cheveux et pleurait. Je ne comprenais rien à son espouvantille : j'avais fait là bonne œuvre, à n'en point douter. La blessure était nette, l'espousé était mort en quelques minutes, il n'avait donc souffert que bien peu. Bon, certes, il y avait du sang partout, mais rien qui ne puisse se nettoyer en une heure ou moins. Non vraiment, pensais-je, c'est joli travail et charité bien ordonnée. Il faut toujours procéder ainsi avec les animaux violents : les achever d'un seul coup, afin de les soustraire à la vie comme pansemine trop collée qu'on arrache sèchement.

Après s'estre épuisée de larmes, Elissandre sortit et je l'entendis demander aux enfants d'aller jouer dans la forêt et de lui ramener des champignons pour le repas du soir. Ils partirent en courant, attrapant au passage de grands paniers posés sur charrette. Elle rentra et me dit :

« C'est là chose effroyable et terrible que d'avoir occis mon husband. Mais je ne peux t'en vouloir, car tu as été bercé trop près du mur. C'est mienne faute si nous en sommes là. Jamais n'aurais dû te ramener en chaume. Eusse mieux fait de te laisser noyer en lac et crever en pauvreté. Oh ! mon husband qui avait tant raison. Mais il ne peut rester en l'état. Tu vas m'aider à le porter ailleurs. Les children ne peuvent le trouver cou coupé. Nous allons le mettre au champ. Tu comprends ce que je te dis là ? »

J'acquiesçai et attrapai les jambes du cadavrisé tandis qu'Elissandre le prit par les bras. Il était fort lourd, bien plus encore que la conque, et c'est suant à grosses gouttes et ahanant sans cesse, après bien des pauses forcées, que nous arrivâmes en grand champ de blé. J'imagine que c'était celui du mari, car il y avait là des outils de labour disséminés un peu partout, un vieux cheval moribond de fatigue et de maigres récoltes en grangette. Nous le jetâmes comme fruit pourri au milieu des blés et tombâmes au sol dans ce dernier effort qui outrepassait les limites de nos capacités.

« Ainsi il semblera avoir été esgorgé par des brigands ou des rôdeurs. Tu dois rentrer chez toi, garçon, et ne plus jamais paraître par ici. Ni en champ ni en chaume, ni même près du lac ne veux te revoir. Si tu te montrais, on viendrait te prendre et te brûler pour tel crime commis puisque tu le portes à présent sur ta face. Mais avant ta mort méritée, on te poserait la Question et l'on me découvrirait responsable de tout, car je le suis. Et les bourreaux me feraient pire encore que ce que tu as fait à mon husband puisque suis femme et espouse. Tu comprends, garçon ? »

J'acquiesçai encore, ne pouvant m'interposer à cette congédiance, mais ne l'entendant en réalité que peu. Je repartis en courant au domaine paternel la honte au corps, l'esprit las et le cœur contrit de tant d'espérance détruite. Je me résolus à ne plus aller au lac et restais sidérée, hébétée de l'absence d'Elissandre. Au soir, je me surprenais à verser larmiche en repensant à sa belle face.

Je ne saurais dire combien de temps s'est écoulé ainsi, tant les journées étaient toutes grises et semblables.

2

Mais un matin, alors que je m'éveillai à peine, j'ouïs grand bruit de chevauchée au-dehors. Je craignis que la prédiction de ma belle-amie ne fût vraie et qu'on vînt me chercher pour me faire brûler. Je me dissimulai sous le lit et attendis silencieusement. Depuis les fenêtres ouvertes, j'esgourdai tout de ce qui se disait dans la cour. Il y avait là moults hommes et mon père, venu les rejoindre, déchtimbourlé par le vacarme qu'ils faisaient en chevauchant jusque sur nos terres.

« Chevaliers ! Que faites-vous en mon domaine ? Il n'est point en libre circule. Vous devez repartir et trouver d'autres voies. »

L'un d'eux lui répondit d'une voix jeune et claire :

« Nenni souhaitons chevaucher au travers, grand-père. Nous sommes ici non par erreur mais volontaires, pour te faire grande proposition. Passant au village, nous avons appris que tu avais chez toi une fille dont tu n'avais cure, inapte au mariement et aux travaux de maison. Tu souhaites, dit-on, la mettre au couvent dès que faire se peut. Nous avons jolie contre-offre. Nous voulons en effet qu'elle nous accompagne, et ce au jour d'hui même.

— Ma fille ? Au jour d'hui ? Et je devrais vous la laisser comme cela ? Ah ! Ah ! Ah ! mes pauvres chevaliers, repartez bien vite chez vous avant que mes gens ne s'emploient à vous esventrer. »

N'entendant parler ni d'Elissandre ni du mari, je m'étais décachée et observai la scène depuis la chambrette.

« Oh ! rassure-toi, l'ami. Tu ne vas point nous la donner comme suit. J'ai avec moi assez d'écus pour te dédommager et effacer ta peine de la perdre.

— Ma peine de la p… Oui, en effet, j'aurais grand-peine de la perdre. Mais que feriez-vous de ma fille ? Vous avez déjà toutes ces children avec vous, et c'est suffisant je crois.

— Nenni, mon vieux, ce n'est point assez. Car, vois-tu, sommes mandatés pour avoir une petite chacun. Fais le compte et compte bien, il nous en manque une.

— Une chacun ? il vous en faut une chacun ? Dois-je comprendre ce que je dois ?

— En rien tu ne dois. C'est non point pour le surplus ni pour l'engeance que nous voulons des children, de ça tu peux te détromper. Mais pour haute mission divine, dont je ne peux rien te dire de plus, hélas. Sache seulement que ladite mission, bien que mystérieuse même pour nous, reste bonne et vraie et plus qu'honorable. Ta petite y conservera sa grâce et sera toujours pure et vierge et bien traitée, je t'en donne parole d'honneur chevaleresque.

— Parole ne suffit point. Tu as parlé d'écus, n'est-il pas ? Il est grand temps de les sortir pour me les faire voir.

— Bien sûr. »

Le chevalier détacha de son ceinturon une gibecière remplie ras et la jeta au sol. Mon père se précipita dessus, telle vérole sur bas clergé, et en ouvrit le cordon pour en faire tomber le contenu sur le sol.

« Mais c'est là de l'or pur ! Il y a bien une fortune ! Ah, Dieu ! C'est la providence qui vous envoie, messires.

— Nous estimons que c'est juste paiement pour ce que nous demandons. Mais prends garde : jamais ne devras tenter de revoir ta petite ni essayer de savoir ce qu'elle devient.

— Oui, oui, nulle inquiétude, vous pouvez la prendre ; elle dort comme veau au sortir de la mère, espatalée dans sa chambre. »

Mon père remit une à une les piécettes d'or dans la bourse tandis que l'homme descendit de cheval et entra en chaumière. Il débaroula dans ma chambrette avant même que je ne songe à détaler comme lapine en fuite. Le chevalier m'observa l'air ébaubi et se pencha à la fenêtre.

« Grand-père, où est donc ta little kid ? Il n'y a là que garçonnet mal peigné.

— Non, c'est bien elle. Ah ! tu voulais ma fille, tu l'as. Tu n'avais point précisé qu'il lui fallait estre d'une complexion particulière. »

L'homme tourna à nouveau la teste vers moi et sembla réfléchir à diverses options avant que de s'adresser à moi.

« C'est bien toi, la petite ?

— Oui.

— Tu vas venir avec nous, d'accord ? D'autres children nous ont joints. Et nous allons chevaucher ensemble vers un domaine où vous serez toutes nourries et lavées. Et une Grande Dame vous enseignera nombre choses dont tu n'as pas encore idée ! C'est là aventure hors des mots que je te propose. Il ne faut point avoir peur. Tu veux ? »

Il retira son gant pour me tendre la main et je le suivis au-dehors. Il me fit monter sur son cheval, bien ensellée derrière lui, et je dus me tenir à ses hanches finettes pour ne point tomber, car j'étais chancelante et débordais de la croupe. Je partis sans un regard pour Père, ni pour le domaine de solitude que je laissai derrière moi. J'entendais tinter les piécettes d'or qui roulaient à nouveau hors de la bourse et c'était bien suffisant comme adieux à mon enfance.

Une fois sortis de mes terres, nous fîmes une courte halte à l'orée d'une forêt. Mon cœur se mit à battre âprement en poitrine, car je reconnus l'endroit. À quelques centaines de pas sur la droite, il y avait la chaume d'Elissandre. Je crus pouvoir être capable de m'empêcher d'oser, mais, animée par espoir fol et honneste possibilité de l'y apercevoir, j'avançai malgré moi vers son jardinet. Le chevalier qui m'avait prise se mit en travers de ma route.

« Que fais-tu, maraudeuse ?

— Rien, messire.

— Rien ? Tu t'éloignes pourtant de nous et c'est chose interdite au jour d'hui.

— Oh ! certes oui, je sais bien. Mais, voyez-vous, un peu plus loin que ces trois enjambées, il y a une chaume. Là vit une servante de mon père que je connois bien. Je souhaitais la voir avant que de partir et lui présenter mes reverrades.

— La chaume juste à droite, tu dis ?

— Oui, messire.

— Ah ! ma pauvrette, tu n'y trouveras personne.

— Mais si, messire, elle y vit bien, avec ses petits, laissée seule depuis que son espousé a passé.

— Non, mon enfant. La chaume est vide et depuis des mois. Nous y sommes passés tantôt, pensant justement y dénicher un ou deux children à amener avec nous, mais n'avons trouvé que ruines et fenestrous ouverts.

— C'est là chose impossible, messire.

— Te dis vrai, pourtant. Un caniclot qui cheminait quand nous y étions nous a raconté ce qui suit : la femme qui vivait en dite chaume aurait trouvé son husband putrescent en plein champ. Désespérée, elle est rentrée chez elle couverte de sang conjugal et de larmes taries. Elle a rejoint ses enfants, qui avaient ramené des paniers pleins de champignons de la forêt, tout heureux et riant, et n'eut point le cœur de leur annoncer la mort du père. Comme tous les balbouinants, ils comptaient sur leur mère pour séparer les bons champignons des mauvais, car ils n'en étaient point capables. La bougrette s'y connaissait fort bien, paraît-il, et le village tout entier venait la consulter en ces occasions. Aussi ce qui s'est passé ensuite ne peut estre dû à quelque accident ou inattention de sa part : parmi les bels et bons champignons, un grand mortel s'est glissé. Ton amie a cuisiné le tout, l'a servi aux children, les forçant à manger tambouille jusqu'au fond de l'écuelle avant d'en prendre elle-même de grandes louchées. Une voisine qui espipillait dans le coin en a été témouine, sans penser à mal sur le moment. Mais le lendemain, ils avaient passé. Depuis, la chaume est vidée et personne n'ose la reprendre. Je suis bien désolé, ma petite, mais ton amie n'est plus. »

Je restai là sans plus pouvoir parler ni bouger. J'oscillai entre l'ire blanche qui me maintenait debout et un effondrement complet au sol. Le chevalier s'approcha de moi et me tapota l'épaule, me disant : « N'y pense plus, ce n'était là que servante après tout, il faut y aller maintenant. » Il dut me tirer rudement pour me faire revenir près des autres et me hisser de toutes ses forces pour que je m'enselle à nouveau. Il continua de me consoler à bas bruit tandis que nous repartions en chevauchée.

C'est tout ce que puis te dire de mienne existence avant ma rencontre avec YO.

SUPREME QUEEN

1

J'étais restée seule au domaine avec une dizaine d'hommes, afin de préparer grange et maisonnette par des effets charpentiers de bon aloi. Je supposais que les cocquerets sauraient y faire et que je me contenterais surtout de leur donner des ordres, assise sur un faudesteuil bien confortable au milieu des travaux.

Au départ, les restants avaient cru que s'estambir près de moi était grand privilège octroyé, tandis que les autres avaient été envoyés en piteuse errance dont ils ne reviendraient que honteux et chancelants. Mais, au bout du troisième jour, ils finirent par considérer que c'était l'inverse qui s'était produit et qu'ils étaient bien attrapés : je n'étais jamais bien contente de ce qu'ils accomplissaient et devais tout surveiller en permanence sans pouvoir m'adonner au prélassement prévu, ce qui me provoquait grande frustration. En tant que femme de maison, même revêche à ma fonction subalterne, j'avais déjà vu nombre d'architectes construire là une chapelle, là un pavillon de chasse, là une nouvelle extension de domaine en luth. Je maîtrisais donc l'art de l'édifice, avec une vision précise des ensembles achevés. Les hommes, eux, chevaliers sans expérience si ce n'est celle du combat barbare, pensaient estre malgré tout plus aptes que moi au façonnage. Ils me pénisipliquaient à qui mieux mieux, et avaient toujours ce qu'ils osaient appeler *des idées*.

Au matin du quatrième jour, l'un d'eux est venu me voir, soutenant mordicus qu'il fallait impérativement ajouter deux ou trois étages supplémentaires en grange, « puisque les petites auront des enfants un jour et il faudra pouvoir les y loger ». J'avoue avoir ri à gorge déployée, soulignant entre deux hoquètements d'esclaffade la dummerie de sa cervelle mal engagée, appelant les autres pour la leur raconter, pointant le pournillé du doigt en le surnommant Lord Dummy.

Erreur fatale quatre et cent quatre.

Le chevalier est entré en bouderie et s'est assis de l'autre côté du champ, refusant de poursuivre le chantier. Plusieurs de ses amis sont immédiatement entrés en bouderie solidaire et sont allés s'assoir avec lui. Vers midi, c'est près de la moitié de mes hommes qui faisaient piquet les bras en croix et refusaient même d'aller se nourrir, accusant de traîtrise ceux qui travaillaient encore. J'ai dû mener d'âpres négociations, jusqu'à l'excuse, afin que le premier boudant acceptât de revenir et tous les autres après lui. Ayant perdu un jour entier de travail pour une telle bullshiterie, je décidai donc de changer d'attitude.

J'étais désormais doucereuse et bienaimante avec eux, prenant le temps de leur expliquer qu'ils avaient pour sûr bien bonne idée, que j'y réfléchirai, oui, que pour autant j'avais vision différente dans l'heure et qu'il fallait accomplir mes dires, mais que je voyais moultement et sans conteste leur haute brillance, absolument, et que je ne manquais pas de la noter en coin de teste afin qu'ils soient récompensés en temps voulu de tant de dons d'intelligence. Ils repartaient avec un sourire niais sur la face, et les travaux reprenaient exactement comme je l'ordonnai, sans plus de contestation.

Au bout d'une quinzaine de jours, la grange était prête. Nous avons ensuite construit étables et écuries pour les bêtes à cornes et sabots, poulailler muraillé afin de protéger la volaille des prédateurs, ainsi qu'une chambre de bêlement. J'avais empli d'enluminures la salle de classe et préparais l'emploi du temps des petites. Je savais qu'il me faudrait ajuster à telles ou telles circonstances les horaires et contenus, mais j'étais assez satisfaite des lignes directrices que je traçais :

Lundi

8 h à 10 h : Apprentissage de la lecture par le biais de textes d'autrices de grande valeur antimâle (Marie de France, Christine de Pisan, etc.)

10 h à 12 h 30 : L'invisibilisation des Femmes Puissantes dans l'Histoire par la diablerie des hommes. Étude de cas

12 h 30 à 13 h : Ripailles

13 h à 14 h : Entraînement à la décollation de Bourguignons

14 h à 16 h : Petits pains et fontaine de vin : la véritable vie de Jésus-en-Christ

16 h à 17 h : Mathématiques. Méthode Hypatie d'Alexandrie

Mardi

8 h à 9 h 30 : Les Évangiles, leurs incohérences et comment les expliquer aux clampins pour avoir la paix

9 h 30 à 12 h : Initiation à l'esgorgement et au krav maga

12 h à 12 h 30 : Nettoyage des écuries

12 h 30 à 13 h : Ripailles

13 h à 17 h : Initiation à l'équitation. Méthode Penthésilée

Mercredi

8 h à 10 h : Signes et prophéties, comment les interpréter. Méthode Cybèle

10 h à 12 h 30 : La passion des dieux pour les massacres de masse. Étude de cas

12 h 30 à 13 h : Ripailles

13 h à 15 h : Initiation aux tactiques militaires. Méthode Sémiramis

15 h à 17 h : Géographie sommaire du royaume de France

Jeudi

8 h 30 à 10 h : Initiation à la simulation de la transe mystique. Méthode Hildegarde de Bingen

10 h à 12 h 30 : Cours d'englishe. Méthode Isabelle de France

12 h 30 à 13 h : Ripailles

13 h à 15 h : Histoire de l'hystérie religieuse, de l'Antiquité à nos jours

15 h à 16 h : Comment éviter le bûcher ? Méthode Guillemette Latubée

16 h à 17 h : Vies parallèles des Femmes Illustres

Vendredi

8 h 30 à 11 h : Étude de l'art de guerroyer à travers le monde

11 h à 12 h 30 : Joutes amicales. Méthode Mathilde de Canossa

12 h 30 à 13 h : Ripailles

13 h à 14 h 30 : Comment choisir la bonne armure ? Étude de cas

14 h 30 à 16 h : Histoire Vraie du royaume de France

16 h à 17 h : Espées, hallebardes et objets contondants : quelle est la meilleure façon de venir à bout d'un ennemi ?

Samedi

8 h 30 à 12 h 30 : Devoir sur table, sujets pris au hasard dans les cours de la semaine

12 h 30 à 13 h : Ripailles

13 h à 15 h : Mise en pratique des entraînements, meurtres divers sur mannequins de bois

15 h à 17 h : Confessions (facultatives)

Dimanche

8 h 30 à 12 h : Messe et communion (facultatives)

12 h à 17 h : Ripailles

Il ne restait plus désormais qu'à attendre les petites. Mais un mois passa sans que nul chevalier revienne. L'impatience me rendait rageuse et je marchais en long et large à travers le grand-champ.

Les hommes ne savaient plus que faire pour s'occuper, brossant les chevaux tout le jour et buvant et ripaillant comme six chacun. Bien sûr, ils tourderôlaient dans mon lit : ça nous faisait passer le temps. Mais, comme tous les chevaliers de cet ordre, ils préféraient néanmoins s'embraser les uns les autres. Ce qui ne m'aurait causé guère de tracas si ça n'avait été aussi bruyant. Car, par suite de grande satisfaction et dès après avoir offert mon surplus, j'aime à estre tranquille et silencieuse.

Or, le chevalier du soir rejoignait ses amis après avoir quitté ma chambre et ravivait la party qui s'y déroulait déjà joliment ; et c'était encore cris de plaisir et feulements de joie jusqu'au petit jour, m'empêchant de dormir au point que je dus souvent enfouir ma teste sous l'oreiller et deux de mes doigts dans les oreilles.

Je ne pouvais les blâmer, il eût été hautement inutile de se lever aux aurores pour ne rien faire du tout ; et, finalement, je m'habituais moi aussi à n'ouvrir l'œil que passé midi.

2

Ce n'est qu'au bout de deux mois de plus que les envoyés revinrent avec les children. J'avais supposé qu'ils arriveraient un à un, comprends-tu : aussi fus-je surprise de les apercevoir en chevauchée, ayant tous une petite derrière eux. J'allai à leur rencontre et demandai ce qui s'était passé pour qu'ils soient ainsi glutinés.

Ces jobastrins m'expliquèrent qu'ils ne s'étaient jamais séparés ni dispersés, qu'ils avaient négocié ensemble toutes les prises, campé ensemble, vécu ensemble, passant de village en village, parvenant parfois à acheter une ou deux petites d'un coup, puis aucune pendant des semaines, les habitants des contrées fuyant à leur arrivée. Plusieurs échauffourées avaient éclaté, et cinq d'entre eux avaient été pendus par des parents en colère. Même quand ils expliquaient qu'il ne leur fallait qu'une little kid par chevalier, et présentant pour cela or et argent, la plupart des parents refusaient.

Je commençais à croire que Loulou, juste avant sienne mort, m'avait tendu un piège sans le vouloir.

Certes, il m'avait permis d'obtenir bon budget et beaucoup d'hommes, mais c'était là forfaiterie, car j'avais choisi parmi ceux qu'il avait lui-même employés pour estre à son service : ils n'avaient donc pas moitié mais quart voire quart de quart de cervelle, et, ledit quart ne fonctionnant que par intermittence, les années à venir allaient être rudes en comprenette pour eux et en nerfs pour moi.

Je leur expliquai avec belle hargne qu'en agissant en horde, ils étaient passés pour brigands quelconques, prêtres défroqués, chevaliers en désertion ou mercenaires à la solde ennemie. Réclamer ainsi une petite pour chacun revenait à mander femme à violenter et mettre en cloque, et impubère qui plus est, ce qui ajoutait à déjà grande perversion. Il était heureux que tous n'aient point été occis après de telles manœuvres imbéciles.

L'incompréhension se lisant joliment sur leur face, je renonçai à aller plus loin dans les réprimandes, c'était peine perdue ; j'espérais simplement qu'il n'y aurait nulle suite à leur épopée et que, les parents des petites présentes ayant été dédommagés, iceux ne chercheraient point à reprendre ce que l'on avait payé.

Je les regardai plus attentivement : quinze children de dix années peut-être, toutes en loques et sales comme des Englishes. Malnourries pour certaines, trop nourries pour d'autres. Ma petite assemblée de Guérillères n'avait pas l'air bien vaillant en début de projet.

Je demandai aux chevaliers si elles étaient capables d'entendre la langue que nous parlions : il arrive souvent qu'en terre reculée le peuple invente un dialecte qu'il maîtrise seul, coupé ainsi du reste du royaume par incompréhension mutuelle. Parfois inspiré de la langue vernacule, parfois si différent que moults grammairiens meurent avant que d'en établir le dictionnaire. Je ne pris pas la peine de recourir au latin, qui est compris en haute sphère mais jamais en rase campagne. Ils me répondirent que oui, toutes les petites me comprendraient, car ils s'étaient assurés de leur bien-parler pendant le voyage.

Je les réunis donc en salle de classe et leur tins discours d'introduction depuis longtemps préparé :

« Mes chères et chétives grouillotes,

Je vous souhaite la bienvenue en nostre lieu de résidence, désormais vostre pour les années à venir. Vous devez vous esbardailler l'esprit par grandes questions du pourquoi et du comment, et m'en vais vous en expliquer la raison. Mais d'abord, les présentations : icelle qui vous parle est Yolande, but you can call me YO. Ou madame.

Les hommes que vous avez vus et ceux qui sont venus vous chercher sont mes gens, preux chevaliers fiers et vaillants tout autant que bieaux. *Monsieur* ou *monseigneur* conviendra pour chacun.

Vos parents n'espérez plus, et il ne faut point en être ratiboisées : c'est une bielle et bonne chose. Ici, point de mariement ni de travaux des champs. Car c'est là, vous le savez, ce qu'auraient été vos tâches quotidiennes : travailler puis passer, en mettant quelques children supplémentaires au monde dans l'intervalle, si d'aventure vous auriez eu la malchance de survivre aux couches. Vous ne vêlerez point en cette vie. Ou, si vêlage il y a, ce sera bien plus tard et sous d'autres cieux que ceux que je gouverne. Vous ne serez pas non plus unies à l'un des nutj… à l'un des chevaliers ci-présents ; aussi n'ayez aucune crainte d'iceux. Si oncques en venaient par je ne sais quelle malice à tenter de vous déshonorer par le membre, ledit membre serait coupé sans nulle autre forme de procès et je m'en chargerais personnellement.

Ici, apprendrez des choses qui vous feront devenir plus fortes qu'aucune femme ayant jamais parcouru le royaume. Vous saurez lire, escrire et combattre. Vous êtes désormais inscrites dans l'Histoire, bien qu'encore en marge. Jamais ne serez bergères ou cultivantes en légumes ou gardiennes de vachettes, nenni. Prophétesses et Guérillères, voilà vostre destinée. Et, une fois que vous serez devenues telles, nous sauverons ensemble le royaume en péril.

La guerre dont vous entendez les bruits, les bastailles dont vous voyez les morts et tout ce sang versé jusque dans les sillons de vos pères, oui, tout ceci prendra fin par vostre intervention. Mais ne vous trompez point, bien que je parle à vous toutes, c'est à une seule que reviendra cette grâce, celle d'estre nostre élue. Les autres mourront, de l'effort à accomplir et de bien d'autres périls qui nous attendent. Qui survivra sera sans conteste la plus féroce. Bien sûr, je ne connais point encore le visage qu'elle peut avoir parmi ceux que je vois au jour d'hui. J'ai l'impression qu'icelle pourrait, qu'icelle non, mais la sélection se fera seule et sans moi, j'ai foi en mon Dieu. Car c'est bien mission divine que nous accomplissons. Dans le secret et sans partage d'entendement avec le reste du royaume, puisque, comme pour toutes missions de haute importance, nous serons au départ dissimulées.

Vous dormirez en jolie grange que vous voyez et suivrez scrupuleusement les instructions que je vous donnerai chaque jour. Vous irez en classe et au combat, sans manquer une heure d'étude. Jamais n'aurez faim ni froid, soyez-en assurées.

Par ailleurs et dernier point, vous ne pouvez avoir d'identités diverses. Vous avez reçu un prénom de baptême et c'est là chose normale, mais il n'est point possible de l'utiliser pour nostre cause. Vulgaire souvent, asservi à la mode en vigueur, bien vite dépassé et multiple chez les enfants de même génération. Vous comprendrez aisément qu'on ne peut faire une prophétesse des Witburge, Bernite, Agramonde et autres Ludovine que vous devez estre. J'ai réfléchi et opté pour un prénom qui n'est point inscrit dans le temps. Un prénom pour dans mille ans, un prénom de sainte Guérillère, un doux prénom de Byzance dans Carthage désert :

Jehanne.

Toutes désormais répondrez à cette seule appellation.

Nous vous différencierons uniquement par le chiffre. Tel que suit et de gauche à droite : toi, tu seras Jehanne un, Jehanne deux, Jehanne trois, Jehanne quatre, Jehanne cinq, puis six sept huit neuf dix onze douze treize quatorze et enfin toi, Jehanne la quinzième.

Vous pouvez conserver en vostre boiste d'os vostre nom véritable, mais il ne devra jamais plus passer la barrière de vos lèvres. Et même sous la torture devrez vous identifier en tant que Jehanne, prophétesse du royaume de France, au service du roy Charles le VIIe.

J'imagine fort bien que vous n'avez compris que tiers de ce que je viens de vous dire. Nous apporterons ensemble bielles réponses aux questions qui se poseront au fil du temps que nous passerons ensemble. D'au jour d'hui, retenez simplement la substantifique moelle : vous avez la grande et unique chance, octroyée par le Destin et par icelle Yolande, de devenir un estre supérieur et adulé, respecté de tous et toutes dans le royaume et au-delà. Soyez donc heureuses de vous savoir inscrites dans le Jehanne Project. And once again, welcome ! »

Fière de mon effet, je laissai la soldatesque accompagner les petites en grange sans plus mot dire ni leur laisser le loisir d'arguer.

3

Si je suis si fissement partie, je dois t'avouer que ce n'est point par crainte d'être assaillie de questions balbouinantes, contrairement à ce que tu pourrais croire.

Nostre esprit, tu le sais, n'est pas entièrement à nous : il contient prisonnière nostre vie en sédiments. Les souvenirs se déposent sur les os, se mélangeant à ce mou rosâtre par le biais duquel nous disons *Je* ; c'est cette matière inconnue qui nous habite la teste et se meut par une force dont l'intention nous échappe. Nous parlons, argutons, badelinons à haute voix tandis que surgissent des pensées, parfois bien estrabantes par leurs incongruités, qui finissent par nous envahir totalement et par surplomber chaque instant de l'existence. Et c'est bien là ce qui m'est advenu. Tandis que je faisais mien discours aux children, je ne cessais en vérité de repenser au moment de la Grande Révélation. Ce que j'avais tu à tous venait subitement me hanter : cet instant où j'avais passé la

Porte Sacrée de la montagne-cathédrale et compris ce que je voyais sur les immenses tisseries murales.

Les scènes représentaient la mort des dieux. De tous les dieux. Mais qu'ils fussent à l'article ou bien cadavre en sol, je n'avais point de doute quant à leur nature profonde : ils ne méritaient en rien prières et psalmodies. Il ne s'agissait que d'hommes et de femmes dotés comme tant d'autres de pouvoirs mystiques et qui s'étaient eux-mêmes désignés issus du Ciel afin de pouvoir régner sur les peuples embourbés d'idiotie. Ci-devant moi mis à bas et à mort par une ou des entités, nullement visibles sur les tapisseries, et qui les surpassaient en puissance.

L'Olympe n'était plus qu'un charnier où seule rampait Athéna sanguinolente aux yeux d'aiguemarine. Zoroastre noyé dans un océan de saphir et de topaze, Ahura Mazda contraint à la fuite. Osiris et Isis emprisonnés dans l'ambre des pyramides comme Tagès dans la terre. Un éléphant en citrine et une créature androgyne aux bras de grenat se battaient encore farouchement, bien que leurs plaies béantes ne cessassent de déverser sur les dalles des palais étincelants leurs entrailles fumantes. Odin, lui, reposait inerte sur ses sommets glacés, bien loin du Valhalla. Je passai de siècle en siècle, de religion en religion, de cadavre en cadavre. Et tout sous mes yeux était vrai et vivant.

L'ultime tapisserie dans le fond de la salle, déclinée en triptyque, était consacrée à l'écornifleur de nos croyances modernes : Jésus-en-Christ. Mais alors que les êtres précédents possédaient bien quelques dons, l'imposture du Nazaréen était encore plus évidente. Chaque épisode de sa vie minutieusement illustré démontrait invariablement ses duperies, tours de magie esbrouffante et autres passe-passe de petit pied. Contrairement à ce qui était affirmé en biblerie, jamais n'eut de son vivant plus de suivants que douze pouillards, sa mère et son espouse, Marie-Madeleine, que l'on apercevait souriante de joliesse au jour de son mariement. De grande croix, nenni, pas plus que de martyre ; de toutes les fausses divinités, il était le seul à n'être point destruit par la mystérieuse couleur venue des cieux : il agonisait en chambrette au centre du dernier tableau tissé, harassé par une maladie qui lui donnait le teint jaune cireux d'une bougie crasseuse. Ce furent ses disciples qui par les mots transformèrent son histoire en récit mythomanologique : Jean à Patmos délirant d'apocalypse, Pierre pape de rien, Judas pendu en arbre, tous tous tous, escrivant ces mots qui firent foi, une vie inventée, marginale à la réalité.

Alors que je fulminai de colère, les torches s'éteignirent simultanément. Un bruit de machine et ferrailleries branlantes se fit entendre dans les ténèbres de la salle. Les murs s'étrécissaient, implacablement. Je courus comme lionne en chasse vers la porte, tandis que la mort par écrasement se faisait plus précise. J'eus à peine le temps de m'en extirper que les murs se rejoignirent pour ne plus faire qu'un, comme si l'endroit que je venais de visiter avait toujours été obturé de telle manière. Un pan de ma robe s'y trouva coincé. Essoufflée et tremblante, je le déchirai d'un coup sec, ce qui fit apparaître à l'œil nu mienne cheville échappée de justesse à l'estropiage.

Dans le couloir aux mille portes, je fus à nouveau soumise à un semi-poliotage. Je tapai dans les murs à coups de poing et me mis à crier comme une nutjobée. Toute en hurlance, je demandai aux échos de ma voix ce qu'on me voulait exactement. Car je n'avais jamais cru à toute cette histoire, moi, au bon Dieu et à ses bullshiteries, je n'avais pas besoin de preuves pour savoir que j'avais raison. J'avais toujours fait semblant, sous peine d'esgorgement par une foule de détraqués du goupillon. Je venais simplement d'avoir la confirmation de la fable. So what ? Je pensais surtout à mon husband et à tous les autres, ceux qui y croyaient vraiment. J'eus envie de les avoir en face de moi pour les inciter à mieux vivre leur existence, et qu'ils cessent enfin de se morfondre en repentir. Mais ils ne m'auraient probablement point esgourdée. Parler en si grande franchise aux excités d'Évangiles aurait été prendre le risque de passer pour le Diable sur terre. D'ailleurs le Diable existe-t-il vraiment ? Parce que normalement cela fonctionne comme suit : la lumière va avec l'ombre. Si les dieux escrocs ont été anéantis, alors point de Diable pour nous entraîner sous terre dans des océans de feu. Rien, absolument rien au niveau du dark side.

À cette pensée, j'arrêtai de hurler et fus à nouveau saisie d'une joie immense. Péchez tant et plus, rien ne se passera ! Oui, il est possible d'être la pire des pécheresses et ne rien devoir payer en dot une fois passée de l'autre côté. Il n'y a même probablement point d'autre côté ; on meurt pour redevenir poussière de soi, empty spaces, what are we living for[1] ?

Alors que je me gobergeais dans la félicité, tout autour de moi commença à fondre, les portes et les murs, à la manière de la cire recuite ou de la peinture d'un tableau détrempée par la pluie. « God, oh ! God, faites que ça s'arrête, murmurai-je entre deux respirations haletantes, it's a fucking nightmare on Elm Street. »

Le ciel au-dessus de ma teste était empli d'étoiles brillantes. J'étais au milieu d'une lande infinie et verdoyante, face à un immense océan agité de vagues silencieuses, dont les clartés bleutées avaient par endroits des opalescences de verre. Un cerf blanc se tenait dans un coin et observait placidement la scène.

Puis Il apparut.

C'était un Monstre épouvantable, qui embrassait l'horizon et contenait en Lui l'univers tout entier. Il prit plusieurs formes et visages que nul n'aurait su décrire, car aucun langage ne peut peindre avec exactitude cette vision de folie, ce chaos de cris inarticulés, cette hideuse et sublime contradiction de toutes les lois de la matière et de l'ordre cosmique.

1. « Diables étendues vides, pour quelle raison vivons-nous donc ? » (extrait de la chanson « Le bal doit aller de l'avant » du troubadour Frédéric de Mercure, ci-accompagné des ménestrels avec lesquels il formait l'orchestre Regina).

Il a toujours été là. Il s'est inventé des galaxies, Il a été témoin de la création de cette boule sombre qu'on appelle nostre monde.

Un revers du Destin L'a encagé, L'obligeant à mander des clampines telles que moi pour essayer de démanteler les barreaux de Sa prison.

Je tremblai tant et plus au fur et à mesure qu'Il s'approchait du rivage, insecte fol face au plus gigantesque des monts, bien que je n'eusse rien à craindre : c'était Lui qui m'avait fait venir ici et m'avait montré la mort des faux démiurges.

J'étais là pour recevoir Sa grâce, celle du seul vrai Dieu : Il ferait de moi Sa prêtresse et je serai dévouée corps et âme à Son Avènement.

Mon Maître.

Il me dit :

« H'athg lloig phlegeth cee llll naep, grah'n ep wgah'n shagg, 'fhalma ya 'fhalmanyth athg. Llll wgah'n lw'nafh phlegeth shagg ftaghuoth mg 'bthnk syha'h nnnvulgtm vulgtlagln, Azathoth mg ooboshu throd sll'ha c'fhalma 'fhalma wgah'n, Yoggothyar fm'latgh naAzathoth shtunggli Shub-Niggurath fhtagn phlegeth wgah'n kadishtu. Phlegeth Shub-Niggurath ooboshu h'n'gha orr'e ee hafh'drn lw'nafh hupadgh, ch' y-ehye chtenff ebunma uln fhtagnagl sll'ha, gof'nn ch' wgah'noth gotha 'fhalma cllll cfm'latgh. Ilyaaog ph'ah 'bthnk ngmnahn' ehye s'uhn naflee ooboshu orr'e, r'luh nogog naflli'hee Hastur wgah'n lw'nafhyar h'orr'e nw, Rachida Dati h'hrii bugyar grah'n ngch' y'hah mnahn'. Ph'nglui mglw'nafh R'lyeh wgah'nagl fhtagn ! »

Ça ne pouvait être plus clair.

Je m'inclinai respectueusement, encore sous le choc de Sa Sainte Parole. Je Lui dis sans mot bouliner que j'acceptai humblement la mission qu'Il me confiait. Et que je mourrais plutôt que de Lui déplaire.

« Llll nnnhlirgh Shub-Niggurath, vulgtlagln ilyaa n'ghftor grah'n 'ai. Ilyaaog ph'ah 'bthnk ngmnahn' ehye s'uhn naflee ooboshu orr'e, r'luh nogog nafl-li'hee », ajouta-t-il fort à propos.

Je répondis que je suivrai Son Conseil à la lettre. Il fit apparaître la Clé dont Il avait parlé. Je m'en emparai immédiatement et la mis en poche. Je savais quels pouvoirs je détenais à présent. Je saluai une dernière fois le Maître avant de quitter la montagne-cathédrale qui s'ouvrit en grand pour me laisser sortir.

4

Je dormis donc très mal à la nuitée, non plus à cause des bêlements orgiaques des hommes tout à côté ni de l'entrée glutinée des petites, mais de ma machinerie de cervelle qui s'était mise à tourner mille fois plus vite depuis ma grande adresse Jehannesque. Je m'enroulai et me tortillai dans mes draps Jacob Van Artevelde sans pouvoir trouver le repos dont j'avais pourtant bien besoin pour le lendemain. Esparpillée mais voyant poindre l'aube, je me forçai à me lever afin de me vestir convenablement et rejoignis la salle de classe.

Les petites étaient en rang et s'étaient amplement décrassées, revêtant de jolies robes blanches telles bures de catéchisme ; certaines s'étaient même peignées en raie bien droite.

J'étais fiérote de les voir toutes si aptes à la joliesse. Toutes sauf une : dans le fond du rang, Jehanne la douzième faisait tache huileuse et gâtait par son allure l'ambiance générale. Elle se tenait bancalisée contre un mur, plus souillée que le trône de France, le cheveu fol et l'œil louche. Elle portait les mêmes penailles qu'hier, trouées et marronnasses ; une odeur infernale, de merdre, pisse et sueur, émanait de sienne peau. Et avec ça, grasse comme un capitaine de gens d'armes, les os mal faits, la teste large surmontée d'une chevelure corbeau ébouriffamment gélifiée. Je n'avais point noté la veille à quel point celle-ci dans le lot paraissait *différente*, mais elle se révélait au jour d'hui verrue sur peau de pêche.

« Toi, la douzième ! »

Elle émit une sorte de grognement, que je fis mine de traduire par un « oui, madame ».

« Pourquoi ne t'es-tu point lavée comme dû ? Penses-tu pouvoir te présenter devant icelle Yolande dans cet état de délabrement indigne de toute prophétie ? Crois-tu que les chroniqueurs diront "Jehanne Sainte Vierge et bien fournie en saleté a fait fuir les Englishes en leur faisant sentir ses aisselles" ? Le crois-tu ? »

Elle émit un nouveau grognement en baissant la teste. J'eusse juré qu'elle rougissait.

« Suis-moi, ribaude. Nous allons remédier à ta posture malodorante. Les autres, allez vous installer en salle ; restez bien sages en attendant nostre retour. »

Je sortis au-dehors, suivie de Jehanne la douzième qui conservait teste baissée et yeux mi-clos. Ne trouvant nul baquet pour la débarbouiller, je lui ordonnai de se mettre dans l'abreuvoir à chevaux, rempli nouvellement d'une eau bien claire. Je la retins juste à temps : elle allait s'y vautriner encore habillée de ses loques. J'entrepris de la dessaper, ce qui fut fort complexe tant ses vestements lui collaient au corps. Je dus même gratter à certains endroits pour retirer le tissu glutiné, laissant grandes brûlures et saignements sur la peau de la petite.

Elle ne protesta en rien et ne poussa nul cri de douleur.

Elle s'assit nue dans l'abreuvoir et j'allai chercher bloc de bel et bon savon et gant de crin à lui tendre. Elle les prit dans ses mains ne sachant quoi. Je lui montrai alors comment procéder. On prend savon en main, on le passe sur soi et frotte avec le gant ensuite. Puis on se replonge dans l'eau pour y laisser saleté et savon. Elle me regardait toujours du même air ahuri, et je compris que j'étais en train d'aborder là chose totalement inédite à sienne existence. Excédée par tant d'atermoiements, je décidai de la nettoyer moi-même. Je fis mousser le savon et la frottai âprement avant de l'immerger dans l'abreuvoir. Je dus répéter l'opération quatre ou cinq fois. À la fin du bain, l'eau était devenue noire et visqueuse.

Je la fis sortir, son petit corps bouffi était rouge tomate. Je la laissai sécher au soleil tandis que j'allai chercher une robe appropriée. Ne trouvant aucune blanche restante, j'en pris une couleur Klein, puis dès après une paire de bottines convenables, et lui fis passer bras levés la robe et pieds tendus la chaussure. Je l'observai ainsi vestue. Ses yeux noir animal étaient posés sur moi et ne me lâchaient point. D'incompréhension n'y lisais plus, mais un mélange de soulagement et de profonde reconnaissance. Je secouai la teste, voulant retrouver ainsi le dégoût sus-éprouvé, mais rien n'y fit. Quelque chose me frappa au cœur et au ventre. Je peignai machinalement ses cheveux ébène de ma main pour en retirer les nœuds. Elle ne disait toujours mot. Nous retournâmes en classe ; quelque chose m'étreignait encore la cervelle sans que je susse précisément quoi. Des éclairs passaient devant mes yeux. Entre chaque éblouissement, la douzième m'apparaissait d'autant plus vivement, sien corps en silhouette découpée dans un voile de ténèbres, l'unique source de lumière au milieu des ombres. Je secouai à nouveau la teste pour me sortir de cette bullshiterie, cette fois-ci avec succès.

Les autres petites n'avaient point perdu miette de ce qui s'était déroulé, glutinées comme des concierges à la grande fenêtre. Elles se mirent à rire et se moquer à l'entrée de Jehanne la douzième. Celle-ci alla s'asseoir dans le fond de la salle sans les regarder.

Le premier cours commença.

Pendant que j'abordais le lai d'*Eliduc*, en précisant qu'il fallait être bien mal cervelé pour ne point voir qu'il s'agissait là du récit de l'histoire d'amour entre Guideluec et Guilladon, et que le personnage du chevalier créé par Marie de France était à tout le moins symbolique, quoique plus probablement placé là afin de contourner la censure du siècle, je continuais d'observer la douzième du coin de l'œil. Enfin propre, mais toujours renfrognée, c'était là j'imagine une complexion de sa face conférée par Nature, elle ne semblait rien esgourder.

Nulle Guérillère ni prophétesse. Ce que j'avais perçu tantôt devaient estre diables hallucinations. En elle percevais à présent meslement habile de deux choses : pucelle de fait et pourceau d'apparence. Pour raccourci et mémoire, je la nommai donc secrètement Jehanne la Pourcelle.

La journée se déroula sans accroche. Au soir venu, j'étais résolue à enfin me délasser tout en me servant rasade sur rasade d'alcool de vigne, puis d'escrire à mien fils qui devait trépigner de n'avoir point de nouvelles.

Sugar,

Je n'ai pu prendre plume jusqu'au jour d'hui, tant je suis harassée de travail. Sache que c'est le cœur battant d'amour maternel que j'escris. Tout se déroule selon le Plan Divin. Les jeunettes sont arrivées comme se doit et suivent déjà les enseignements avec une ardeur que je n'avais nullement vue auparavant. C'est la grâce de Nostre Seigneur Dieu que je lis dans leurs yeux, il n'y a point de doute. Nous vivons chichement et sans atours, prenant les repas en commun et petitement. Tous levés à l'aube, tous couchés au crépuscule. Je dois reconnaître que c'est là vie bien rude et hautement différente de celle de Cour. Mais c'est une vie pieuse et tout entière dévouée à l'Esprit-Saint. Et ces hommes que tien père m'a donnés ! On ne m'avait point dit qu'ils étaient à ce point tournés vers la prêtrise ! Je m'attendais, et c'était grande crainte que je me suis employée à taire jusque-là, je m'attendais, je te le dis, à devoir vivre avec une confrérie de guerriers agressifs et malmenés par les combats, des buveurs, des vérolés peut-être, qui auraient bamboché jour et nuit. Cherchant ci et là la compagnie des femmes. Non point la mienne bien sûr, tu sais que ta pauvre mère n'a jamais été de celles-là qui, d'escarte-cuisses en escarte-cuisses, se donnent au toutvenant : je n'ai jamais conçu le surplus que comme le moyen offert par le Seigneur afin de pouvoir enfanter, ce que toute dame respectable se doit de savoir. Mais je craignais les autres, sises alentour, paysannes et maraudeuses de toutes extractions, toujours prêtes à lever la jambe dès que se présente un biel et bion garçon.

Mais rien ! Nenni ! À nulle punition ne dois recourir : ces hommes prient toute la journée. Ils enseignent, prient, mangent et dorment, et voici résumée la totalité de leur semaine ! C'est là chose merveilleuse et réconfortante d'apprendre à mon âge qu'il existe encore en ce monde des gens aussi pieux.

Quant aux petites, elles sont exceptionnelles et toutes peuvent prétendre au titre de prophétesse. Je crois que même mon biel et bion husband, avec toute sa brillance d'esprit dont tu as hérité, ne serait à même de discerner parm'icelles laquelle aura le dernier mot de l'Histoire.

Son absence est la seule chose qui fait obstacle à ce que mon bien-être soit complet. Ah ! une espouse sans son husband, quand on y songe, quelle situation contre-nature. Parfois, je l'avoue, contrite et désespérée de réaliser que je ne le reverrai plus, je m'inflige moults coups de badine, imitant là les pénitents sur les routes. J'ai honte de ce manque que je sens au tréfonds, car si Dieu l'a rappelé auprès de lui, c'est qu'il devait avoir d'impénétrables raisons, tandis que nous accomplissons de nostre côté cette grande mission pour laquelle Il nous a élus.

My beloved little boy, je te donnerai d'autres nouvelles dès que du temps me sera laissé pour cela. Quant à toi, n'hésite point à m'envoyer missives par pigeons pour me dire ce qu'il advient pendant mienne absence,

Madame ta Mère

J'achevai à peine ma lettre lorsqu'un des hommes vint frapper à ma porte. Pensant qu'il grattait pour du surplus, je m'apprêtai à me déshabiller avant de lui ouvrir, mais il tambourina avec une telle force que j'en fus tout inquiétée.

« Que se passe-t-il, enfin ?

— C'est une des petites. Il faut que vous veniez en grange sans tarder.

— Mais comment ? Qu'est-ce à dire ?

— Madame, je ne sais, mais venez, la pauvre est à l'article.

— Quoi ? »

Je courus vers la grange, pieds nus, tenant toujours mon verre de vin à la main, suivie de près par le chevalier. Je trouvai Jehanne la treizième dans son lit, les hommes et toutes les autres Jehanne autour d'elle.

« Laissez-la respirer ! Vous êtes tant agglomérés qu'elle ne peut prendre goulée d'air, bande de pastrafets ! »

Ils s'écartèrent pour me laisser approcher. La treizième transpirait plus que de raison. La sueur perlait sur son front à gouttes épaisses, et sur tout son corps pareillement. Sa nuisette était rendue transparente et ses draps gonflés dégorgeaient comme si on les avait laissés sous la pluie.

« Elle se rend en eau ! Il faut lui donner à boire ! c'est là fièvre subite ! »

Mais elle n'était chaude nenni.

« Madame, déjà avons donné ci brocs et rien n'y fait, elle continue à suer.

— Donnez-lui-en un autre, maudit ! »

Je lui servis moi-même le broc mais le chevalier disait vrai : plus on la faisait boire, plus elle transpirait, comme si l'eau lui sortait immédiatement du corps.

La petite s'agita et me prit la main.

« Madame, madame, je suis toute percluse.

— Percluse par quoi, ma chérie ?

— Par la peur que j'ai de passer.

— Mais enfin, tu ne vas point passer. Tu es en âge et bien vigoureuse, mon enfant.

— Nenni, madame. Et c'est cette pensée qui m'a conduite en cet état.

— Explique-toi, je ne comprends guère ce que tu ardouilles.

— Je jouais avec les autres Jehanne, nous essayions les heaumes des chevaliers l'une après l'autre. Quand, soudain, enfilant le mien, j'eus vision de bastailles. J'étais enchevalée, esgorgeant et découpant des hommes hurlants. Partout autour de moi, des morts et des blessés. Soudain, je sentis en poitrine grand coup d'espée. Là, juste au cœur. Je retirai le heaume et fus alors figée par la terreur. Car je suis certaine que j'ai vu, madame, le moment où j'allais passer. C'est à cet instant que je me suis mise à transpirer, comme si une maladie me prenait en tempeste, tant et tant qu'on m'a portée sur mon lit. Voyez, comme je vous le disais, c'est la peur de mourir qui me tue.

— Mais enfin, ce que tu dis là n'a point de sens, ce n'est que ton imagination qui te joue des tours, voyons.

— Nenni, la vision de ma mort à venir est en train de me tuer maintenant. Voilà ce qui est, madame. »

Je lui caressai le visage, ne sachant que faire d'autre. L'un des chevaliers me fit signe qu'il voulait s'entretenir avec moi seul à seule. J'étais réticente, car voulant rester auprès de Jehanne la treizième, mais il insista avec force grimaces d'urgence. Bien lasse de cette bullshiterie qui n'était point de circonstance, je nous trouvai malgré-ce un coin de discussion :

« Que voulez-vous ?

— Madame, c'est la suette. La petite va passer dans l'heure.

— La quoi ?

— La suette.

— Qu'est-ce donc que cela ?

— Un mal englishois.

— Englishois ?

— Oui, d'abord venu de l'Englishlande. Mais ce n'est point contagieux, car ne se transmettant pas par l'air ou le toucher. Les Englishes l'appellent *souaitingue siquenesse*. Ils en ont peur, car la maladie peut atteindre n'importe qui. Roys, valets, paysans, soldats, femmes ou children, tous peuvent être touchés sans distinction et sans qu'aucun privilège les épargnât. Et le mal ronge toujours de la même façon : on est subitement désaxé par la peur, certain de passer au jour d'hui ou demain. On tremble, on voit des choses qui ne sont pas réelles. Puis on se met à transpirer. À transpirer abondamment. Jusqu'à rendre toute son eau. Puis on s'endort et c'est la fin. Jamais on ne se réveille. Le mal ne dure qu'une journée et disparaît pour longtemps ensuite. J'ai entendu les prisonniers englishois qui en parlaient, j'ai toujours cru que c'était une légende, mais c'est exactement ce qui nous atteint ce soir. La suette, madame. »

Médusée par ce que je venais d'entendre, je retournai auprès de Jehanne la treizième. Tous étaient apaisés, car la pauvre petite avait fini par s'endormir d'épuisement et ne transpirait plus. Je savais désormais qu'elle ne se réveillerait pas.

Nous l'enterrâmes à l'orée de la forêt sur une petite butte herbeuse. Un des chevaliers, qui avait été tenté par le séminaire avant de se raviser au bout d'une heure en abbaye, prononça les prières adéquates. Ne connaissant son identité véritable et sans certitude quant à son âge, je fis graver sur la grande croix sise au-dessus de sa tombe le chiffre treize, joliment enluminé.

5

La nuitée suivante me rétama tout autant que celle d'avant, mais pour des raisons diablement différentes. J'étais rongée par l'angoisse, quelque chose de l'ordre de la dévoration. La peur subite d'estre inapte à la tâche qui m'incombait. J'avançais jusque-là sans crainte ni regret de ma décision. Mais ce soir-là, la mort précoce de la treizième m'affligea plus que je ne l'eusse cru et je me malmenai sur ma couche, me posant nombre questions aux mots troués de doutes.

C'est alors que je partis en rêve éveillé. Nous devions approcher de la fin de la nuit, à la quarante-huitième minute de la quatrième heure, mais il faisait déjà grand jour autour de moi. Un soleil d'église jetait un feu ardent sur les ombres. Je marchai une nouvelle fois dans une contrée inconnue, percevant des ruines au loin, semblables à la montagne-cathédrale de la Révélation, mais comme floues et distordues par d'autres forces que la distance et l'usure. Je compris confusément que je devais estre là par esprit et non point par corps.

J'évoluai au milieu de ces terres arides, découvrant en mires d'autres décombres de cités disparues : des maisonnettes qui étaient construites basses et toutes semblables, mais point en pierre ou paille ; leur matière était bien plus solide que cela et leurs atours m'étaient estranges à l'œil. Je n'étais ni dans l'Avant ni dans l'Après, mais en un point suspendu du Temps.

Je sus alors où je me trouvais exactement : dans ce que le Maître nommait le Nœud, sis en Grande-Jonction ! Il avait dû trouver le moyen de me le faire parcourir dans l'éther du songe.

Un peu plus loin encore, il y avait une ville tenue droite et entière bien que dépourvue d'âme qui vive. C'est vers son sortir que j'aperçus un temple toujours en état. Grands bruits provenaient de l'intérieur. Plus j'approchais, plus le vacarme devenait assourdissant, on frappait, chantait, pendant que quelqu'un était soumis à la Question et criait de douleur. Mon cœur battait diablement en poitrine, mais j'étais désormais pleinement convaincue que je n'étais pas réellement ici et que mien corps reposait tranquillement dans ma chambrette ; aussi réussis-je à trouver la hardiesse de continuer à avancer.

Je passai porte en triangle à l'entrée du temple et trouvai long couloir faiblement éclairé. Sur les murs, des dessins et graphes d'une langue qu'il m'était impossible de déchiffrer, mais similaire à celle parlée par le Maître. Lorsqu'Il s'était adressé à moi, tout m'avait paru limpide, mais, confrontée à l'escrit sans Sa voix, je ne parvins point à entendre les paroles sacrées et j'en conçus grand dépouillement de cervelle, forcée que j'étais de me référer seulement aux dessins.

Moultes choses fondamentales semblaient pourtant expliquées là, cosmogonies inédites et vérités suprêmes, depuis l'origine jusqu'à la fin des Temps. Les murs donnaient à voir les destinées multiples de nostre univers et des autres, tel un infini parchemin déroulé sous mes yeux. Je restais devant un moment, me concentrant au mieux pour faire le lien entre tel et tel épisode, mais les hurlements d'à côté finirent par me décider à poursuivre mon périple.

Je débouchai sur une très vaste salle en rectangle et à haut plafond. Contre les murs se tenaient une vingtaine de prêtres en habits noirs et capuchons, chacun pourvu d'une lampette, chantonnant cantiques et frappant régulièrement larges tambours accrochés à leur ventre.

Au centre de la pièce, un petit homme assis et ligoté, blanchi aux tempes, teste baissée par épuisement et douleur, vêtu d'une tunique couleur chair et sang, icelle décorée de lignes circonvoluées. Tout à côté, un autre, plus jeune, portant couronne scintillante sur le front. Je le regardai mieux et fus saisie d'effroi : car homme il n'était point et nenni roy d'aucun lieu. Je vis se superposer à son aspect premier toutes les autres formes qu'il savait prendre selon les circonstances, telles que créature aux trois yeux, meslements de tentacules, pure obscurité qui passe sans estre vue, démon cornu, géant de noir apprêté, grand pharaon.

La créature interrogeait sans relâche le petit homme. Je m'approchai encore pour entendre ce qu'il lui demandait.

« Le Livre ! Le Livre ! Le Livre ! Dis-nous comment obtenir le Livre ! »

Le prisonnier restait silencieux. L'autre agita ses mains, une boule de lumière bleue jaillit de ses doigts et passa sur le ligoté, lui faisant trembler tous les membres.

« Tu ne peux mourir ici, mais souffrir tu peux, oui, souffrir pour toujours, tu le sais aussi bien que nous, et l'éternité, nous avons l'éternité pour tout savoir de toi, réponds, réponds, réponds à notre question, vas-tu, oui, répondre à notre question ?

— Quarante-deux.

— Quoi ?

— La réponse à vostre question est quarante-deux.

— Nous ne comprenons pas.

— Quarante-deux. »

Le petit homme se mit à rire. C'était là rire sincère, mais qui me donna plutôt l'impression qu'il entrait en grande folie, découvrant ses dents blanches et répétant inlassablement le chiffre :

« Quarante-deux, quarante-deux, quarante-deux, quarante-deux, quarante-deux, quarante-deux, quarante-deux, quarante-deux, quarante-deux… »

La créature fut prise d'une rage fauve et redoubla la puissance de ses boules bleues, harcelant l'homme sans discontinuer. Malgré la douleur, celui-ci continuait de lui crier sa mathématique en guise de réponse. Je remarquai alors qu'il ne portait point de drapé exubérant comme je l'avais cru, mais qu'il était au contraire nu de poitrine, son torse et ses bras enluminés d'une escriture rouge carmin, elle aussi faite de symboles et de mots inconnus. Dissemblable à celle du Maître, pourtant sans conteste familière, comme issue d'un alphabet cousin.

Je ne reconnus point le petit homme ligoté, ni par le souvenir ni par un savoir brusquement acquis. Mais si les Autres l'avaient ainsi fait prisonnier et s'acharnaient sur lui pour qu'il révèle ce qu'il savait à propos du Livre, c'est qu'il devait avoir grande importance et était sans nul doute un allié de ma cause. Mieux, il se trouvait *déjà* au cœur du Nœud, et depuis fort longtemps peut-être. Je ne compris guère comment il avait fait pour entrer sans Clé ni instructions, mais il était toutefois clair qu'il n'avait point parlé et ne parlerait point. Ses folie et complexion le préservaient de toutes les tentatives de Question et de toutes les formes de souffrance. Le Livre était donc toujours caché quelque part dans ce royaume et, bien qu'activement recherché, n'avait point encore été découvert. C'était là grand soulagement. Nous pouvions à nouveau nourrir une espérance sincère en nos accomplissements. Je fermai les yeux, apaisée, et revins en mien corps, sis en couchette.

Le jour se dévoilait à peine. Alors que je n'avais point fermé l'œil depuis deux nuitées, j'étais reposée comme si j'avais dormi des heures bien pleines.

Le matin même, je décrétais devant les Jehanne et les chevaliers qu'aucun temps ne serait consacré au deuil de la treizième, nous ne pouvions nous le permettre ; et nous reprîmes donc au fuseau le fil de nos jours.

6

L'enseignement que j'avais prévu nous occupait du matin au soir, mais il fallut trouver des heures en sus pour initier plus savamment les Jehanne à la lecture et à l'escrit. Elles apprenaient vite : au bout de six mois seulement, elles lisaient toutes sans se heurter aux syllabes et savaient graphier leur prénom. Enfin *presque* toutes, une nouvelle fois. La douzième rechignait aux exercices de l'esprit. Pourcelle ne peut, pensais-je. Il me fallait la punir, et moultement, tant elle était dissipée et dissipait les autres. Je fournissais à son endroit et contre elle trésors d'imagination pour la remettre en droit chemin. Mais rien n'y faisait, car rien ne semblait l'atteindre. Qu'elle dût nettoyer les écuries seule, tuer et déplumer elle-même les poulettes choisies pour les repas, se tenir silencieuse dans un coin de la salle pendant des heures, elle acceptait tout sans protester, et, surtout, crime de lèse-Yolande, elle le faisait consciencieusement et jusqu'au bout. Je pris véritablement la douzième en écrouelles. Elle m'adressait parfois lettres d'excuses absconses sur petites feuilles de papier. Je n'entravais en rien son escriture malformée et, même lorsque je parvenais quelquefois à déchiffrer les mots qu'elle me tendait religieusement, je n'en saisissais jamais le sens. J'avais beau la sommer de m'expliquer, elle refusait obstinément d'ouvrir la bouche. Tout en elle dépassait ma comprenette. J'eusse dû la chasser du domaine, la faire ligoter pour qu'un chevalier la ramenât à son père, la perdre en forêt, que sais-je encore. Mais chaque fois que j'en prenais la décision, des larmes inexplicables me montaient aux yeux et je renonçais à la dernière minute. Sa résistance à mes punitions était suffocante, mais je ne savais qu'en faire. Le temps passant, je remarquais par ailleurs la grâce nouvelle avec laquelle elle se mouvait. Les chevaliers me répétaient qu'elle était de toutes les children la plus estonnante au combat, la plus intelligente à la lutte et la plus féroce à l'espée. J'eusse voulu voir cela de mes propres mires mais ne parvins point à m'y résoudre. Penser à la douzième me tordait le ventre et j'évitais sous des prétextes fallacieux de me confronter à la réalité de sa puissance physique, j'en aurais probablement perdu l'esprit. Tu sais bien que Haine et Amour ne sont point contraires : l'Amour n'a pour antagone que l'indifférence, et rien d'autre. Ainsi, malgré mien aveuglement volontaire, la Grandeur immanente de la douzième perçait lentement mes défenses, faisant s'effriter tout acharnement.

Mum,

Depuis que Père et vous êtes partis, lui en Dieu, vous missionnée par le Susdit, je ne suis que bulle chagrinée, amas d'incertitudes. Charles de Ponthieu a voulu chasser sa mère de la Cour, car icelle bourguignonnait ouvertement, vos soupçons étaient fondés. Nul baiser d'épines ni de plumes lors de ces adieux. La reine est entrée en éruption, krakatoant qu'en rien n'était espionne et que tout était malice et fausse amabilité de sa part, afin de tromper les Bourguignons au cœur d'amadou. Aucun des deux ne crut l'autre et la rupture fut terrible. Isabeau fut emmenée de force à Tours où elle promit nul pardon aux Armagnacs. Jean sans Peur profita pernicieusement de la bielle occasion, faisant libérer la Bavaroise et voulant marcher sur Paris. Qui pouvait alors dire dans tel enfer ce qu'il était attendu de nous ? Ma sœur tressaillait de peur, mais non point le Dauphin, qui ne croyait guère à telle rumeur. Lorsque c'est arrivé pour de bon, en rien n'étaient prêts. Marie et Charles ont donc pris la fuite, le grand exit, la honte au cœur pendant que nostre capitale était envahie. Désormais, Isabeau ici-bas règne en maître. Nos petits, eux, sont réfugiés à Bourges. Entourés d'Armagnacs, ils sont en santé et protégés. Mais vous savez bien comment le feu de l'abandon peut devenir symphonie dans nos testes. Alors quel espoir peut-on avoir quand tout est si sombre ?

Ainsi soient nos vies, et bien le tant pis,
L.

Sweetheart,

Rien n'est possible qu'attendre. Nostre mission prend jolie tournure, mais nous ne sommes ready nenni. Il faut patienter et suivre la voie que prendront les événements comme barque suit le fil de l'eau. Nous nous immiscerons au moment propice, quand bien même icelui serait rongé par les malheurs. Protège ta sœur, protège Charles.

Tienne Mère,
qui veille et te soutient

Jehanne la cinquième, la huitième et la quinzième ne résistèrent point à un hiver rigoureux venu nous assaillir la deuxième année de nostre séjour au domaine. Elles toussaient tant que nous dûmes les isoler, et Ereshkigal finit par les emporter dans son palais de lapis-lazuli, je savais par les tisseries qu'elle existait encore. Au printemps suivant, il ne nous restait plus que onze petites. J'étais destruite de cet état de choses. Il faudrait encore des années avant qu'une seule ne fût prête, et quatre déboisées en aussi peu de temps étaient bien triste présage, alors que le roy de Bourges ne faisait rien d'autre que supplier mon retour.

Mother,

Tout est chaos autour de nous, Madame, idéal et mots en souffrance, puissiez-vous nous aider. Charles a nagé en eaux troublées, sans qu'une main fût tendue pour l'empêcher de commettre l'irréparable : croyant faire cesser toutes ecchymoses, il a ordonné l'exécution du duc de Bourgogne alors qu'une bielle entrevue de paix était prévue entre iceux sur le pont de Montereau. L'eau est devenue écarlate à s'y noyer et l'occisation est restée en travers de la gorge de tous, comme ascaris envahit les ventres. Isabeau a contraint son husband à signer un traité où elle rend sien amour à son fils, le désignant sans honte comme bastard de sang biaisé et criminel de la pire espèce. Ils veulent désormais offrir couronne et royaume aux Englishes ou au nouveau duc de Bourgogne, rien n'a de sens dans cette histoire, nulle chose ne va. Entre léthargie et pesanteur où nous demeurons, je vous escris, en ruinage d'esprit, ne sachant plus à quoi je sers. Alors je me tais à présent que tout devient dégoût.

Louis

7

Au début de l'été, sous la pression générale, je dus retourner à la Cour. Ou plutôt me rendre à cette nouvelle Cour, sise à Bourges, nom diablement empreint d'une ironie délicieuse. Je ne savais point ce que j'allais y trouver mais ne pouvais plus me soustraire, Charles de Ponthieu et mienne petite Marie allaient y officialiser leur mariement.

Deux chevaliers m'accompagnèrent tandis que je laissais la garde des children aux autres, toujours plus anxieuse de leur sort à mesure que la chevauchée m'éloignait du domaine. Je n'avais rien ouï du Maître depuis des mois et Son silence m'angoissait encore plus que tout le reste.

Bourges offrait un tableau moins mauvais que je ne l'avais imaginé ; mais il faut dire que je m'apprêtais à vivre en égouts au milieu des ratasses et autres rongeurs puceux. Nenni : certes réduite et encore plus siphonnée de désespérance qu'avant mon départ, la Cour était bien là, et aucun Armagnac n'avait fait défection. Le Dauphin avait même acquis un certain nombre de soutiens tiers. Je pouvais donc me retenir quelque temps avant de devenir Bourguignonne.

Je retrouvais ma fille tout enfollée d'amour, jouant à nouveau mon rôle de mère modèle et bien dévote à la seconde où j'entrais dans le château. Secrètement, je dressais aux seigneurs qui m'aidaient dans ma mission une image idyllique de nostre vie champêtre, passant sous silence la mort des Jehanne. J'inventais détails et anecdotes dont je savais qu'ils les feraient frissonner d'aise.

La situation aidant, la Cour dans son ensemble avait changé d'attitude envers moi. Ceux qui savaient mes accomplissements me regardaient avec admiration et les autres avec une foi renouvelée en leur Dieu, rassérénés de voir une ancienne pécheresse se repentir et trouver le bonheur véritable dans la bigoterie du veuvage.

Au matin du mariement de Charles et de Marie, j'eus la surprise de voir débarouler Isabeau et le Sixième dans leur carrosse vingt chevaux. Devant mon éberluement, le Ponthieu m'expliqua qu'il croyait désormais et sans faiblir à l'espionnerie de sa Mother, puisqu'elle lui en avait apporté les preuves. Je trouvai dites preuves bien maigrinettes, s'agissant pour la plupart de lettres sans fin où la reine tentait moultes explications pour justifier son revirement, prétendant l'échafaudage d'un grand plan dont elle voyait le début et la fin. Je fus d'autant plus méfiante à son endroit qu'elle s'adressait à moi avec diable courtoisie, frisant l'obséquiosité et se permettant même de m'appeler « bielle-maman ». Charles VI l'accompagnait comme chien perdu. Dès qu'il en avait l'occasion, il me fixait ardemment. Et, comme au soir où je m'étais ingérée dans sa chambrette, nulle follerie en son œil ne voyais.

Je restais trois semaines après la cérémonie de mariement.

Malgré le faste de la feste et les jours de beuverie qui avaient suivi, le moral était retombé au plus bas, tant les perspectives d'avenir radieux se trouvaient considérablement amoindries. Nul ne savait ce qui allait advenir, pas même moi, icelle Yolande.

Je me décidai finalement à repartir avec les deux chevaliers, non sans avoir rempli nos malles à ras bord de mets et de cadeaux pour les children. Pour nostre départ avions pris soin de choisir une heure bancale, entre chien et loup, pour ne point susciter d'attroupement, lequel n'aurait pas manqué de s'interroger en nous voyant rentrer au couvent si richement garnis. Alors que nous allions quitter l'enceinte, un homme en capuchon se mit en travers du chemin. Les chevaliers sautèrent au sol, dégainant leur espée. L'homme se découvrit et ils s'agenouillèrent aussitôt : c'était Charles VI le Fol, le Bien-Aimé, le Roy Ardent. Il avait les bras nus et on y distinguait ses brûlures profondes, conglués en cicatrices noueuses. Il me fit signe d'approcher. Je descendis de cheval et m'avançai vers lui avec grande appréhension. Alors que je n'étais plus qu'à quelques pas, il me dit d'approcher, encore et encore, toujours plus près, jusqu'à avoir sa face collée à l'oreille.

C'est alors qu'il me murmura une chose impossible, qui me laissa interdite.

Et le roy s'enfuit en criant : « À bientôt à bientôt à bientôt bon voyage à bientôt », riant tant et plus, se cognant contre les murs, tombant et se relevant sans cesse, comme pris de malaises et convulsions. Je remontai à cheval et donnai l'ordre de partir au galop.

Je ne pipai mot pendant une bonne partie du trajet. Les chevaliers n'osaient point s'adresser à moi et ce fut donc voyage de plusieurs jours silencieux et stupéfaits. Les cerfs blancs que nous croisions me donnaient tous l'impression de nous surveiller.

Je repensais sans cesse à ce que m'avait dit le roy fol. Comment pouvait-il savoir, qu'est-ce que cela signifiait, et moi, au milieu de tout... J'étais déterminée à trouver une explication à ce dévoilement, sans parvenir à en découvrir une seule qui fût satisfaisante. Ce n'est que vers la fin de nostre épopée de retour que l'un des deux chevaliers eut enfin le courage de me poser la question :

« Madame, pardonnez, vous êtes restée coite depuis que nous avons quitté le château. Nous n'en sommes point sûrs, mais en avons discuté pendant nos nuitées : le roy vous a dit quelque chose, n'est-ce pas ? C'est cela qui vous a mise dans cet état ? »

Je consentis à lui répondre, sachant que lui non plus ne comprendrait guère de quoi il retournait.

« Vous ne vous trompez point, le roy m'a parlé en effet.

— Mais est-ce si grave, madame ? Vous savez qu'il est estracandé depuis longtemps. Rien de ce qu'il ardouille ne fait sens et il ne faut y prêter l'oreille.

— Ce qu'il m'a dit faisait sens au contraire.

— Mais qu'était-ce donc, madame ? Vous excuserez l'outrecuidance que j'ai de vous poser si honnestement la question ; nous vous portons en haute estime et nourrissons pour vous et cette mission un amour pur. Vous voir ainsi, muette et prise d'anxiété, nous esbardaille le cœur. Peut-être qu'en nous parlant vous seriez libérée et nous pourrions alors vous estre utile et vous aider si la situation était périlleuse.

— Il n'y a point de péril, soyez rassurés. Ce qu'a dit le roy était profond et mystérieux mais n'était réservé qu'à moi, et c'était là parole de connivence et sans menace.

— Que diable a-t-il donc pu balbutier ?

— Il m'a dit : "Quarante-deux." »

Je tirai sur la bride de mon cheval pour le déporter un peu plus sur la gauche, laissant les deux chevaliers esbaubis tandis que nous arrivions au domaine.

Mais il n'y avait plus rien ni personne. Aucun soldat, aucune petite Jehanne, quelques animaux détachés erraient seuls sur l'herbe grasse. Dans la salle de classe, la date de la semaine précédente était inscrite au tableau et les cahiers étaient encore ouverts sur les tables. Si les poules et vachettes étaient bien là, point de chevaux à l'écurie. Par ailleurs, nul signe de lutte ni de sang versé ; je sentis pourtant une terreur compacte monter en moi, se dissolvant en un liquide acide qui se propagea furieusement dans mes veines, décimant toute mienne volonté sur son passage.

Au loin, portés par le vent, nous entendîmes cris et dévastations. Cœur bondissant hors de poitrine, nous chevauchâmes vers l'endroit d'où provenait l'horrible bruit. Ce que nous vîmes en arrivant fut pire qu'imagination avait pu me laisser croire.

Sur une grande plaine, des morts partout, taillés en pièces, écorchés, les yeux crevés ou hors des orbites. Le sang avait coulé à flots des cadavres, formant mares et lacs brunâtres.

Je reconnus parmi des corps inconnus ceux des chevaliers de mon ordre, gisant éparpillés, leurs entrailles surgissant. Près d'un muret en ruine recouvert de chairs à vif, Jehanne la première se tenait morte mais entière. Tandis qu'autour d'elle, plantées sur d'infâmes piquets, se trouvaient les testes de six autres Jehanne. Leurs faces grimaçaient de douleur, et la base de leurs cous étaient déchiquetée et non tranchée net, comme si on leur avait arraché la teste à mains nues. Deux d'entre elles avaient encore une partie de la colonne dorsale en état de squelette rattachée à leur cou. La plupart des cadavres que je ne connaissais point étaient vestus de loques et cache-trou issus de la populace la plus outrancière et miséreuse, mais quelques-uns parm'iceux portaient l'habit de prêtre, ce qui me fit frissonner davantage. Effondrée devant cet atroce spectacle, j'aperçus alors Jehanne la douzième.

Elle était droite sur un tas de charognes amassées, son corps ceint d'une large armure, tenant d'une main une espée et de l'autre une hallebarde. Elle n'avait plus de heaume et ses cheveux fols étaient malpoissés par le sang. Toute sa face en était d'ailleurs couverte, et on ne distinguait plus que l'orbe blanc de ses yeux qui regardaient dans le vide. Elle mâchait quelque chose et en crachait à intervalles réguliers des morceaux solides et rougeâtres. Lorsqu'elle eut terminé cette prime mangeaille, elle planta son espée dans un cadavre encore chaud et tailla grand morceau de chair qu'elle mit immédiatement en bouche. Elle avalait viande humaine et en graillonnait les os.

C'est à cet instant que je m'évanouis tout à fait. Je sentis les deux chevaliers me porter et me remettre en selle, puis le cahot de la route sur le chemin du retour. Mais je ne repris véritablement conscience que le lendemain. En plus de la douzième, trois autres petites Jehanne, la septième, la dixième et la quatorzième avaient survécu. Elles s'étaient réfugiées en forêt, certes lâchement, remarquai-je, mais bien avisées d'elles-mêmes en la circonstance. Je m'en vais te dire ce que…

GONE GIRL

1

Après avoir appris la mort d'Elissandre, je restai hébétée, engluée au chevalier pendant tout le reste du voyage, et le jour et la nuit. Quand nous arrivâmes au domaine de YO, j'étais comme vidée de ma substance.

On nous mit en rang et la dame s'adressa à nous en grande pompe. Je n'escapitai rien à ce qu'elle nous dit si ce n'est que, à partir de ce jour, je me nommerai Jehanne la douzième.

Les chevaliers nous emmenèrent en grange et, tout épuisées et fébriles du voyage, nous restâmes coites et molles sur nos couchettes. Je nous comptai, deux mains pleines plus quatre et moi, donc très exactement trois mains pleines. Quant à la raison pour laquelle nous étions là, n'aurais su le dire à l'époque. Mais bel et bien là pour longtemps, ça je le sentais. Toutes finirent par s'endormir sauf moi, qui tournais dans ma couche.

Ce diable de sommeil ne vint qu'à l'aube et je fis bien estranges rêves juste avant : dans un domaine abandonné, je suivais la dame appelée YO jusqu'à une chaume toute grande et en triangle, aux murs joliment dessinés. J'étais juste à côté d'elle, mais elle parlait seule et ne me voyait point.

Dans une vaste salle, il y avait deux hommes, l'un tout attaché et riant, l'autre bavant et rageant, faisant un monde de sorcelleries avec ses doigts. Et des abbés dans les coins qui chantaient la messe et jouaient du tambour. Je m'éveillai tout apoplexiée de pareil renversement de cervelle.

Au sortir du lit, nous trouvâmes robettes blanches et bien propres à nostre chevet et les Jehanne voulurent faire leur toilette pour l'occasion. L'un des chevaliers, qui avait passé la tête par l'entrebâillement de la porte en entendant nos piailleries d'oiselets, nous dit que nous devions pour cela nous rendre au lac derrière la chaumière et procéder là-bas aux ablutions.

Les autres Jehanne y allèrent en courant et sifflotant, se poussant du coude pour y arriver la première. Moi ne voulus point et ne bougeai en rien de ma couche. J'avais décidé que près des lacs ne mettrais plus séant, jamais, car les rencontres qu'on y fait font chavirer le cœur et l'esprit.

Le chevalier tenta de me convaincre que c'était là chose nécessaire et que je ne pouvais décemment rester en saleté devant dame YO. Je croisai les bras et me mis en position morte sur le lit. Il s'échina à me remuer, mais ne réussit point à me faire bouger d'un pouce. Il finit par abandonner, non sans me dire que je l'aurais bien cherché si je me faisais punir, et moultement, mais je n'en avais cure.

Je me doutais toutefois que j'allais être malaisée une fois devant la classe. Et lorsque je vis les Jehanne proprettes et pleines de senteurs florescentes, je fus quelque peu prise de regrets quant au lac ; car j'étais, moi, toujours bien vaseuse et puante comme rat crevé, le corps encore empaqueté en guenilles.

Et ça n'a point loupé ; dame YO m'a pointée du doigt et m'a encore dit des choses apocryphiantes, mais cette fois indéniablement hostiles. Elle m'ordonna de la suivre et j'obéis. Une fois dehors, je compris que je n'échapperais point au bain. Je fis comme on me l'avait montré jadis et voulus entrer tout habillée en baignoire de fortune. Mais YO n'y consentit point et me défrusqua elle-même. J'étais nue devant elle, et pour la première fois depuis que j'étais sortie de nourrice, nue devant quiconque.

J'eus soudain honte de mon estre mal fait. Alors qu'il m'avait fort bien protégée jusque-là, je me pris à souhaiter qu'il disparaisse, que son rabiot fonde comme neige afin d'offrir à YO une vision de moi gracile et pleine de joliesse. J'essayais maladroitement de couvrir mes parties basses, mais c'était inutile, YO s'en moquait bien, tout affairée à me gratter la peau pour retirer les restes de tissu incrusté. J'eus fort mal, car elle n'était ni douce ni arrangeante, ça non. Pour autant je me fis un point d'honneur de ne rien laisser paraître. J'entrai dans le bain. YO me tendit gant de crin et savon, mais je ne savais qu'en faire : je ne connaissais le toilettage qu'en théorie, n'ayant jamais subi d'ablutions complètes. J'avais grand-peur qu'elle se moquât de moi en me voyant essayer pour de vrai.

Tout impatiente et furieuse, elle me passa le savon et le crin sur le corps, et même au-devant et au-derrière et sur les cheveux, et, ainsi fait, me plongea la tête sous l'eau, puis recommença à nettoyer encore plus rageusement, me replongeant la tête sous l'eau, et ainsi de suite.

Je saisis alors ce qu'elle faisait vraiment.

Elle me donnait baptême.

Et réalisant cela, je sus tout le reste : depuis toujours, ma vie avait été tournée et retournée en bien des sens pour en arriver là, à ce moment précis où je me retrouvais nue dans le bain, YO me trempant dans l'eau et me faisant ressortir, toute propre et nouvelle.

Ce jour-là, je suis née pour la deuxième fois.

Je décelai bien d'autres choses encore, parm'icelles la plus importante de toutes : je m'appelais Jehanne bien avant qu'on ne me donne ce prénom. Mon identité précédente n'était qu'un masque de carnaval que YO m'arrachait à mains nues. Grâce à elle, je n'avais plus de chiffre.

J'étais Guérillère et prophétesse. Et ce dès mon premier cri, déjà élue au sortir du ventre, n'appartenant à aucun dieu ni dogme. Mien esprit que je croyais confus était façonné pour comprendre des choses que personne d'autre ne pouvait. Et mien corps n'était en rien une honte que je devais traîner, mais l'incarnation de mon incontestable puissance, la démonstration de ma force de Nature.

Je regardais YO à travers ces nouvelles mires offertes par baptême, qui changeaient le contour des choses et ma perception du monde.

YO, avec ses cheveux blonds et bouclés, sa belle face travaillée par les ans, les rides véloces qui lui couraient partout, ses yeux verts pénétrant toutes barrières et son double-renflement si près de ma touche.

Je suis tombée en amour à cette seconde et pour toujours. Je retournai en classe, mais ne pus détacher mon regard du sien. Elle me fixait aussi. Toutefois ne sentis chez elle que perplexité. Il allait me falloir la convaincre coûte que coûte de ma dévotion, or ne savais ni comment m'y prendre ni que dire vraiment.

Le soir même, lors de la mort de Jehanne la treizième, j'étais tout à côté. Mais YO ne me voyait plus, rétamée par le chagrin de perdre la petite. Pour ma part, je n'étais guère affectée par cette mort, car ne la connaissais en rien, mimant toutefois le désespoir, puisqu'il semblait adéquat. YO ne le nota point.

Les cours se succédaient en rythme fol et j'étais bien hardie. Chevauchant sans obstacle, j'ai su manier l'espée avant toutes les autres, et la hallebarde et l'arc. Je savais choisir la meilleure des armures selon les circonstances et ne me trompais jamais en tactiques de guerre : qu'importaient le terrain et la conjoncture, le nombre d'ennemis ou la diversité de leurs armes, je réussissais toujours à trouver le moyen de les contourner et gagner à la fois par malice et par force. Seule la quatorzième pouvait prétendre rivaliser avec moi en chevalerie ; elle n'égalait certes point ma qualité de frappe, mais savait elle aussi manier l'espée avec une dextérité qu'aucune autre de mes sœurs Jehannesques ne parvenait à atteindre.

Le chevalier qui m'avait prise à mon père me couva d'une affection particulière et doubla mon enseignement après la classe. Bien qu'il fût déjà âgé de dix-neuf années et moi de onze seulement, je le surpassais bien vite en tout.

Les autres Jehanne, constatant mon avance, en conçurent grande jalousie pour les unes et indéfectible amitié pour les autres. Je jouais indifféremment avec toutes, riant et me gabelant, mais jamais dupe des méchantes, mettant une belle ambiance dans nos chambrettes. J'avais souvent en teste blague fort salace qui les faisait rougir et se cacher, j'inventais des jeux de couche, et même les chevaliers riaient de bon cœur avec nous, nous grondant pour de faux. Mais bien que je fusse joyeuse pendant ces intervalles en grange, les heures de classe où YO nous enseignait les bielles-lesttres me laissaient muette et sans pouvoir ciller. Éperdue et cœur battant, je l'observais avec intensité et bavant presque, tant j'étais fascinée par la susdite.

Me voyant malplacée de cervelle et incapable de rétorquer devant YO, les fourbesses parmi les Jehanne commencèrent à m'accuser de tous les maux. Si telle n'avait pas fait son devoir la veille, c'était parce que Jehanne la douzième l'avait obligée à jouer passé minuit. Si telle autre avait oublié d'apprendre le poème du jour, c'était parce que Jehanne la douzième l'avait bien trop fait rire et sa mémoire de l'escrit en avait été toute retournée. Et tant d'autres excuses contre lesquelles je ne pouvais protester, n'osant point ouvrir la bouche pour dédire ces accusations. YO avait beau m'interroger, je restais silencieuse, et même lorsque je savais parfaitement ma leçon ne parvenais point à le montrer. Je passais à ses yeux pour la pire des aberrantes. Elle en éprouvait une grande colère contre moi et me punissait toujours davantage, prenant plaisir à me voir accomplir nombre tâches dégradantes. Mais rien ne venait entamer l'amour qui m'animait.

Chaque nuitée, je cherchais un moyen de lui dire ce que je ressentais au-dedans de moi. Mais j'avais beau chercher et chercher, ne trouvais point le biais idéal. Je finis par raconter mes malheurs d'amour à Jehanne la première, que j'avais en grande amitié. Elle me donna une idée :

« Eh bien, puisque tu ne peux déclore ta bouche, tu n'as qu'à lui escrire !

— Escrire depuis trop peu de temps ne sais. Copier à peine, et encore, je suis bien meilleure à reproduire ce que j'ouïs. Alors inventer des mots tous destinés à YO, ne pourrais point. Et puis que me faudrait-il lui escrire ?

— Des mots d'amour, voyons ! Et des bien biaux ! Si tu ne peux en inventer, tu n'as qu'à mettre à l'encre ce que tu sais d'autres qui en ont imaginé ! Et bien le tant pis pour l'orthographe ! »

Je tenais là quelque chose qu'il me fallait approfondir.

Le lendemain, je notai sur feuillette l'un des poèmes amoureux que j'avais entendu des troubadours lors des veillées chez mon père et attendis la fin de la classe pour le donner à YO.

J'inventerai moultes langues
Pour que t'en sois exsangue
Et dans tiennes malles ici
D'éternelles vignonneries

Tous les rites hérétiques,
Issus des mages d'Afrique,
J'les dirai au grand jour,
Pour retenir l'amour

Je me couronnerai
Pour ne point t'éloigner
Et rongerai mes fadaises
Pour raviver la braise

Je serai ces clampines
Qui t'font courber l'échine
Ces cris-là seront tiens
Si tu m'prends par la main

Pleine lumière et joliesse
Pour qu'ton cœur soit en liesse
Je deviendrai du velours
Pour retenir l'amour

Elle le lut. Me regarda. Le lut à nouveau. Puis déchira le papier et déclara que c'étaient paroles d'abrutie. Triste d'avoir loupé si jolie coche, je me dis que le poème ne devait pas estre aussi esbardaillant que supposé. Je me creusai plus avant la cervelle pour en trouver un autre, plus beau et mieux tourné, et lui portai le jour d'après :

Embourber fleuvines
Traîner ma charge
Devenir marine
ça passe large

Narguer machinerie
Rire haut des clercs
Même Jésus-Christ
N'y peut rien faire

Je gère miennes bastons
Cogne à mon tour
Pendre Bourguignons
J'l'ai su en Cour

Suis sans nul vice
frêle non plus
Vos maléfices
vous s'ront rendus

J'connois les frimas
Je m'ébats dans l'gel
Mais une vie sans elle

Ne le puis

Elle eut la même réaction que la première fois, mais doublée en virulence. Elle déchiqueta la feuillette en petits morceaux qu'elle éparpilla comme une enfollée et me demanda ce que je voulais lui dire en vérité, me sommant de parler, là, maintenant, sans attendre et sans papier, sous peine de recevoir mille et un coups de badine.

Je restai toujours coite, ne comprenant point ce qu'elle n'avait su saisir dans le poème pour qu'il me faille le répéter à haute voix. Entrant en phase de hargne féroce, ce qui, je dois le dire, lui éclairait la face avec d'autant plus de joliesse, elle me congédia. Ne reçus point coups de badine mais dus à nouveau nettoyer étables et écuries à moi seule pendant les six mois qui suivirent.

Pensant que, bien qu'elle nous l'enseignât avec force et conviction, YO n'était pas très ouverte à la poésie, je renonçai provisoirement à lui transmettre mon amour par escrit.

Plusieurs Jehanne moururent durant l'hiver, et c'était là chose normale, car elles étaient bien trop fragiles, et l'une d'elles était atrocement mitée de la calebasse.

Les enseignements secrets du chevalier continuaient leur effet et je devins peu à peu plus habile que le plus robuste des soldats du domaine. Mien corps était un avantage conséquent qui me permettait de rester ancrée en sol, tout en usant d'une grâce parfaite lorsqu'il me fallait me délier pour porter touche, puisant en moi une force considérable.

C'est au cours de cette période que deux des Jehanne commencèrent à avoir un comportement plus qu'estrange à mon endroit. La septième, d'abord, voulut se rapprocher de moi chaque nuitée, tant physiquement que sur le plan des amitiés. Excédée de cette promiscuité malaisée, je lui demandai quelles étaient ses intentions réelles à se tenir toujours plus près.

« Je veux escrire ton histoire.

— Escrire mon histoire ? Mais quelle histoire ?

— Celle de ton épopée Jehannesque. Tu seras la dernière Jehanne, tout le monde le sait. Seule YO l'ignore encore, mais elle l'apprendra bien vite.

— Et toi là-dedans, que seras-tu ?

— Je ne serai rien si ce n'est narratrice. Jehanne la septième. Venue de Beaune.

— Je n'entrave rien à tes balbuties.

— N'aie crainte, moi, je sais. Je m'appelle Jehanne de Beaune et j'escrirai ta fiction. Je peux dire les morts et le sang de la guerre. Je peux dire les mots que tu ne diras pas : *coruscant*, *pestilence*, *rhizome*, *nitescence*, *obombrer*, *chanterelle* et… »

Je m'éloignai d'elle tout de go, suspectant un jobinard précoce, et lui ordonnai de ne plus m'enjoindre de la suivre dans ses délires. Elle me tourna autour quelque temps encore, mais finit par se tenir à bonne distance et considéra ma réticence comme faisant partie de l'histoire. Ratiboisée de l'autre côté de la chambrette, je la surprenais souvent à scrutation, prenant moultes notes sur un petit bout de parchemin qu'elle conservait toujours à sa portée pour ensuite copier dites notes dans un grand cahier couleur pomme.

La quatorzième ensuite, que je trouvai un matin agenouillée à mon chevet, l'œil clos et méditatif, psalmodiant des sonnets catholiques. Quand je me redressai, elle ouvrit grand les yeux de surprise, et un sourire niaiseux apparut aussitôt sur sa jolie face. Elle tenait entre les mains petit livret noir, annoté en marge et ouvert à mi-quart, avec, entre deux pages finettes, joli ruban de soie pour y marquer sa lecture.

Elle le referma doucement, toujours souriant d'une candeur de plus en plus terrifiante, tant elle semblait figée sur sien visage. Sur le dos du livre, en lettres dorées et solennelles, quelque artisan avait gravé *BIBLE*. Ainsi était-ce donc là le livre des contes latinisés qu'il nous était interdit de posséder nous-mêmes. Un flot de questions me vint à l'esprit, mais la quatorzième leva la main comme pour balayer mes protestations à venir :

« Ma sœur, j'ai veillé sur ton sommeil en compagnie de Dieu. J'ai prié, prié pour que tu reviennes des diableries où tu t'égarais.

— Des diableries ?

— Tout à fait, j'ai fait un rêve où tu étais en train de rêver d'un lieu incertain, mais dont la lucifette était incontestable.

— Tu as rêvé que je rêvais ?

— Le Seigneur appelle cela une Inception. Et ses voies sont impénétrables.

— Celles de l'Inception ou celles du Seigneur ?

— Les deux. Mais j'ai su immédiatement qu'il fallait que je me lève et que je prie pour te sortir de là. Et te revoilà parmi nous, en chemin de paradis.

— Je n'ai point rêvé cette nuitée. Comment as-tu eu cette biblerie ? »

Elle détourna les yeux, et ses joues se colorèrent de la pourpre typique des coupables de vol.

« Eh bien ?

— Oh ! je l'ai trouvée dans les affaires de dame Yolande. Celles qu'elle laisse dans la classe. Il y en a plusieurs et elle ne les ouvre jamais. Je la remettrai en place quand je l'aurai terminée. Personne ne s'en rendra compte de toute façon. »

Je fronçai les sourcils pour lui signifier ma désapprobation qu'elle eût osé toucher aux saintes malles de YO, mais elle était si emplie de culpabilité et componction que c'était comme gronder une fillette en petit âge.

« Et tu aimes ce que tu lis dans tel ouvrage ? »

Elle sourit d'autant plus.

« Oh ! que oui, c'est bien biau ! Il y a là plein de drames et de résurrection ; Dieu est un estre de sagesse et de grandeur, Sa colère est toujours juste et Sa puissance et Sa gloire pour les siècles des siè…

— Tu entraves donc la latinerie ?

— Bien sûr : avant que d'estre Jehannisée, j'étais tout comme toi promise au couvent. On ne m'a appris que les rudiments de la religion, mais j'y trouvais déjà biel intérêt, et les bonnes sœurs ne parlaient que la latinerie entre icelles. Ainsi, par l'oreille et par l'escrit, j'ai retenu moultes choses. Désormais, grâce au Saint Livre et aux cours de dame Yolande sur les Évangiles, je puis passer à l'étude et à la pratique. »

J'émis un grognement, signifiant que pour ma part cette conversation était terminée. La quatorzième reprit sa vulgate et retourna à sa couchette pour passer sa robette de jour, non sans avoir tracé une chose estrange dans l'air, qui ressemblait vaguement à un T majuscule.

2

YO partit au début d'un des étés suivants retrouver je ne sais quelle Cour qui la réclamait, emmenant avec elle le chevalier qui m'avait emportée et toute mon espérance de réussir à lui parler d'amour.

Les jours après son départ furent mornes et sans intérêt, semblables à ceux qui m'avaient séparée d'Elissandre.

Au bout du dixième, n'ayant plus rien à prouver à la soldatesque et m'ennuyant de YO, je décidai de faire classe sèche et partis en balade. Sur le dos de mienne jument fétiche, j'arpentai les forêts alentour, armée d'une espée et d'un arc en carquois, débusquant ici un faisan, là une biche ou bien encore un lièvre tacheté. Jamais ne tuais l'animal, mais le visais toujours, certaine de faire mouchette en cas de tir véritable.

Assez rapidement, je me lassai et m'allongeai pour dormir un peu. Je fus éveillée bien plus vite que prévue par deux pimprines penchées au-dessus de moi.

« Eh bien, qu'est-ce là ? Un jeune sauvageon en robe, dirait-on. Qu'il est grand et fort ! »

Je me levai en hâte et dégainai mon espée.

« Sauvageon ne suis point, mais Jehanne, prophétesse, Guérillère, au service de Charles VII et de dame Yolande d'Aragon.

— Eh bien, eh bien, tout cela ! C'est là bielle chance que Destin nous offre.

— Qui êtes-vous ? Nommez-vous. J'aime à connoistre les noms d'iceux que je passe par l'espée.

— Doucement, jeune fille, et ne nous passe point. Nous nommons icelle qui parle Hermance, et celle ci-près Eulalie. Ça pour nom de baptême.

— Mais il faut dire que nous avons bien vite été renommées Vanina et Clitandre par nos sœurs. »

Elles rirent sans que j'en saisisse la raison.

« Que faites-vous en ces bois ? Il n'y a rien ici.

— Oh ! tu dois te détromper, ma chère et vigoureuse, la forêt recèle mille choses et en premier lieu bielles et bonnes herbes dont nous avons besoin. Et puis, c'est là que nous vivons, depuis qu'on a détruit nos sœurs en chrétienté.

— Détruit en chrétienté ?

— Oui, hélas, c'était grand malheur et ne sommes restées que deux. Toutes les autres ont été noyées ou brûlées par l'idiotie, en la personne du grand prêtre d'Inquisitio.

— Mais qu'estes-vous donc pour qu'on vous fît telle chose atroce ?

— Sommes sorcières, pourrais-tu dire, mais seulement aux yeux des autres. La vérité est que nous ne croyons ni à dieu ni à diable. Nous croyons en Nature toute-puissante et Mère de la Terre. Mais c'est insupportable aux yeux d'Inquisitio. Ils nous chassent et nous tuent, partout dans le royaume. Nous nous sommes réfugiées ici. Tu ne dois rien dire de nous, sinon nous passerions, et sans procès.

— Je ne dirai rien, je ne ferraille avec personne qui soit prêtre : j'ai pour gardiens de preux chevaliers qui s'entraiment moultement, mes sœurs Jehannesques comme seule compagnie et dame Yolande qui nous dépasse tous en charisme et biauté. Et c'est bien tout.

— Mais que fais-tu ici laissée seule si vous êtes tant ?

— Je suis partie, je voulais estre tranquille. Je suis bien triste, car, voyez-vous, dame YO fait long voyage jusque dans sa Cour et je ne sais quand elle revient et… »

Je me retins d'en dire davantage, car j'allais venir en larmes, et tu sais que jamais ne pleure devant des estrangers. Les deux me regardèrent et semblèrent se consulter silencieuses.

« Jehanne, que dirais-tu de venir avec nous pour la nuitée ? Nous n'avons point de chaume, mais campement de fortune à l'orée. Ainsi tu pourras nous conter ton histoire et nous te conterons la nostre, en partageant bons breuvages de nostre composition. »

J'acceptai la proposition, y voyant une distraction supplémentaire à ma détresse. Ça m'amusait par ailleurs diablement d'imaginer les chevaliers et les Jehanne s'inquiétant de ne point me voir revenir, me cherchant partout et ne me trouvant nulle part.

Ils enverraient sûrement message urgent à YO, qui s'empresserait alors de chevaucher vers le domaine et...

J'arrivai au campement d'Hermance et d'Eulalie tandis que la nuit commençait à tomber. Elles allumèrent un feu et me servirent à boire. Le cumul de chopines aidant la confidence, je leur racontai tout, depuis mienne naissance jusqu'au départ de YO, en un meslement de mots informes qu'elles parurent pourtant comprendre sans effort. À ma grande honte, j'étais souvent rendue au bord de la falaise aux sanglots, mais me reprenais bien vite. Elles étaient compatissantes envers moi et bien gentilles. Elles me donnèrent à manger. J'acceptai, mais seulement par politesse, car aucune poularde et nulle cochonnaille en leurs mets, mais herbes bouillies, racines recuites et légumineuses fadasses.

À leur tour me contèrent leur histoire : comment, depuis jeunettes, elles avaient rejoint l'Assemblée. Élevées par leurs sœurs et nourrissant pour elles grandes affections et transports d'amour. Elles vivaient toutes tranquilles jusqu'à l'arrivée des prêtres d'Inquisitio. Là, alors qu'elles résidaient un peu à l'écart mais en bonne entente avec les villages, leurs habitants s'échauffèrent soudain contre elles sous l'influence des prêtres, voyant désormais dans leurs yeux des yeux démoniaques et dans leurs messes des cérémonies impies.

Elles tentèrent de se dissimuler un moment en attendant que ça passe, mais toujours les prêtres revenaient à la charge, animés par grande rage dite chrétienne et animant les autres gens. Ils finirent par en débusquer une vingtaine et leur firent procès.

Ils avaient mis au point une méthode infaillible : ils les jetaient à l'eau ligotées dans un sac. Celles qui parvenaient à défaire leurs liens étaient considérées sorcières et il fallait les brûler une fois sèches, celles qui mouraient étaient en réalité d'innocentes créatures accusées à tort et leurs péchés étaient absous dans un grand sermon de repentance.

Dix-neuf périrent noyées et déclarées pures ; mais la vingtième réussit on ne sait comment à sortir du sac. C'était la preuve qu'il fallait à Inquisitio pour décréter que toute la confrérie était bien atteinte d'hérétisme. Les prêtres annoncèrent donc que chaque clampin qui tuerait une membresse de l'Assemblée serait récompensé par joie divine, vie éternelle et somme rondelette.

Ainsi, une à une furent occises et ne restèrent qu'Hermance et Eulalie, à peine plus en âge que moi, qui se cachaient toujours plus profond dans la forêt. J'eus grand-peine à ouïr leur récit. Je me croyais bien souffreteuse dans mienne existence, alors que nenni : il y avait dans ce monde plus grand malheur que le mien au jour d'hui. Tu dois te dire que c'est là porte ouverte dans laquelle on débaroule, mais, bien affairée à ne penser qu'à moi, je n'avais jamais envisagé jusque-là la peine des autres.

Et ce qui m'étonnait encore mieux était la joie des deux pimpantes qui, après m'avoir fait l'abominable narration, ne voulurent plus penser à ces tristes choses et se mirent à chanter et à danser. Je chantai et dansai avec elles, suivant leurs mouvements et reprenant leurs cantiques, en belle ronde autour du feu. Jusqu'au moment où nous fûmes si proches que tout bascula pour devenir autre chose. Je ne saurais définir l'instant précis qui hâta l'effet, mais il avait trait à la multiplicité du frôlement. Oui, c'est bien cela, je te le dis, une épaule qui en frôle une autre et rien de plus, et l'épaule frôlée qui se laisse faire et qui frôle en retour. Alors on se rapproche encore. Et frôlement devient franche caresse. Je sentis pour la première fois langue inconnue en bouche, et, alors que je pensais en estre dégoûtée, j'en eus au contraire des frissons dans le ventre et partout ailleurs dans le corps. Et leurs langues doubles, et leurs robes, et la mienne, qui tombèrent à terre dans un même mouvement.

C'est là que je connus la léchure et ce fut chose somptueuse : je prenais leur poitrine à pleines mains et en suçais le bout pointu qui durcissait sous mes efforts de bouche. Elles faisaient de même avec la mienne, répandant grand plaisir par petites touchettes. Elles me montrèrent alors leur dessous que je n'avais cru jusque-là servir qu'à la pissance et me dirent comment procéder pour leur donner bon plaisir. J'appris rapidement ma leçon : elles en eurent grande satisfaction l'une et l'autre et me le firent comprendre par des hurlances à la lune. Après que j'eus fini mon ouvrage, elles m'allongèrent sur le dos, Eulalie me baisant la bouche et la busterie tandis qu'Hermance s'affairait au-dessous, changeant toujours de position selon la force de mes geignements de contenterie. À un moment donné, j'atteignis niveau de plaisir jamais atteint encore : un tremblement prit tout mon estre et me fit crier d'aise. Et plus elles s'acharnaient et plus le tremblement grandissait, je devins masse furieuse, convulsant sans pouvoir m'en empêcher, rendue en spasmes et soubresauts.

Je crus que ça ne s'arrêterait point, et ne le souhaitais en rien d'ailleurs, mais la sensation finit pourtant par refluer, avant que de se dissiper tout à fait. Je m'endormis, heureuse, tenant dans mes bras les deux ensorceleuses.

Le lendemain, je m'éveillai nue, entourée d'hommes hirsutes armés de fourches et bâtons. Face à moi, mes deux adorées encordées et bâillonnées. Les hommes me regardaient et se murmuraient des choses à l'oreille. Je voulus attraper mon espée et mon arc, mais ils étaient trop loin pour que je puisse tenter de les reprendre.

« C'est une little kid.

— Nenni. Elle est déjà formée. C'est une sorcière comme les autres, nue comme icelles, faisant partie de leur offrande au Diable.

— Je n'y crois guère, elle est à peine en âge.

— Qu'importe l'âge, le Diable prend tous et toutes et même les children s'ils sont malléables.

— Cessez, cessez, c'est peut-être une diablesse, peut-être point. Mais nous ne pouvons courir le risque de décider dès à présent. Il faut la mener aux prêtres. Les deux autres par contre font partie de l'Assemblée, à n'en point douter. Plusieurs se souviennent de les y avoir vues. Alors finissons-en. »

L'un des hommes attrapa un coutelas et avant que je ne réagisse trancha net la gorge d'Hermance et d'Eulalie.

Je me levai fulminante de haine et prête désormais à en découdre à mains nues, mais les affreux se jetèrent sur moi. Ils durent s'y mettre à cinq pour parvenir à me maîtriser et m'harnacher. Ainsi traitée en bête, placée comme fagote au travers d'une selle, je fus conduite dans le village où Inquisitio avait pris ses quartiers.

Le prêtre-chef était un homme fort gras et couperosé de frais, habillé en robe sertie d'or et de rubis. Et il n'était point seul, une confrérie de ses pairs tout aussi hideux se massait autour de lui.

Ils me scrutèrent en long et en large et finirent par déterminer que j'étais certes semi-jeunette mais suspecte, et qu'il fallait d'abord bien établir l'accusation pour me faire procès.

Je refusai de piper mot, et ce malgré la moultitude de questions posées et les diverses tortures de corps qu'ils s'employèrent à me faire subir.

Ils considérèrent que résister à tant de douleurs pour une fille de mon âge tenait du haut prodige et qu'il y avait donc certainement diableries là-dessous.

Comme ils ne disposaient point de prison, on me mit dans une cage de fortune, bien gardée par des villageois qui prenaient chacun leur tour de veille.

Nul royaume n'a de langue assez juste pour te dire l'état de colère dans lequel je me trouvais. Mais ne pouvais rien faire à cet instant, toujours nue et sans espée, meurtrie et bleuie de coups. J'essayai de ronger mes barreaux à la dent mais en fus empêchée par les hommes en armes. Après plusieurs heures d'attente et délibération, le prêtre-chef me fit savoir que mien procès aurait lieu trois jours plus tard.

Les deux premiers jours, il ne se passa rien, je restai coite de rage dans ma cagette. À l'aube du troisième jour, tandis que non loin de moi on montait les estrades pour ledit procès, je vis arriver les chevaliers affidés à nostre cause. Ils se rendirent jusque sur la placette où se tenaient les prêtres d'Inquisitio et leur expliquèrent que je leur appartenais, m'ayant payée tantôt. Qu'il fallait me rendre sans tarder, sinon les choses allaient tourner méchamment. Le prêtre-chef refusa ferme et leur raconta comment et dans quelle position diabolique les villageois m'avaient trouvée.

J'assistais à ces dires et ne pouvais arguer, cette fois tout affaissée de tristesse d'avoir ainsi été attrapée.

La soldatesque insista, mais les prêtres s'obstinèrent. Ils osèrent même demander des comptes, exigeant de savoir qui était cette Yolande qui dirigeait l'ensemble de la troupe, la Sublime leur paraissant également suspecte de diablerie. Les chevaliers ne répondirent pas et repartirent, non sans avoir juré qu'ils n'en resteraient pas là.

Peu après, le village fut assemblé en hâte et le chef d'Inquisitio leur tint grand discours :

« Que Nostre Seigneur nous vienne en aide, car nous voici assaillis par le Démon ! Nous pensions que l'Assemblée, dont vous connoissez les pratiques diaboliques, ne se constituait que de femelles. Or nenni, voilà que des chevaliers issus de l'Enfer chevauchent à présent à leurs côtés. Oui, mes braves, en vérité je ne peux vous dissimuler plus longtemps ce que je sais. Non loin d'ici, un succube nommé Yolande tient un cercle impie. Retenez vos haut-le-cœur, mais nostre enquête prouve sans conteste qu'il dresse des jeunes filles pures à devenir démones et membresses du cercle ainsi constitué. Il a su corrompre, sans nul doute par écus et par chair vicieuse, ces chevaliers cancrelats pour l'assister dans sa tâche. La jeunette que vous voyez en cage fait partie d'icelles. Peut-elle estre sauvée ? Nul n'en est sûr, mais il faut le tenter. Qu'importe son sort, nous nous devons de mettre une fin immédiate à cette sorcellerie. Accepterons-nous sans ciller que, à quelques heures de marche de nos children, des démons et gargayles s'agitent ? Accepterons-nous le Diable si près de nous qu'on puisse sentir son souffle sur la nuque ? Je vous le demande, mes fidèles en chrétienté, êtes-vous assez lâches et hors de Dieu pour laisser faire ? »

Les villageois hurlèrent que nenni, en rien n'étaient lâches. Et ébouillantés, vociférant, extirpant des greniers et caves leurs outils de fortune, s'en allèrent tous, suivis des prêtres en procession, vers ce qu'ils appelaient désormais l'Antre du Démon.

Je savais ce qui allait advenir et ne pouvais laisser faire. Sans gardien pour me faire obstacle, j'entrepris de désarsouiller les barreaux de ma cage. J'y mis toutes mes forces et tout mon esnervement. Après des heures de lutte, l'un finit par céder, puis l'autre, si bien qu'à la fin du jour je pus me glisser tout entière dans l'interstice.

J'arpentai le village à la recherche de linge propre pour me couvrir. J'entrai alors par hasard dans le lieu où l'on exposait reliques et souvenirs du temps jadis. Là, sous un vitrail joliment ouvragé, je vis une grande et belle armure, aussi large qu'épaisse. Je lus sur le socle qu'elle avait été confectionnée par les villageois à l'intention de la reine d'Austrasie, ci-nommée Brunehaut, pour la remercier de leur délivrance. Mais jamais Brunehaut ne l'avait revêtue, bien que satisfaite d'estre considérée chevalière et bienfaitrice. L'ouvrage était resté là.

Je brisai la verrerie et enfilai un à un tous les éléments comme on me l'avait appris ; l'armure de Brunehaut était juste assez grande pour m'enserrer les bras et me laisser aller le ventre. Au creux d'une manchine était gravé en lettres d'or le prénom de Frédégonde entouré d'un cœur de rouge peint. Une fois au-dehors, je repris mon espée sur les tables de l'Inquisitio, ainsi qu'une hallebarde probablement oubliée par un clampin dans sa précipitation.

Je n'avais point vu mienne jument depuis le matin de l'arrestation, et ne savais ce qu'elle était devenue. En cherchant près des écuries, je l'aperçus, aux abords du village, qui faisait mine de m'attendre. Elle était entourée de dizaine de cerfs blancs qui la regardaient, immobiles. Je me précipitai vers elle et chevauchai comme si j'avais tous les diables d'enfer à mes trousses.

Mais les barbares avaient pris une grande avance et j'arrivai trop tard près du champ de bastaille.

Les chevaliers, surpris pendant leur revenance vers le domaine, gisaient à terre, les armes à la main, le corps démantibulé et en voie putride. Leurs cadavres se couvraient déjà de mouches vertes et noires.

Je descendis de jument, mais celle-ci, apeurée par l'odeur du sang et de la mort partout présente, s'enfuit au galop et fut bientôt hors de vue.

Je marchai plus avant et découvris la suite de l'espouvantable carnage : mes sœurs Jehannesques, qui devaient sans doute avoir suivi la soldatesque mais s'étaient dissimulées aux villageois, avaient elles aussi engagé le combat et échoué tout autant. Je trouvai sur un côté du champ leurs petites testes pleines d'hardiesse guérillère plantées sur piquets, leurs membres arrachés gisant autour d'elles. Je sentis mon cœur se tordre et se briser mille fois.

C'est alors que j'entendis la voix fluette de Jehanne la première :

« Oh ! messires, je vous prie, renoncez à m'occire, renoncez tout de go. Je sais faire bien des choses et peux être utile.

— Et que sais-tu faire, démone, qui puisse nous estre d'une quelconque utilité ?

— Eh bien, je sais, je sais… »

Jehanne la première, sien corps sanguinolent de blessures ouvertes, regarda l'horizon par-delà les hommes et finit par m'y apercevoir. Son visage s'éclaira. Je me hâtai d'autant plus, mais, alourdie par l'armure, j'étais lente à la marche malgré tous mes efforts.

« Je sais danser, dit-elle.

— Danser ? Vraiment ?

— Oui, je sais danser et joliment. Et ce sans jamais m'arrêter. D'ailleurs voici ce que je propose : vous me laissez vous desmontrer grand talent que j'ai, et si vous en êtes satisfaits, je vous demande de ne point m'estriper et de m'utiliser pour vostre divertissement. Si j'échoue, si ma danse n'est point suffisamment extraordinaire pour atteindre vostre point de contentement, vous ferez ce que vous voudrez de moi.

— C'est là chose inepte que tu dis. Tu penses pouvoir te sortir de la mort en dansant ?

— Oh ! mais ma danse est plus que cela, c'est l'expression même de la biauté, je le dis, et elle vous prouvera sans conteste que je suis non point inspirée par Diable mais bien par Dieu. »

Les hommes se regardèrent, ne sachant quoi faire, et se tournèrent donc vers les prêtres, qui furent tout aussi incapables de déterminer si danser était impie ou non.

« Eh bien, si la jeunette veut danser, laissons-la danser, nous l'occirons plus tard. Cette affaire est entendue, qu'avons-nous à perdre après tout ? »

Tandis que je courais vers elle, Jehanne la première commença à danser, à danser de tout son petit estre, animée il est vrai par une grâce que tu ne voudrais point croire. Cise dans son ensemble de gestes sûrs, sautant comme poids plume, virevoltée par des mouvements impossibles.

Les villageois et les prêtres, au départ sceptiques, furent rapidement fascinés par tant de joliesse offerte à leurs yeux et ne purent s'en défaire. Certaine que leur attention se trouvait divertie, je les surpris par la droite. J'en fis passer dix avant qu'ils ne s'éveillent de leur rêverie, brisant les os et hachant les cervelles avec grande finesse de lame, m'amusant du bruit mol que faisait leur intérieur de crâne en pareille coupe. J'assemblai sur le fil de mon espée les parties charnues, telle brochette de matière glutinée.

Les autres, enfin esbardaillés par les cris agoniques, se mirent à m'attaquer de tous côtés, hurlant aux démons et à Satan et à toutes les créatures des bas-fonds. Mais j'étais plus agile qu'eux et bien mieux entraînée, si bien qu'aucun de leurs coups ne faisait mouchette. Je plongeai toujours plus profond ma hallebarde dans leurs entrailles et tournai et retournai leur intérieur jusqu'à voir le jour de l'autre côté. J'attrapai leurs faces pour en faire jaillir l'œil à mains nues comme du pus qu'on expulse.

L'un d'entre eux réussit à se saisir de mon heaume et me découvrit la teste. Je le décapitai en lui dégorgeant bien le cou du trop-plein. Ainsi, à droite et à gauche, je tranchai aveuglément ceux qui m'entouraient, riant férocement du sang qui me coulait en flot sur la face et des morceaux de crânes dispersés, me plaisant à démembrer lentement tel et tel qui criait grâce. Je tuais tant et plus, si bien qu'il ne resta bientôt que les prêtres désarmés de vivants. Ils s'agenouillèrent, se tenant par la main et récitant le Notre Père. Je leur enfonçai ma lame en poitrine, bien profond, un par un, en prenant bien mon temps.

Le prêtre-chef d'Inquisitio fut le dernier à passer.

Il se coucha entièrement sur le sol en me suppliant de l'épargner, me promettant de se convertir à Satan et de devenir ainsi mon esclave damné si je lui laissais la vie sauve. Je fis glisser le tranchant de ma hallebarde autour de son cou, faisant semblant de me raviser l'espace d'un instant, puis lui tins la tête par les cheveux tandis que j'écrasai ses bras avec mes pieds. Là, je lui coupai bien net ses deux mains à prière, lui expliquant qu'il n'aurait guère l'occasion de s'en servir à nouveau. Il fut si surpris qu'il ne cria même pas et regarda ses moignons d'un air ébahi. Je lui tranchai ensuite les jambes au niveau des genoux, afin de le rendre parfaitement tronc. Il tomba sur le sol et tenta de se tortiller loin de moi comme serpent en bible.

Je le laissai faire un peu, car c'était là spectacle bien réjouissant, puis le retournai brutalement sur le dos, fouillant sa bouche sale et malodorante pour en sortir une langue grasse et jaunâtre. Je tirai dessus de toutes mes forces afin de la faire venir entière au-dehors. Le prêtre-chef hurlait et ses yeux s'embrumaient de larmes. Je tins mon trophée bien haut, avant de le lui jeter sur la face et de le laisser en crevade dans son coin.

Jehanne la première dansait toujours.

Même dévastée par l'effort, elle ne parvenait point à s'arrêter. Je lui dis que tout était terminé, que je les avais vengées, elle et mes sœurs mortes, et qu'il fallait qu'elle se repose. Mais elle ne cessait de s'agiter d'arabesques.

« Ô la douzième, je ne puis interrompre le mouvement. C'est au-delà de moi que je danse, au-delà de tout. Par la grâce de ceux qui sont venus me parler en crâne pendant mon sommeil, il est trop tard désormais pour que je m'arrêtasse, si ce n'est pour mourir, ils m'ont dit que c'était là le destin qui avait été choisi pour moi. Mais avant je dois t'arguer que toi seule es la prophétesse attendue. Tu le sais déjà, n'est-ce pas ? Ce n'est pas qu'une intuition, ceci aussi m'a été murmuré en rêve et plus d'une fois. Tu es nostre Grande Guérillère et Sainte pour des siècles. Tu le comprends, ma sœur ? »

Je lui dis que oui. Elle me sourit puis se rendit en spasmes. Ce n'était plus une danse, tout son corps tremblait, une mousse blanche poignait à la commissure de ses lèvres, ses yeux se révulsèrent et elle se jeta dans mes bras pour y expirer en poussant un dernier cri. Je portai son corps hors du charnier et le déposai contre un petit muret de pierres grises.

Je retournai contempler les morts dont j'étais responsable. Je me dis qu'il était fort triste que les chevaliers se fussent trouvés dans l'autre vie avant que d'avoir pu constater ce dont j'étais vraiment capable. Ils auraient été bien fiérots de cet accomplissement.

Alors que j'étais au milieu de ces réflexions quant à mon ardeur et mon courage, je fus prise de grande faim, car pendant trois jours on ne m'avait point nourrie en cage. Ne voyant rien autour de moi qui se puisse manger, mais diablement rongée par le ventre, j'attrapai morceau de chair tierce qui me pendait sur l'épaule et le mis en bouche. C'était délicieux. J'en pris un autre, puis encore un autre, et finis par découper morceaux de chair fraîche sur cadavre fumant.

C'est la troisième fois que je suis née.

Alors que j'étais toujours en ripailles, YO arriva en chevauchée près de moi. Elle s'évanouit à la vue du massacre et on la ramena en travers de selle.

À partir de ce jour-là, rien ne fut plus jamais comme avant.

CITY OF ANGELS

1

J'aidai les chevaliers à porter YO jusque dans sa chambrette.

Je m'attendais à être harcelée de questions une fois la belle en couche, mais les deux soldats restèrent muets, trop descapités par ce qu'ils avaient vu.

Nous nous assîmes silencieux au milieu du domaine, près de la grange désormais vidée de toutes Jehanne. Je conservai sur moi l'armure de Brunehaut, qui me faisait deuxième peau, ainsi que ma hallebarde et mon espée, à qui je décidai secrètement de donner le nom valeureux de Fierbois.

J'observai les hommes et ne savais que dire. Je souhaitais pourtant ardemment briser ce trop-calme qui risquait de nous emmurer vifs. Je leur racontai donc ma version de l'histoire, avec la volonté farouche de n'omettre aucun détail de ce que je savais mienne faute.

Ils m'écoutèrent mais ne réagirent pas, levant vers moi un œil amolli. Mythographiée et emportée par l'épique, je me perdis en quelques tournures bien vives dans le but de leur remuer l'esprit. Mais rien n'y faisait, et, passé minuit, nous étions encore sur les buttes herbeuses, tous ensemble revenus au mutisme. YO dormait toujours et j'avais pour ma part épuisé mes réserves de narration.

Il y eut soudain un bruit derrière la grange. Je me levai vivement et dégainai Fierbois, prête à fendre en buchettes tous villageois survivants qui nous auraient suivis jusque-là.

Mais en lieu et place, c'est transportée par la joie que je vis apparaître, timides et tremblant dans leur pas, trois Jehanne survivantes : la septième, la dixième et la quatorzième, qui se faufilaient, mi-honteuses, mi-sises de terreur.

J'accourus vers elles mais, alors que j'allai les atteindre, toutes les trois se mirent à hurler. Je ne compris point pourquoi tant de cris et, criant plus fort qu'elles, je leur dis qu'il fallait cesser, car c'était bien moi, Jehanne la douzième, qui venais à leur rencontre.

Il y eut léger moment de flottement puis elles finirent par me reconnaître et virevoltèrent dans mes bras, tout au bonheur de me trouver vive.

Elles m'expliquèrent que le sang qui me malpoissait avait conglué et s'établissait en bloc sombre sur ma face, me peignant les cheveux bien tristement, et que mien corps enceintré dans l'armure n'était point discernable, leur faisant craindre qu'un des diables chrétiens ait établi son campement au cœur du domaine.

Elles me racontèrent ce qui s'était produit lorsque j'étais captive.

Souhaitant préserver le secret de mon départ en classe sèche et prétextant pour cela que j'étais souffreteuse et restée en couche depuis la nuitée précédente, les Jehanne profitèrent des heures creuses laissées par l'étude pour me chercher en forêt et alentour ; mais, ne m'y trouvant nullement, elles prévinrent les chevaliers de leur mensonge et de ma défection.

Ils savaient depuis peu que non loin se trouvait Inquisitio, et eurent soudain grande peur, bien justifiée en l'occurrence, que je fusse prise.

Ils décidèrent donc de chevaucher jusqu'au village, ordonnant à mes sœurs de rester bien sages en attendant leur retour. Mais, au bout d'une journée, débaraillées en cervelle de toute l'angoisse dont elles se perclusaient, elles voulurent se joindre à la chevauchée pour porter appui et soutien aux soldats de nostre ordre.

Ne sachant ni pier ni pol ce qu'était Inquisitio, elles fouillèrent les grandes enluminures de YO et apprirent que c'était là bande de fols, daemons tout entiers ravagés par la foi et obsédés par le débusquage de sorcellerie. Parées de leurs petites robes blanches et pourvues de Bibles en poches afin de prouver leur bonne appartenance à Dieu aux mal-axés de l'Évangile qui la leur réclameraient sans doute, sept d'entre elles partirent vers le village : les six pauvrettes qui finirent en piquet et Jehanne la première.

Les trois autres ci-présentes n'avaient point souhaité faire partie de la bande, persévérant à me croire perdue dans les bois et à m'y chercher. Elles-mêmes s'égarant tant et tant qu'il leur fallut tous ces cadrans pour réussir à retrouver leur chemin.

À mon tour, je leur dis tout ce que je savais du mal advenu. Et, pour la première fois depuis la bastaille, je me rendis en larmes, sans honte aucune, prenant les trois Jehanne dans mes bras, elles aussi pleurant de savoir tout le monde mort. Nous restâmes là un long moment, nous épuisant le corps et l'esprit en sanglots, la quatorzième récitant moultes prières issues de son Livre pour le salut de nos sœurs Jehannesques et des chevaliers. Nous priâmes avec elle aussi longtemps qu'elle le voulut, ânonnant des mots hors de nostre comprenette mais qui me semblèrent à cet instant bien profonds et guérisseurs, autant pour elle que pour nous.

Ramenant les Jehanne en champ, je n'y trouvai plus personne et vis la chaumière close et corsetée de cadenas.

Ne sachant que faire de mieux, nous allâmes nous réfugier en grangette. Sept, dix et quatorze s'endormirent sur la même couche dans un meslement de corps, tandis que je restai en garde et bien éveillée.

Lorsqu'elle reprit conscience le lendemain, YO était toute vociférante. Elle demanda à voir les Jehanne vives, à ma grande exception. Je me tourmentai près du mur de sienne chambre, impatiente de lui livrer excuses et explications, tentant sans succès d'entendre ce qui se disait à l'intérieur.

Après un temps qui me parut éternité, l'un des deux chevaliers m'autorisa à entrer.

Allongée en robe de Cour sur son grand lit, le front couvert d'un linge humide et le visage crispé par la rage, YO me reçut et tout de suite m'attaqua par le mot sans que j'aie l'occasion d'ouvrir la bouche :

« Tout est perdu par ta grande faute, maraudeuse sans élan, pourcelle infâme et sorcière triple. Et pour quelle raison avons-nous été hachés en esgorgements et décapitations ? Pour quelle petite, sordide, vicieuse raison d'idiotie suprême et de nutjobing sans nom ? Parce que tu voulais prendre tes aises avec des pimpantes ? Oui, baisse ta teste de cochonaille humaine, biaux chevaliers m'ont tout raconté. Ainsi donc, malgré ta malplace de cervelle et ton inaptitude à toute chose d'esprit, tu pensais pouvoir prendre le large quand bon te semblerait pour aller à la cueillette de jeunettes en forêt ? Escapite-moi bien : que tu souhaites la compagnie des toutesvenantes, vraiment, je m'en contrecarre et joliment. Tu eusses brûlé d'amour pour un veau ou un goret que j'en eusse été pareillement inconfuse. Mais, la douzième, entends bien ce que suit : presque tout le monde a passé, et ne reste désormais que petit nombre pour accomplir nostre bielle mission, qui te dépasse en importance, qui me dépasse moi, et même le royaume et le monde tout entier ! Et tout ceci survient parce que tu t'aperçois subitement que le dessous te pliqueplotte et, devenue chaude sur le potage, tu vas ratisser des promeneuses ! Ce n'est pas acceptable. En rien, jamais, ne pourrai fermer l'œil sur ce que tu as fait là. Tu dois payer le pot, la dot, et te mettre en tien cervelet que tu as tous ces morts avec toi désormais. Les Jehanne sans teste et les chevaliers éventrés seront tiens en grande compagnie spectrale, jusqu'à ce que tu meures à ton tour. »

Je ne dis rien, cette fois-ci non pas parce que j'étais éperdue, mais par l'esbardaillement de ce qu'elle disait et que je sentais vrai au fond de moi, ses mots me touchant en un point que j'ignorais, encaché à l'intérieur même du cœur et qui se serrait si puissamment en cet instant que je crus perdre conscience.

« Ici, point de tribunaux ni de condamnation, encore moins de cage inquisitoire ou de prison. Mais tu resteras, je te le dis, autant de temps que je le déciderai, enfermée dans la maisonnette, en chambre de chevalier qui n'est plus. Tu seras nourrie suffisamment et fournie en eau. Mais nul ne viendra te parler et tu devras consacrer ce que tu as d'esprit à expier par le silence et le dénuement tout ce qui s'est passé là. Tu m'entends ? »

J'acquiesçai.

« Allez, allez, go away, je ne veux plus te revoir avant un très grand moment. »

Les chevaliers entrèrent et me saisirent par le bras, m'emportant sans que j'ose arguer.

Ils m'enfermèrent en une chambrette au lit bien fait. L'homme qui vivait là était parti en hâte et avait laissé quelques manuscrits ouverts sur sa table d'étude, une fleur coupée en broc et des habits propres. Jamais plus il n'entrerait en ce lieu puisque résidant à jamais en champ de bastaille, revenu à la terre sans oraison. Par mienne faute.

Je m'assis sur la couche et pris ma teste dans les mains, retombant en moi-même, trop entièrement dévastée et rabalée de fatigue pour pleurer à nouveau, résolue à ce cachot de fortune et y sentant partout des odeurs de putrescence.

Le temps passait lentement, je ne distinguais ni le jour ni la nuit, car perpétuellement plongée dans le noir en fenêtre enclose. On venait me porter pain sec et petite écuelle d'eau, me retirant aussi seau de bois où je faisais tous mes besoins de nature, mais jamais en moment fixe : comme je n'avais point d'autres moyens d'avoir une idée précise des heures, je me mis donc à compter en brocs et demi-brocs, pains, écuelles et vidanges de seau.

À quinze écuelles et huit pains, une des Jehanne parvint on ne savait comment à éloigner les chevaliers pour venir me parler aux interstices formés entre les murs de pierre. Je ne pouvais la voir en entier et, de son côté, elle ne pouvait savoir que je l'entendais bel et bien, car je restai silencieuse, trop effrayée à l'idée de faire le moindre bruit et d'éveiller ainsi la colère de YO. Elle continua de tout me raconter malgré-ce, de la classe du jour et des sujets d'étude, du voile de tristesse qui recouvrait à présent le domaine.

Une dizaine d'écuelles plus tard, une autre Jehanne vint et fit de même, puis la dernière.

Au bout d'une centaine d'écuelles, elles avaient mis en place un système de relais et venaient m'entretenir en grande constance. Moi ne disais toujours rien, mais me jetais pourtant contre le mur dès que je les croyais approcher, avide de les entendre me parler de l'extérieur. Parfois, lorsque ce n'était point elles et que j'avais confondu leurs pas avec ceux des animaux sauvages, je tapais rageusement contre la pierre, jusqu'à en avoir les mains en sang.

Près de quatre fois cent écuelles plus tard, je me croyais morte et fantomine, tellement perdue en esprit que je commençais à voir et entendre des choses qui ne sauraient estre vraies. Dans la nuit noire de ma teste, d'autres Guérillères que mes sœurs me sont apparues. Elles n'avaient point toutes la même couleur de peau que moi, rose et parcheminée. Certaines d'entre elles étaient sombres comme l'onyx, d'autres blanches statues de marbre, d'autres encore couleur de sable et de miel. Elles ne portaient point non plus les armures auxquelles j'étais habituée, et leurs instruments de combat m'étaient pour la plupart inconnus. Leurs langues, que j'entendais murmurées, étaient trop absconses pour que je puisse les rattacher à des sons familiers. Au départ, il n'y en avait que deux ou trois. Mais bientôt d'autres vinrent, vestues de robes de haute noblesse, couronnes en têtes et chevelures estudiées afin de les parer d'une joliesse supplémentaire. Toutes, quelle que fût leur apparence, semblaient prêtes à entrer en Grande Bastaille, l'œil résolu et le visage concentré sur les prémices d'une lutte qui se déroulait dans le grand invisible autour de nous. Au fil de mes chutes en telle folie spectrale, j'eus de plus en plus le sentiment qu'elles finiraient par venir à moi à travers le voile des siècles et des continents ; et de cela je fus sûre comme j'étais sûre d'être la Jehanne sans chiffre.

Parfois, je recouvrais lentement l'esprit et elles disparaissaient : tout ce qui s'était passé me semblait alors fait de la matière molle du rêve et s'échappait de ma cervelle par petits bouts ; à tel point que j'oubliais totalement leur irruption en mienne prison, jusqu'à leur soudaine réapparition éthérique, plusieurs brocs et écuelles plus tard.

Au bout d'un long moment, alors que mes liens avec ces Autres Lieux devenaient de plus en plus constants, ne me laissant que rarement en pleine conscience dans mienne chambrette, elles se mirent à me parler directement. Bien que je n'entravasse toujours point les mots qu'elles prononçaient, je savais qu'ils n'étaient qu'encouragements et bienveillance à mon endroit. Cela se déroula tel que je te le raconte, encore et encore, peut-être plusieurs dizaines de fois.

Ce n'est qu'au bout de cinq fois cent écuelles qu'entra soudain dans le cachot l'objet de mon amour fol :

YO, toute droite et bien tirée, vêtue comme une reine, tiare comprise.

« Ah ! diable, tu n'as point passé. Alors c'est qu'il doit en estre ainsi. À pareil traitement ne te croyais nullement capable de résister. Mais le Maître doit avoir Ses raisons pour t'avoir dotée d'une si épaisse carapace. Finalement, me voilà bien obligée de me rallier au prophétique. Tout, j'aurai tout tenté pour te tirer de cette épopée. Et pis encore, j'en ignore le pourquoi, la raison pour laquelle je veux te voir ailleurs, vivre comme se doit, loin des douleurs. Tu dois en estre toute retournée, mais c'est pourtant là vérité nue. Trop longtemps ai simulé aveuglement et surdité face à la puissance dont tu fais montre chaque jour. Oui, j'ai soigneusement caché sous une épaisse couche de rage la fierté que j'avais de te voir à ce point *exister* au-delà de l'ordinaire. Je ne suis pas clampine dans le dire, et tu sais que les mots de gentillesse ont du mal à passer ma barrière de lèvres. C'est ainsi que l'on m'a faite. Dans mon monde, femme doit se soumettre ou combattre, il n'y a point d'entre-deux. J'ai choisi le combat, cela m'a rogné le cœur. Tu as su y cheminer en atteignant un endroit que je croyais mort. Je voulais t'en délier, mais tu t'y harnaches et t'y joins. Tu es là, par les saints du Ciel qui n'existent pas, et c'est Lui qui t'y a mise, c'est ce que je crois maintenant. J'ai vu de mes propres mires ce dont tu es capable. Un village entier est passé sous ta lame, combien, trois cents hommes et toi seule qui te tenais triomphante. Je ne peux éluder ce que tu es. »

Elle fit silence et m'observa. Je ne réagis point, mais à l'intérieur sentais des convolutions contraires se percuter, et mon corps entier s'emplir d'espérance. YO s'avança plus près de moi encore.

« Comprends-tu que tu seras sans nul doute la dernière d'entr'icelles ? Tu n'as déjà plus de nombre. Le comprends-tu ? Sais-tu ce qu'il adviendra alors ? »

Je fis non de la tête.

« Le sacrifice ultime et brûlant de ta neuve pimpance ! Oui, que sais-tu après tout du destin des prophétesses et des femmes puissantes... mes années d'enseignement ne t'ont donc rien appris de valable ?

— Tout le monde meurt à la fin.

— Parfaitement, my dear. C'est même la définition de la véritable Sainteté ici-bas. Pour estre saint, il faut être occis, et tragiquement qui plus est. On ne saurait imaginer une jeunette auréolée de la gloire d'un Dieu sauver le royaume puis se ranger des bastailles pour se marier, avoir des children et mourir vieille. Je te fais pleinement confiance pour éviter le mariement et continuer tienne vie sans jamais approcher de husband ; mais pour le reste ? Cis en royaume de chrétienté, tous, du prince au quidam, ont en teste l'exemple de l'imposteur qui a prétendu avoir donné sa vie pour la rédemption de nos péchés : il faut que nostre élue suive son chemin de croix, aussi factice fût-il. Et pour les siècles des siècles, les peuples de ce monde retiendront ton prénom. Fauchée par les barbares dans ta prime jeunesse, divine en tous lieux et en tout temps. Le royaume pourra ainsi à nouveau arguer estre issu du Ciel et conforté par lui. C'est nostre seule chance, la seule manière pour nous de maintenir nos rang et place et de conserver ainsi la mainmise sur Grande-Jonction après sa libération. Oui, tu es ma seule chance d'accomplir la Divine Mission du Maître. Car, vois-tu, je suis la suivante d'un estre plus puissant que les autres, qui m'étreint et me meut chaque jour. Et en rien ne pourrais souffrir de trahir Sa confiance en échouant. Je vais tout te raconter de ce qu'il nous faudra faire en secret pour

Icelui. Mais je dois être sûre que tu es bien apte à tout entendre. »

Je hochais la tête, le ventre grambouillé par une angoisse diffuse.

« Sache qu'Il m'a appris l'existence des Autres Mondes. Ce que tu vois dans le ciel, les étoiles bielles et brillantes, fourmille de vies multiples, impressionnantes par leurs complexions et foisonnantes même sur les roches les plus sèches. Cela est nostre univers, dont nous ne sommes que portion congrue, minuscule manifestation. Et nostre univers est si vaste que haut esprit, même le plus grand esprit de nos royaumes ne peut le concevoir dans son entièreté. Et plus encore, il est d'autres univers, le nôtre n'étant qu'un grain de sable dans la vastitude des espaces profonds. Oui, c'est tel que je te le dis, des milliers et milliards d'autres univers, tous engoncés, tous reliés entre eux par dix fois plus de chemins, tenus rigoureusement ensemble par un Divin Mortier, invisible à l'œil nu. Le temps ne s'y déroule point comme nous le croyons : passé, présent et avenir cohabitent en sphères, et c'est nostre perception seule qui y trouve un déroulement. Par un hasard absolu, nostre biel et bion royaume de France se trouve être au centre du Grand Tout. Les Mondes superposés s'y croisent et s'y joignent en un endroit précis, formant ainsi un Nœud étroit qui les lie entre eux. Nous en sommes tout à côté et bien loin à la fois : car, d'après mon Maître, le Nœud est sis au sein de la ville d'Orléans, appelée par Lui Grande-Jonction, tombée aux mains englishoises. Je dis *Nœud*, mais ne te figure pas petit morceau de corde à pendu. Il occupe un domaine immense qui mettrait lui aussi l'imagination à plat si on tentait de se l'envisager. En y pénétrant, pourrons atteindre tous les savoirs. Mon Maître m'en a donné la Sainte Clé pour que je puisse y entrer sans obstacle. Il ne peut Lui-Même s'y rendre : depuis des millénaires, des divinités jalouses de Son pouvoir se sont collusées et L'ont contraint à ne point pouvoir y manifester Sa présence physique. Pour qu'Il puisse être délivré de Ses chaînes et régner à nouveau sur les Mondes, Il doit recouvrer Son propre Livre et en déchiffrer les sortilèges qui y ont été inscrits par les Autres, faisant ainsi tomber les barreaux de Sa prison par la puissance de Sa voix. Escrit autrefois par un de ses disciples, ledit Livre, appelé *Nescronnommiquon*, a été dissimulé au cœur du Nœud. Bien des fois le Maître a appelé des hommes et des femmes. La plupart sont devenus fous en apprenant tout ce qu'Il leur disait. D'autres ont mis fin à leurs jours, ne supportant pas d'avoir cru si longtemps à des bullshiteries. Ceux qui ont accepté la joie d'estre élus par le Maître ont échoué à trouver ne serait-ce que l'entrée du Nœud et Il les a condamnés à la souffrance éternelle pour cette défaillance. Mais je suis icelle Yolande qui Lui rendrai la liberté qu'on Lui a prise. J'ai accepté ma mission. Et je sais que je réussirai à l'accomplir. Mais pour cela, il me faut pouvoir aller et circuler dans la ville d'Orléans-Grande-Jonction, et chercher sans relâche l'entrée du Nœud. Dussé-je y consacrer le reste de ma vie, je ne Le décevrai pas.

Et tu seras celle qui m'accompagnera jusqu'au bout, Jehanne. »

La profondeur de telle révélation me plongea en abîme, me forçant à me rassoir en couchette. Le plus estonnant était qu'en rien n'étais surprise. Et, pour la première fois depuis que j'avais rencontré YO, ma peur de lui parler s'effaça tout entière.

« Je suis plus qu'une autre capable d'accomplir la prophétie, quelle qu'elle soit, et m'y conformerai. Ma vie est ainsi faite depuis toujours, je ne me souviens de rien d'autre.

— En es-tu bien certaine ?

— Oui. »

Elle baissa les yeux, puis se dirigea vers la porte du cachot de fortune et l'ouvrit bien grande.

« Bien, en ce cas, ta punition est levée. »

Je restai hésitante. Était-ce là une sorte de piège, une épreuve supplémentaire ? Je me tenais face à YO, son visage joliment chiffonné par la ride tout proche du mien. Pour sortir de la geôle, il me fallait me glisser contre elle. Je ne sais point ce qui me passa par la teste, si c'était là le résultat de toutes les écuelles d'enfermement qui avaient lourdement détraqué ma machinerie de cervelle, mais, au lieu de la contourner, je la pris dans mes bras. YO m'étreignit à son tour et nous restâmes longtemps tenues l'une à l'autre.

Je sortis à l'air libre et retrouvai les autres Jehanne qui me firent grande feste, les deux chevaliers parm'icelles, tous réunis dans un même mouvement de joie.

Puis je me rendis seule face au lac que je n'avais point encore vu depuis mon arrivée au domaine. Je retirai alors l'armure de Brunehaut, et, aussi nue qu'Adam au Jardin, je me jetai dans l'ondine, nageant prestement, m'ébrouant de propreté.

Autour de moi sur la rive, tous silencieux et debout parmi la foule des spectres, je reconnus onze petites Jehanne entourées des chevaliers esventrés ; et, plus loin, réunis près d'une grande conque, Elissandre et ses jeunets qui me regardaient. Deux immenses cerfs blancs paissaient de part et d'autre de l'assemblée fantomine. À l'horizon, les silhouettes ombrinées de celles, bien vivantes, qui arrivaient vers moi.

2

Il ne restait plus beaucoup de temps avant la Grande Présentation. Le roy fol, Charles le VIe, était mort pendant mon enfermement, et le Dauphin restait détrôné. J'allais devoir rentrer dans l'Histoire.

Puisque j'étais désormais la seule Jehanne sans nombre, les autres changèrent de rôle dans les mois qui suivirent mon sortir de chambrette. Jehanne la septième reçut la place qu'elle réclamait avec force depuis son arrivée, celle de la narratrice. Elle plancha des semaines entières sur la fable qu'il faudrait conter au peuple pour m'introduire et nous en résumait sens et forme tous les soirs, son grand cahier et ses multiples parchemins couverts de notes étalés devant elle, nous demandant moults conseils de réescriture sur tel ou tel épisode.

Ainsi, je devins bergère. Élevée à Domrémy, duché du Bar, appartenant à l'évêché de Toul. Moi qui te parle, ne sais point encore au jour d'hui à quoi correspondent ces noms et, contrairement aux autres animaux, approcher tous moutons me dégoûte l'âme.

On m'inventa une famille aimante et une enfance bien pieuse, prétendant même que j'aimais me rendre en procession et apprendre par cœur des passages de biblerie. Puis on me fit entendre des voix issues du Ciel qui me commandaient de sauver le royaume.

Nous avions bien des ries, tant tout cela nous paraissait peu vraisemblable. Mais la septième persistait en son dessein, arguant qu'elle s'était bien renseignée sur tous les récits afférents et que celui-ci suivait parfaitement l'usage. YO confirma ses dires et, ci et là, ajouta des détails à l'ensemble, peaufinant l'histoire de Jehanne nul nombre jusqu'à la rendre accessible à la comprenette de tous grouillots. La quatorzième participait elle aussi largement au façonnage du boniment à clampins, à tel point que je crus qu'elle racontait là sienne histoire par touchettes finaudes. Quand je le lui demandai en cantonade, elle me fixa, les mires subitement agrandies comme si elle avait pris herbes à folles, avant que de rougir en jaspe sanguine.

La dixième devint ma suivante et jeunette de compagnie. Elle ne s'entraînait plus au combat mais à mieux élaborer mon dire et ma joliesse d'apparence. Ainsi, la plus mutique de miennes sœurs fut soudain babillante. J'avais pris sa nature secrète et peu diserte pour une sorte de méfiance à mon égard, mais nenni, elle se révélait enfin, joyeuse et remuante. Elle connaissait tant les choses de Cour que je compris qu'elle avait dû recevoir bien bielle éducation, m'interrogeant par devers-moi sur ce qui avait pu pousser siens parents à la vendre aux chevaliers. Mais toujours refusa de me le dire, tête basse et sanglot à l'orée de l'œil.

Icelle décréta que puisque j'avais déjà la prestance requise, elle se consacrerait plutôt à m'apprendre à marcher à l'allure adéquate, à me faire jolie coiffe et à savoir me tenir convenablement en toutes circonstances publiques.

Nous répétions inlassablement l'histoire Jehannesque afin de pouvoir la mythomanier à quiconque nous la demanderait et plusieurs fois d'affilée, sans nous tromper ni nous contredire.

Les chevaliers, eux, continuaient ensemble mon éducation Guérillère mais, pour dire le vrai, depuis le massacre, je n'avais guère besoin de cours supplémentaires. Malgré ce, j'étais sur le champ de guerroiement tous les jours, simulant parfois une faiblesse pour leur donner l'occasion de me gronder un peu et de reprendre in extenso certains aspects des maniements d'armes et tactiques diverses.

La quatorzième elle aussi s'entraînait encore, quelquefois avec nous, mais la plupart du temps seule : quand elle eut avoué à YO son vol de biblelot, la dame en avait ri à gorge déployée, tout en lui assurant qu'elle pouvait bien la garder et même en prendre une autre si celle-ci venait à s'user. Il ne lui en fallut pas plus pour aller chercher tous les exemplaires restants du Livre de Jésus-en-Christ et se les coudre en points de croix complexes sous sa cotte de mailles. Les chevaliers et moi suivions d'une mine circonspecte ces entraînements qu'elle croyait secrets et qui consistaient surtout à tenir une espée d'un côté, le drapeau du royaume et ses textes sacrés de l'autre, tout en tentant de conserver l'équilibre sur sien cheval lancé en galop.

J'appris enfin le nom des hommes désormais tristement réduits à deux : le chevalier qui m'avait prise s'appelait Jean de Metz, et l'autre, Bertrand de Poulengy. À force de s'embraser par le corps moultes nuitées faute d'autres compagnons, ils tombèrent en amour l'un de l'autre. Ils essayaient de dissimuler aux regards indiscrets cette belle flamme qui brûlait entre eux, mais je surprenais souvent leurs gestes d'affection et leurs baisers passionnés. J'en étais bien contente et pour me gabeler un peu leur proposais d'estre témouine de leur mariement lorsque celui-ci surviendrait. Ils rougissaient, m'éludaient par de fausses réprimandes, et je me plaisais à les agacer toujours plus. Toutes les autres finirent par se rendre compte elles aussi que leurs gémissements de contenterie habituels s'accompagnaient désormais de murmures amoureux puis de ries et grands ardouillements. Renonçant dès après à toute tentative de cacher davantage leur trouble radieux, ils résolurent de faire chambrette commune, tout au bout de la chaumière, laissant le reste de l'espace à YO, qui nous proposa alors de quitter la grange pour venir l'entourer.

C'est au premier soir de nostre emménagement qu'elle raconta aux autres ce qu'il fallait savoir du Maître, du Nœud d'Orléans et du Vrai Livre.

Ils écoutaient avidement, fascinés par si vaste histoire secrète.

Ils n'entravaient point certaines parties du récit, mais avaient conscience d'avoir accès par l'intermédiaire de YO à la seule Vérité de ce monde et des autres. La septième faillit choir en syncope et demandait toujours plus de révélations. La quatorzième elle aussi semblait happée par l'idée des vastes espaces secrets et invisibles. Les chevaliers et la dixième restèrent longtemps en grand état d'hébétude. À la fin, ils prêtèrent tous serment d'aider YO en sa mission qui, après moults escapitages, leur sembla bien plus essentielle au devenir du royaume que de remettre un prince sur le trône ou de bouter les Englishes jusqu'en Englishlande.

Il fallut encore deux années avant qu'un matin ne survienne, en chevauchée moulte, une assemblée de vieilles personnes, couennes tremblantes et cheveux jaunis sur peaux de tête.

Ils descendirent tant bien que mal de cheval, s'aidant l'un l'autre, et YO vint à leur rencontre, simulant le bonheur des retrouvailles, ayant pour chacun un compliment bien tourné et une phrase toute esbourdouillée de joliesse.

Nous étions prévenus depuis plusieurs semaines de leur arrivée imminente, aussi étions-nous préparés, comme chaque jour depuis lors, à les accueillir au débotté mais en grande cérémonie. Je me tenais proprette au centre de tous, excitée comme mille. À leur approche, j'aurais juré entendre trois coups portés au loin.

Il y avait là tous les nobles et séides argentés qui nous avaient donné grandes bourses depuis le début de nos classes et combats ; parmi eux, unique jeunot parmi les pituitaires, Louis, le fils de YO, qui les dirigeait tous. Il était encore plus petit et plus pâle que ce que j'avais imaginé. Lorsque je le vis à côté de la Revêche et Sublime, je dus étouffer un rire, tant ils étaient dissemblables. Il s'appuyait contre elle, portant longue cape verte bien trop large pour lui et qui traînait par terre, lui donnant des allures de princesse. Parfaitement embagousé, serti de rubis et d'or, il s'avança vers nous avec une solennité de tragédienne.

Les autres le suivaient au pas, fort mal en point et harassés de fatigue.

Arrivé juste devant moi, Louis dut s'y reprendre à deux fois avant de parvenir à s'agenouiller convenablement.

« Sainte, élue de Dieu, par l'esprit du Jésus, je suis au jour d'hui humblement à tes pieds. »

Je jetai un coup d'œil à la dixième et à la quatorzième qui avaient mis leur main devant la face, toutes prêtes elles aussi à se répandre en ries. Jean et Bertrand se tenaient bien droits afin d'offrir à la vue leur rigueur soldatesque, mais avaient comme nous beau mal à se contenir. YO nous regardait, le visage contracté par l'angoisse de nous voir faillir en cet instant clé. La septième s'était assise par terre et notait les dialogues en cours sur un petit parchemin de poche.

Louis poursuivit :

« Tu as été reconnue entre toutes pour bielle et grande mission divine qui est de sauver le royaume et le roy de France. Et de tel honneur tu dois estre esbardaillée. Et nous autres sommes esbardaillés de toi, qui es tout auréolée de la gloire de Dieu et emplie de joli… emplie de puissance. Môm… Dame Yolande ci-près m'a raconté dans ses lettres comment tu avais réussi à esgorger et décaper des démons qui vous attaquaient tantôt. Et que tu avais aidé Inquisitio à réduire nombre sorcières en cendres. Et alors que tu étais en biel amour d'un chevalier, tu avais refusé le mariement qu'il te proposait, car tu souhaitais te conserver vierge et pure pour ne point décevoir le Seigneur et iceux qui t'avaient soutenue. Sainte Jehanne, je voulais te rencontrer avant la Grande Présentation, pour te dire que nous continuerons de t'appuyer à la Cour, bien que toujours silencieux, toujours en secret, mais bien là, n'aie jamais doute là-dessus. Oui, tu peux compter sur nostre grande aide, en toutes circonstances, favorables et défavorables. Nous avons prévu ton arrivée à Vaucouleurs d'ici quelques jours. Tu logeras chez Henri et Catherine Le Royer, qui font partie de nostre cercle. Le grand capitaine Baudricourt est également de la confidence, tout comme le duc Charles le Deuxième. Tu resteras là-bas un petit temps, le capitaine fera semblant d'hésiter à te croire et tu mettras cet intermède à profit pour causer aux pouillards. Le peuple devra être bien vite convaincu de ta Divine Provenance et la rumeur commencera alors d'enfler. Lorsque dame Yolande jugera qu'elle est assez pleine et suffisamment vive pour être parvenue jusqu'aux oreilles royales, tu auras l'autorisation d'aller à Chinon pour y rencontrer le

Dauphin. Ce qui se passera ensuite, ô Très Haute Sainte, ne dépendra que de toi. »

Je pris grande goulée d'air avant que de lui répondre :

« Mon bion monsieur et grands seigneurs, c'est un biel honneur de vous rencontrer tous. Sachez que je serai telle que dite et toute au service de Dieu. Jamais ne vous décevrai et irai jusqu'au bout de ma grande épopée Jehannesque. Les voix divines qui me parlent au creux de l'oreille m'ont assuré que le prince serait bien vite en trône et les Englishes hors du royaume juste après. Nous pourrons alors nous atteler à effacer la Bourgogne des registres et des cartes. Je suivrai vos avis et conseils que je reçois par la bouche de YO depuis que je suis jeunette. En restant digne et vierge saurai convaincre grouillots, soldats, prêtres, amis et ennemis qui se mettront sur mon chemin. Je suis Jehanne, prophétesse et Guérillère, au service du roy Charles le VIIe et je vous salue. »

Sur ce, je m'agenouillai, imitée en cela par les autres Jehanne et les chevaliers, puis les vieux nobliaux qui voulurent faire de même, puis par YO, et ce fut collusion d'agenouillements silencieux et dévots pendant la moitié d'un cadran.

Nous dînâmes tous ensemble, très tôt et chichement, rendant grâces entre chaque plat, et finîmes par nous coucher à l'heure des poules, après quelques échanges de chapelets supplémentaires.

Ils partirent le lendemain, rassurés et tout à la joie de l'idée qu'ils s'étaient faite de moi, ne cessant de m'appeler Grande Sainte et de vouloir me toucher du doigt. Je surpris même l'un d'eux, un grand héron nommé Claude, à voler subrepticement un de mes cheveux tombés sur ma robette pour le conserver en boisellerie dissimulée dans sa manche, murmurant aux autres qu'il avait acquis une relique Jehannesque.

3

Il fallut se résoudre à quitter le domaine. Ce fut là expérience bien éprouvante, et c'est le cœur encore serré que je t'en parle au jour d'hui. Les chevaliers aidaient YO à remplir ses malles tandis que les Jehanne et moi rangions la grange. Des flots de souvenirs nous revinrent en teste, de ries et de larmes meslés. Je laissai l'armure de Brunehaut près du lac et confiai Fierbois à mes sœurs.

Nous partîmes à l'aube en direction de Vaucouleurs. Sur le chemin, YO s'aperçut que nous étions tous estrabassés par la grande émotion du départ, et elle nous autorisa alors à verser quelques larmiches sans craindre pour nostre pudeur. C'est ainsi que nous chevauchâmes, laissant échapper diables sanglots à fendre les âmes les plus acquises à dureté, en ceci semblables à un troupeau de brebis soumis à bêlements. YO elle-même ne se retenait point et se trouvait rendue en eaux, agitée de soubresauts sur la selle, le cheveu virevoltant de tristesse. À travers mien rideau mélancolique, j'aperçus du coin de l'œil les spectres du lac qui me suivaient encore, marchant à petits pas derrière nous, toujours silencieux.

Arrivés dans la ville, nous nous séparâmes : j'allais me présenter seule aux Le Royer pendant que les autres cherchaient une auberge dans laquelle résider. Le couple était assez estrange mais biengentil. Henri et Catherine Le Royer avaient acquis belle aisance financière par le négoce et, heureux que leur nouvelle situation leur ait permis d'accéder au respect de tous et à la confidence de nostre mission, ils trépignaient en permanence, comme deux jeunets au-dessous de l'âge, précédant systématiquement leurs adresses à mon endroit de petits cris stridents :

« Hiiiii, Très Haute Sainte, vous êtes ici chez vous ! »

« Uuuuh oui, vous pouvez aller en libre circule et nous vous fournirons en bourse dès que besoin s'en fera sentir ! »

« Oooh, nous allons vous montrer vostre chambrette ! »

Je sentis dès cet instant que nostre cohabitation allait s'avérer pénible à endurer.

Alors que j'étais tout juste installée, ils sortirent pour faire courir le bruit que la prophétesse tant attendue venait de se présenter à eux. Au bout d'une heure à peine, nombre pouillards, clampins et grouillots se glutinaient à l'entrée de la chaume. J'étais réticente et envahie de fatigue ; aussi fis-je mine de les ignorer le plus longtemps possible.

Mais une main longue et sèche frappa bientôt au carreau de ma fenêtre et je vis YO qui pressait sa face contre la verrerie, m'ordonnant de me montrer sans tarder.

Dès que je fis mon apparition au-dehors, les gens se prosternèrent sans que je déclose ma bouche. Moi qui avais préparé bel et bon discours, je fus surprise de cette dévotion immédiate et restai malcontenue. Pour ne point gésir là, grasse et muette, j'écartai les bras, ne sachant quoi, et la foule émit un murmure de ravissement. Je joignis les mains en mime de prière et ils firent de même. Je tentais deux pas vers eux et plusieurs se jetèrent au sol pour me toucher la sandalette. Un peu à l'écart du groupe se tenaient les chevaliers et les Jehanne. Tout en regards et signes discrets, nous nous témoignâmes nostre contentement. Nous étions d'ores et déjà bien avancés sur le chemin de la Sainteté.

Je résidai à Vaucouleurs trois semaines et dans cet intervalle accomplis moults miracles, prédisant que telle poule pondrait deux œufs au lieu d'un, que telle femme aurait une jeunette et non un jeunot à naissance : les habitants furent rapidement certains, à en miser leur vie sur le billot, que j'étais bien l'Envoyée Divine. Le capitaine Baudricourt aimait à me tester publiquement sur divers sujets du Livre, mais j'avais les questions à l'avance et apprenais par cœur les réponses grâce à la quatorzième, citant avec pertinence les escritures adéquates.

Je reçus enfin le laisser-aller pour Chinon, et, accompagnée de mes chevaliers transformés pour l'occasion en escorte choisie *au hasard*, j'arrivai à la cour du Dauphin. YO avait eu connaissance par Louis du subterfuge que les Armagnacs souhaitaient utiliser pour établir mon honnesteté : comme je n'avais jamais approché Charles, ils mettraient un faux prince sur le trône pour voir si j'allais ou non me méprendre. Il était donc nécessaire pour confondre la royal family que je le reconnaisse, dissimulé parmi ses gens dans la grand-salle. Las, YO m'avait pour cela donné bien maigre indication :

« Il a vingt-quatre ans mais paraît moitié moins, c'est la Queen Mum teste coupée, quoique beaucoup plus rachitique. Elle a fait le déplacement pour l'occasion, tu peux te référer à sa sale face. Lui sera certainement au milieu des children, c'est sa grande passion. Choisis parmi ces figures de malbougies celle qui te paraîtra porter le plus haut idiotie et arrogance. »

Mais tous ceux que j'avais à présent sous les yeux correspondaient à cette description. Alors comment découvrir le Dauphin parmi ces suspects usuels ? Je devais d'abord vérifier si le subterfuge n'avait point été annulé par revirement subit. Mais le jeunet en trône était beau et bien fait, l'œil luisant d'intelligence résolue et calme comme mer d'huile : il était donc impossible qu'il fût Ponthieu.

Je me tournai vers la Cour. Mon attention première se porta vers une pimprinotte qui s'arrachait les ongles avec siennes dents jusqu'à les rendre en sang, puis suçotait ledit sang comme petit en nourrice. De face pustuleuse et maigrine de jambes, n'était-ce point-là le prince en robe et hissé en chevelure ? Je compris que nenni lorsque la jeunette se mit à piailler comme une poulette et à sautiller sur elle-même, faisant s'éloigner l'alentour. En deuxième lieu, j'observai un espouvantail humain qui se tenait bancalisé contre le mur. Comme il parlait seul en psalmodies, je tendis mieux l'oreille et entendis des choses que même dame YO dans ses pires colères n'osait prononcer à haute voix, tant c'était là vulgarité sans nom. Je m'aperçus par ailleurs que son haut-de-chausses était jauni par la pissance et qu'une petite flaque à terre indiquait que le vidangeage était toujours en cours. Deux autres pouvant correspondre à la description du Dauphin se tenaient bras dessus, bras dessous, évoluant en crabe, prenant grand soin de ne jamais toucher les lignes que formaient les dalles rouges du plancher. L'un était brun comme l'Italie, de noble extraction car collieré de diamants triples. L'autre portait toge informe, un serre-tête contenant ses cheveux blonds hirsutes, les ongles noircis par ce que j'espérais sincèrement être de la cradouille, la langue pendante et la bouche baveuse.

Je n'arrivai point à me décider : il me fallait rassembler tous les indices dans ma teste mais je devais gagner du temps.

Je m'agenouillai devant la reine.

« Majesté. Je suis Jehanne, Guérillère et prophétesse, au service du roy Charles le VIIe, venue lui prêter allégeance. Car je suis l'élue dont vous avez entendu parler depuis longtemps et qui se présente enfin à vostre mire, pour sauver le royaume et bouter les Englishes hors de nostre bieau pays, et avec iceux leurs infâmes alliés bourguignons. J'ai fait étape à Vaucouleurs et vous savez les prodiges que j'y ai accomplis. Je viens vers vous ce jour pour que vous me reconnaissiez comme la Sauveuse et m'octroyiez des hommes et des armes. Car il est temps, ô ma Reine, d'aller délivrer des mains englishoises la bonne ville d'Orléans détenue prisonnière, et ce sera là nostre première étape vers la victoire et le sacre du roy.

— Pourquoi t'adresses-tu à moi ? Je sais qui tu es en effet. Mais ne suis que Zweite dans l'ordre d'importance. Tu vois que mon Fils est en trône, pourquoi est-ce devant moi que tu es prosternée ?

— Pardonnez, ma Reine, je ne sais si c'est là jeu ou diablerie, mais l'homme sis en trône n'est en rien prince de France : ledit prince est ailleurs, c'est certain, et je ne me trompe point en refusant tout honneur à cet imposteur.

— Tu as tout faux, ma pauvrette. C'est bien là mein Kind.

— Nenni, ma Reine.

— Eh bien, si ce n'est point lui, où est le prince ? »

Je regardai à nouveau les jeunots et n'arrivai toujours point à trancher. Je désignai alors tout le groupe d'un geste vague :

« Il est parmi ces enfants. »

La Cour émit diables chuchotements de surprise. C'est alors que l'un des petits, celui à l'allure tracassée et jauni de l'entrecuisse, s'agita plus que les autres. Il me regarda puis regarda la reine jusqu'à en avoir l'œil en louche.

Je vis enfin, par son profil et poliotage, la royale ressemblance.

« C'est lui, le prince ! »

Et je me jetai immédiatement à ses pieds. La Cour se mit à applaudir, timidement au départ, puis franchement, quelques nobles se permettant même sifflets et bravos. La reine se leva de son trône, ce qui paraissait estre pour elle un effort considérable.

« Ah ! Gott tout-puissant qui m'avez entendue ! C'est toi, c'est bien toi, celle que nous attendions. Pardonne cette mascarade que nous avons mise en place, mais il nous fallait estre bien sûrs que tu étais la Très Sainte. Wir sind gerettet ! Nous sommes sauvés ! Nous sommes sauvés ! »

Elle s'évanouit sur ces cris de joie et on l'emporta. Charles restait silencieux, debout devant moi, à clapoter dans sa flaque. En me relevant, je vis que je faisais bien trois ou quatre testes de plus que lui.

« Mon Prince et Roy, je vous aurais reconnu entre mille et mille, car les voix du Ciel m'avaient montré en rêve vostre face royale. Accédez à ma requête, pour l'amour de Dieu, et laissez-moi aller délivrer Orléans. Je vous en supplie, et à travers moi c'est toute l'armée céleste qui vous supplie à son tour, car je suis leur envoyée et humble servante.

— Tu es fort grasse.

— Il est vrai, et vous avez biel œil et estes incontestablement perspicace en cervelle. Mais c'est ainsi qu'est formé le corps de toutes Guérillères : il leur faut estre joliment enveloppées de chair pour supporter l'armure et lourdes en os pour se tenir bien droites à cheval. Le combat étant affaire d'hommes, une femme n'y a point de place, et celles qui y sont doivent estre au plus près de l'apparence des chevaliers.

— Tu es fort laide aussi.

— Je suis en effet malmenante au regard. Mais c'est encore là chose normale pour une prophétesse. Elle se doit de rester bien sainte tout au long de l'épopée. Ainsi Dieu m'a offert comme protection un visage particulier, qui requiert une grande attention avant que d'en dévoiler la biauté. Ceci pour qu'oncques mâle m'approchant ne soit soumis à tentation subite et que moi-même ne puisse user d'une joliesse immédiate pour convaincre.

— Tu me dis des secrets ?

— Pardonnez, mais je n'entrave point ce que vous ardouillez.

— J'aime qu'on me dise des secrets. Ma mère, elle me dit toujours des secrets, sur mon père et tout, et sur mon oncle et tout, et j'aime bien. Des fois, je me cache dans l'église et je prends la place du curé dans le confessionnal et les gens viennent me dire tous leurs secrets. Si tu m'en dis qui me plaisent, ben je te donne l'armée et tout. OK ?

— Tout ce que vous voudrez.

— Viens, suis-moi, Jehanne. »

Il me conduisit jusque dans une petite pièce attenante. Avant d'entrer, je fis signe de teste sûr à YO qui se tenait près de son fils dans le fond de la salle.

Charles s'assit sur un petit tabouret et moi sur la chaise en face. Pendant un moment je restai coite. Puis lui répétai de long en large toute la fable inventée par Jehanne la septième.

« C'est nul comme secret. Pis, c'est même pas un secret.

— Pardonnez encore, mais je ne comprends pas quels secrets vous désirez entendre de moi.

— Les trucs que tu sais sur les gens. Ou sur toi, si tu veux. Tu comprends ? Les trucs, quoi.

— Je n'entrave toujours point.

— Oh ! allez, s'il te plaît. Tu vois très bien ce que je veux dire. »

Et il accompagna sa phrase d'un geste qui ne laissait nul doute en effet. Je lui racontai alors tout ce qui me venait en cervelle. Les orgieneries d'amour des chevaliers au soir, les tournerôlades de YO, prenant soin de ne révéler aucun nom. Je lui parlai aussi de mon joignement des sorcières en forêt, disant que je l'avais entendu d'une cousine. Comme je n'avais guère d'autres expériences de ces choses, j'en inventai moultes, toujours plus élaborées et audacieuses, des heures durant. Charles trépignait et bavait des litres. Quand je fus éreintée de paroles, il sortit en grande hâte de la pièce et dit à la Cour :

« C'est bon, c'est elle, on lui donne ce qu'elle veut. »

Et il partit en courant en se tenant les parties basses.

Les nobles me firent grand accueil. On me posait marée de questions et je jouais mon rôle de Jehanne sans nombre avec une redoutable efficacité. YO se tenait toujours à bonne distance, mais nous échangions souvent œillades de connivence.

La reine, éveillée de syncope, sut que j'avais achevé de convaincre le prince. Elle tint malgré-ce à procéder à une ultime vérification. On m'emmena dans une autre salle, emplie de matrones. Là je dus me dessaper et m'allonger sur une table sise au centre. Elles m'écartèrent les cuisses en poussant des *oh !* et des *ah !* de surprise. Au départ, je n'avais pas la comprenette de ce qu'elles faisaient. Puis je me souvins que les hommes se trouvent dotés d'un appendice mol, qui durcit plus ou moins à la vue d'un pimpant ou d'une pimpante, et ledit appendice, devenant plus maniable par gorgement de sang, perce le dessous par toute entrée adaptée à sa contenterie. Et la règle veut que femme percée du dessous ne peut point être dépercée.

Tu vas encore une fois me trouver bien lente, mais j'avais imaginé jusque-là que *vierge* voulait dire « dépourvue d'espousé ». Eh bien, nenni. *Vierge* signifie : « non encore percée par l'appendice mol ».

Les matrones étaient ostensiblement ravies de telle absence de perçage et le rapportèrent à la reine, qui en eut un nouvel évanouissement.

Après quelques jours de latence, j'obtins mon armée. À savoir : une centaine d'hommes, barbus et chevelus, encore plus crasseux que je ne l'étais dans ma prime jeunesse, tous renfrognés sur leur monture. Je leur dis mon souhait de chevaucher jusqu'à la délivrance d'Orléans, mais ils étaient fort réticents, ne croyant guère en la prophétie, démotivés et perclus d'angoisse d'être retranchés de la vie dans un combat qu'ils considéraient comme perdu avant même que d'avoir été engagé.

J'étais décontenancée par ce manque de hardiesse. J'envisageai de leur hurler dessus en promettant grand foudroiement divin, mais je craignais d'user d'un langage inadapté pour une jeunette en état de sainteté. Alors que je rageais sur mon cheval, sans solution motive-clampins, j'eus soudain une idée.

Je modulai ma voix sur le ton le plus prophétique que je connusse et leur expliquai, extatique, qu'on m'avait fait une révélation la nuitée précédente : une espée toute pleine de la puissance de Dieu était dissimulée en l'église de Sainte-Catherine, une espée qui était mienne sans conteste. Je savais où elle se trouvait, car je l'avais vue en rêve. J'ordonnai à Jean de Metz de partir à sa recherche, tissant ainsi un conte rapide et bien fait, ésotérique en chrétienté.

Il alla chercher Fierbois dans la chaume où étaient installées les autres Jehanne, profitant de ripailler un peu avec elles afin de simuler grande chevauchée à travers la forêt, et revint quelques heures plus tard avec mienne espée.

Je la brandis fièrement, proclamant devant les hommes que j'avais donc raison et que c'était là une preuve indéniable de ma divine provenance, que moi, Jehanne, en avais eu connaissance par les voix divines et que voici le miracle accompli devant leurs faces de benêts. Mais ils ne furent pas plus convaincus.

Il fallut que Poulengy aille quérir Charles afin qu'il ordonnât lui-même à la soldatesque de me suivre sans attendre, sous peine d'être pendue direct.

Nous nous mîmes en route dans une ambiance de bouderie solidaire. Tandis que je menai le cortège, j'entendais les râleries et autres menaces de désertion d'un bout à l'autre de la chevauchée.

4

Orléans était totalement prise.

Les Englishes grouillaient partout sur les tours qu'ils avaient construites, débordant jusque sur les remparts.

C'était le début de la nuitée, et grâce aux feux de garde nous pouvions voir les arcs et carquois prêts à nous occire. La réputation d'aptitude au tir de ces guerriers n'était plus à faire et mes hommes le savaient mieux que moi. Ils restaient donc hors de portée, refusant obstinément d'aller plus avant.

Seuls Jean et Bertrand avaient accepté de m'accompagner au plus près, ci-devant la Grand-Porte, mais non sans crainte. Moi-même avais nombre tournoiements d'entrailles face à tant d'ennemis.

Il ne me fallait point faillir, pour le nom de YO.

« Marauds d'Englishes, vermines suprêmes ! »

Cinq cents regards se tournèrent vers moi et mille fois plus de flèches.

« Je suis Jehanne, Guérillère et prophétesse, venue pour vous déloger d'icelle bielle ville d'Orléans que vous encrassez de vostre présence diabolique. Je suis envoyée de Dieu Lui-Même et de Son Fils et de tous les Saints pour vous obliger à lever l'ignoble siège sous peine de vous trouver tranchettés par mon espée. »

Pour me donner contenance, je levai ladite espée en signe de bastaille. Des rires gras se répercutèrent en écho parmi toute l'assemblée englishoise.

« C'est ça que les grenouillers ont trouvé comme prophétesse ? C'est non-Dieu possible, tant de malplace de cervelle. Vous avez vu dans quel état délabré se trouve la pauvrette ? J'ai grand-pitié, tiens. Repars chez toi, et dis à ton prince qu'Orléans est englishoise et va le rester. Et puis va faire des ablutions, c'est impie d'être aussi malpoissée. »

Une salve de flèches encercla ma monture en guise d'avertissement. Mon cheval se cabra, mais je tins bon sur la selle.

Nous retournâmes auprès des hommes, qui barnaudirent encore, ardouillant qu'ils m'avaient bien prévenue et qu'il fallait s'en retourner à la Cour et bien le tant pis pour Orléans. Mais je ne pouvais m'y résoudre et tentais de les convaincre à nouveau de la nécessité de cette délivrance.

Soudain, alors que j'étais en pleines arguties avec cette confrérie d'imbéciles, le bruissement du monde se fit entendre. C'était comme un grondement à l'horizon, qui emplissait le ciel et ne faisait qu'augmenter. Je cessai de parler pour mieux esgourder. Les hommes prirent cela comme résignation de ma part et redoublèrent leurs protestations afin de m'en matelasser l'esprit. Mais je ne les entendais plus. Le son inhumain était partout en moi et tout autour de moi. Il me pénétrait la peau, je sentais ses notes rocailleuses courir dans mon corps jusqu'à m'envahir la teste. Une fois sises à l'intérieur de mon crâne, elles se brouillèrent en tempête. Du tréfonds du cyclone, en son œil suprême, les syllabes prirent forme, et de syllabes devinrent mot, un mot unique, répété en boucle :

Attaque

Mue par cet impératif et délaissant tout négoce, je commençai à chevaucher seule. Je me mis debout sur la selle face aux dix mille yeux d'Orléans. Je levai une nouvelle fois mon espée, le plus haut possible. Quelque chose déchira alors le voile des Réalités. Et ce que je voyais en secret se fit voir à tous. Autour de moi, onze jeunes filles en robe blanche et au teint de fantomines se tenaient elles aussi droites sur leurs montures. À leurs côtés, des dizaines de chevaliers en armes, blessures ouvertes surgissant, prêts à charger. Pendant quelques secondes, un silence stupéfait envahit l'espace et le temps.

Je poussai alors grands cris de guerre et lançai l'assaut sur la ville.

À la vue de la horde spectrale et de moi, Jehanne, sainte Guérillère à sa tête, les Englishes se mirent à hurler en dialectes tiers. La panique les poussa à courir en tous sens sur les tours et les remparts, mais comme ils étaient nombreux et que les chemins d'angoisse étaient fort étroits, ils tombèrent bientôt en grappes des fortifications, se tenant les uns aux autres en criant le nom de Dieu. Certains s'écrasaient dans les douves asséchées en bruit mat d'os brisé, tandis que d'autres terminaient leur vol angélique en succion sur le sol, les jambes tournées en des angles impossibles et les bras pantelants hors de l'axe. Aucun de ceux encore perchés n'eut l'audace de diriger son arc contre nous. Ma soldatesque de Bourges, jusque-là retranchée, fut galvanisée à la vue de mon armée fantomale et nous rejoignit en poussant des rugissements de bêtes féroces.

Je donnai le premier coup, en esgorgeant un Englishe qui tentait de fuir à travers champ. Et ce premier sang versé donna le signal du massacre que tu connais sous le nom de *Feste de la viande outre-Manchette*. Mon bel et bon plaisir fut d'arracher les oreilles englishoises à mains nues pour les conserver en besace, projetant de me faire un collier de ces esgourdilles, telle une Amazone d'autrefois. Je goûtai goulument à la chair d'un des ennemis, mais elle était bien trop gélatineuse et mentholée à mon goût. Du sang vérolé me perlait sur la face, se mélangeant à ma sueur en une matière goulinante qui rougeoyait sous un ciel illuminé d'étoiles dont la configuration n'était point de ce monde.

Les Englishes terrorisés ne menaient guère combat. Il suffisait de laisser sa lame tendue et les soldats s'échappant comme des canards sans teste venaient s'y empaler eux-mêmes. Mais nous étions rendus d'autant plus barbares par nostre victoire toute proche et mes hommes, les occis comme les vivants, ne se laissèrent donc point décourager par le peu de résistance de ces cohortes lâches : ils décapitèrent, esgorgèrent et étripèrent comme il se doit. La fumée émanant des corps faisait une brume ardente sur le champ de bastaille et des odeurs de terre et de mort emplissaient mes narines avec délectation. Les membrines tranchées que je voyais gésir me firent soudain grande envie. Je descendis de cheval, élargissant un pauvret qui croyait pouvoir me surprendre, puis saisis un bras au hasard et en mordis la partie la plus tendre jusqu'à la mâche complète. C'était cette fois un tel délice que j'en poussais moults gémissements de plaisir.

Le capitaine ennemi ordonna qu'on ouvrît la Grand-Porte et abaissât le pont-levis, et ce fut une véritable nuée englishoise qui s'assembla en partance, rendue en eaux et se marchant dessus, leurs hauts-de-chausses souillés de pissoiements et de merdance. Ils nous accusaient à voix basse d'estre d'abominables créatures sorcelliques, mais évitaient tout de même de s'approcher trop près de nous.

C'est alors qu'un détachement adverse, issu des tours à l'opposé de nostre guerroiement, surgit sur nostre droite. Il n'avait rien ouï d'autre que des cris de terreur, et supposait sans doute qu'il s'agissait des nostres.

Ce furent cette fois mes sœurs mortes qui se mirent à trancher les ennemis avec exaltation, faisant des trous nets en crânes et ouvrant les entrailles en collier. Les nouveaux arrivés ne furent bientôt eux aussi qu'hurlements d'effroi en fuite. J'étais transportée par la joie de revoir mes Jehanne si vives et guerroyantes, et jamais plus ne connus bonheur si grand au cœur d'une bastaille.

Il ne nous fallut qu'une moitié de cadran pour entrer dans la ville. La nuit n'était point encore achevée que nous avions débarrassé les ruelles de toute la crasse restante, ci-près composée essentiellement de buveurs délirants et de gigolettes en plein travail.

Le voile de la Réalité reprit lentement sa place au-dessus de nostre monde et je fus à nouveau la seule parmi les vivants à voir mes sœurs et les chevaliers qui les accompagnaient. Je m'aperçus en parlant avec l'armée de Charles dès après nostre entrée dans Orléans que l'événement tout entier leur sortait de l'esprit, comme traces de pas dans le sable effacées par les eaux. Y compris Jean et Bertrand qui, très vite, ne surent plus ce que j'entendais par *l'assaut des fantomines*, et restaient incrédules quand je le leur racontais.

J'installai nostre campement sur les placettes centrales et pris le temps de regarder le soleil se lever sur Orléans délivrée. J'étais plus qu'heureuse d'avoir accompli une part bien ardue de ma mission et tremblais d'aise en imaginant YO apprendre la nouvelle. Mais je savais aussi qu'il restait devant nous de grands obstacles encore, à chercher partout dans les rues l'entrée du Nœud.

Je profitais néanmoins du festoiement tout le jour suivant, faisant bombance et buvant sans discontinuer. Les bellottes me laissaient les frôler joliment, et c'était là merveilles sans pareilles et sustentement suprême.

À la nuitée, je fus rejointe par bon nombre d'entre elles, qui se battaient pour avoir le privilège de s'allonger sur la couche de la prophétesse. Elles m'attribuèrent le surnom de Pucelle d'Orléans et m'offrirent leur surplus. Je le pris, et le pris bien, sans ménager mon effort, trouvant moultes ressources physiques alors même que je me pensais écrasée de fatigue.

Le lendemain, Charles entra dans la ville en triomphe, suivi de la Cour et parm'icelle YO, qui souriait largement.

THIS IS THE END

1

Shut up, c'est à moi de reprendre la parole.

Il est vrai que j'étais jubilante en entrant dans Orléans, et même au-delà de toute joie, je puis aisément le reconnaître.

Du sang frais d'Englishes malpoissait les rues de la ville. Cette victoire était, je te l'avoue, une des choses les plus emplies de majesté qu'il m'ait été donné de voir.

En apprenant la nouvelle du succès Jehannesque, le Dauphin nous avait éveillés en hâte. Ceux qui s'étaient collusés vinrent me féliciter grandement et me tinrent pour presque aussi sainte que la douzième. Toute la Cour voulait se rendre immédiatement en chevauchée pour apprécier le triomphe, mais cette pournillée d'Isabeau, toujours présente comme boursouflure sur visage de lépreux, insista pour qu'on passât le jour suivant à remercier le Seigneurdieu. Le Bastard lui-même, poussé par sa Mother, se trouvait déjà au comble de l'extase mystique, et tous prièrent et se prosternèrent en transe catholique, et ce sans discontinuer pendant vingt et quatre cadrans. Je les imitais sans faire montre de ma réticence, récitant même le Nostre Père plus haut que tous clampins.

Mienne félicité lors de mon arrivée à Grande-Jonction n'était donc en rien acte de Huppert ni mimerie d'aucune sorte ; c'était la seule raison que j'avais de me réjouir depuis des semaines. Car j'étais par ailleurs envahie de rêves fols, persistants en récurrence, ceux-ci ayant surgi en ma teste peu après nostre départ du domaine. Ils semblaient estre comme pièces de puzzle dont je savais qu'elles s'emboîtaient entre elles mais sans parvenir à en reconstituer le dessin ni la trame.

Des ombres de femmes passaient sous mes yeux. Je les connaissais, sans savoir pour autant qui elles étaient. Certaines guerroyaient, leurs armures et leurs espées resplendissaient dans les ténèbres, joyaux étincelants de beauté au milieu du Sordide ; mais leurs visages restaient flous, malgré mes efforts pour me désombrer l'esprit. Je n'avais qu'une certitude : ces rêves-là n'étaient point issus du Maître. Ils m'effrayaient et me réconfortaient à la fois, et je ne savais que faire de ces sentiments meslés. Quelque chose commençait à se fendiller en moi. J'étais percluse de doutes, et sentais monter en mon ventre une peur sans pourquoi. Plus les femmes s'approchaient, plus leurs silhouettes d'autres âges m'apparaissaient concrètes en mire, et plus le doute et la peur grandissaient. Je ne pouvais nullement en parler et craignais de tomber en folie complète en cherchant la raison de ces apparitions.

C'est donc à mon grand soulagement que je pus enfin laisser de côté ces réflexions malcervelées et m'abandonner à la liesse.

Nous entrâmes en procession dans la ville et je profitai du chambardement outrancier, des cris et des vivats pour aller retrouver la douzième en son auberge, qu'elle avait mis moins d'un jour à transformer en Maison : c'était congluement de miches et poitrails dévêtus, jeunettes par centaines qui reposaient en couche.

Elle me reçut avec un sourire sur la face, faisant fuir à grands cris les lascives, essayant de me faire croire, personne n'était dupe, que c'étaient là petites orphelines des rues qu'elle avait recueillies. Je remarquai à voix haute qu'elle conservait certes toujours le haut de son armure en manière de pourpoint mais se trouvait fort déculottée des parties basses. Elle se ressapa aussitôt et nous nous rendîmes auprès du prince, qui se laissait porter par la foule, tel un troubadour en plein chantoiement et roulant sur grand tube.

Il voulut lancer la suite de l'épopée sans attendre et, ainsi, de succès en succès, accéder au trône. Jehanne eut là belle répartie, et sans que je fusse obligée de lui souffler son texte. Elle lui expliqua que, sauf son respect, c'était jobardise de se relancer aussi tôt en bastailles, car il fallait que les Englishes aient le temps d'apprendre à leurs pairs la libération d'Orléans et que se diffuse la peur dans les rangs ennemis. Ceci afin que toute l'Englishlande fût envahie d'entrouilles à la simple évocation de nostre Nom. Là, et là seulement, nous nous remettrions en route.

Après de longues minutes, apparemment nécessaires pour que ces informations parvinssent jusqu'à sien cervelet, le Dauphin se rangea à l'avis Jehannesque et annonça à la Cour qu'elle serait provisoirement Orléanaise.

J'envoyai les chevaliers prévenir la septième, la dixième et la quatorzième afin qu'elles nous rallient au plus vite, tout en suppliant les autres de me laisser aller dans une chaume isolée d'iceux, prétextant devoir m'adonner seule à la prière loin de cette joie inappropriée pour une femme aussi veuve que moi.

Prenant ainsi grande chambrée incognito au milieu de grouillots tiers, nous pûmes emménager tranquillement, les petites et moi.

Grande-Jonction délivrée et le Nœud désormais accessible, j'étais certaine de recevoir rapidement un signe du Maître.

Or, de signe dans la ville ne vis point, et d'apparition, aucunement. Certaines de Ses instructions m'étant venues à l'horizontale, je m'acharnais sur ma couche jusqu'à ce que, épuisée, je finisse par m'y endormir vraiment sans les y percevoir. Les affres dans lesquelles tout cela me plongeait menaçaient de faire dériver miens doutes déjà prégnants jusqu'à l'infarctus cervellique.

Je rêvais, certes, mais de Loulou, de ma prime jeunesse ou de mes geignements. Ni du Maître ni d'ailleurs de ces sublimes guerroyantes qui m'avaient encerclée tantôt.

Après trois semaines d'occupations, je n'avais toujours aucune idée de l'endroit où pouvait se trouver l'entrée du Nœud ni même à quoi elle ressemblait. Je conservais Clé en poche et pendant mes heures de veille marchais dans les rues sinueuses, tentant de l'enfiler en toutes serrures, rendue au bord du poliotage à chaque échec renouvelé.

Jehanne et ses sœurs se réunissaient elles aussi pour essayer de trouver une solution à nostre drame, mais leurs tentatives restaient tout aussi vaines que les miennes. J'ouvrais sans cesse mes carnets, mes manuscrits et mes enluminures ; mais cise perdue au milieu de symboles et de parchemins obscurs, nulle réponse précise ne surgissait.

La douzième avait fini, comme je l'avais prédit tantôt en espérant me tromper, à verser dans la nutjoberie complète : elle affirmait voir les morts autour d'elle. Et même avoir entendu une voix issue d'un autre monde juste avant la grande bastaille d'Orléans.

« As-tu tant répété ta fable Jehannesque que tu t'en crois devenue l'héroïne dans tienne existence ? Veux-tu que j'aille te mander un mouton pour que tu te sentes en bergerie ? Allez, cesse, ma chère. »

Elle en prenait ombrage mais continuait de fabuler sans fin sur ses visions spectrales.

En vérité, les convulsions bullshiteuses de ma prime Guérillère ne m'inquiétaient guère ; j'exigeai beaucoup trop d'elle, sans doute. En revanche, je m'inquiétais véritablement de celles, beaucoup plus problématiques, de la quatorzième. Je ne sais quel jour exactement s'est produite la bascule, peut-être peu après nostre installation à Orléans. Elle a commencé à nous dire l'air de rien que puisque nous étions près du Nœud sans en trouver l'entrée, c'était que nostre destin n'était sans doute point de nous y rendre. Et qu'il serait peut-être préférable d'achever l'autre mission qui nous avait été confiée : le boutoiement des Englishes et la remise en trône du prince. Elle lisait toutes les nuitées les Bibles que je lui avais offertes et je la surpris plusieurs fois en prière de mauvais aloi. J'essayais de la dissuader de s'adonner à telles pratiques perverses. Elle ne me contrariait jamais, promettant d'arrêter dès le lendemain, mais je sentais bien que ce n'étaient là que mensonges. Je demandai à la dixième de la surveiller de près, ce qu'elle accepta sans ciller, elle-même fort troublée de la façon d'agir de sa sœur. Les deux chevaliers de nostre ordre suivaient toujours la douzième en escorte. À force de l'entendre parler de spectres, ils commençaient à la croire et l'assistaient en ses élucubrations.

J'en étais donc là, désespérée de la situation stagnante, apparemment lâchée par le Maître qui restait so quiet tandis que les cabourdises dévoraient au triple galop ce qui restait de nostre troupe. Moi, Yolande, je le confesse, ai sincèrement pensé à tout abandonner, rendre les armes et jeter mienne éponge à la face du monde.

C'est au milieu d'une de ces nuits de désespérance, alors que j'étais à nouveau terrassée par l'angoisse, que Jehanne vint frapper à ma porte.

« Ma Dame, ma Dame, c'est icelle la douzième, ouvrez-moi la porte céans.

— Mais que me veux-tu encore ? Tu n'as point trouvé ta contenterie dans la ville et veux savoir si je dissimule des pimpantes dans ma chambre ?

— Nenni, ma Dame, je voulais vous poser question urgente, car quelque chose est hors de ma comprenette.

— Tout est hors de ta comprenette, ma pauvre. Enfin, entre quand même.

— Merci bien, dame Yolande. Alors voici : que veut dire *quarante et deux* ?

Je fus frappée de stupeur en entendant le chiffre.

« Que dis-tu ? Où as-tu appris cela ? »

Les autres Jehanne s'éveillèrent, car je parlais en hurlance.

« Eh bien, ma Dame, c'est le spectre qui me l'a dit.

— Encore cette histoire biscornante ? Quel spectre ?

— Je ne le connais point. Il rôde autour de la ville à la nuitée. Je l'ai aperçu tantôt perché sur les remparts, tantôt près de la Grand-Porte. Mais depuis quelque temps, il est parvenu à entrer en ruelles et vient le soir en ma chambrette. Il a l'air bien fol et ne cesse de répéter "quarante et deux".

— Est-il petitout et ligoté ?

— Nenni, ma Dame. Il porte bonnet bleu malplacé sur cheveux blondinets, grande cape rouge sang, et a l'œil vert feuille. Il dit aussi qu'il est roy de France et qu'on doit l'écouter. Puis reprend son chiffre et le répète.

— Mais ce que tu dis là est impossible. Tu me décris Charles le Sixième et il est pass…

— Passé, oui, spectre comme je vous dis et suis seule à le voir.

— Et où est-il à présent ?

— Juste à côté de vous. »

Je me tournai en tous sens mais ne vis rien de spectral.

« Et que fait-il si près de moi ?

— Il désigne la Clé que vous avez en poche et dit encore le chiffre. »

J'étais plus que sceptique, car je pensais que la Guérillère, m'ayant vue quasiment à l'article, inventait là une nouvelle fable pour me contenter un peu. Elle avait probablement entendu parler des estranges paroles du roy Charles par la bouche des gargayles chevaleresques et, puisqu'elle connaissait l'existence de la Clé, avait tissé deux et deux ensemble en espérant me confondre.

« Ah ! Et donc Charles Fantôme sait comment utiliser la Clé ?

— Je ne peux dire, mais il veut vous la voir sortir de la poche. »

Je me saisis du Divin Objet et l'exhibai sous les yeux de Jehanne.

« Bien, voilà. C'est fait. Et maintenant ?

— Il fait signe de le suivre. »

Toujours méfiante, je talonnai mollement la douzième à travers les couloirs de la chaume, accompagnée des trois autres petites. À l'extérieur, Jean et Bertrand montaient la garde, et c'était bientôt toute nostre petite communauté qui marchait dans la ville, semblant aller sans but, concentrée pour essayer de percevoir une présence invisible que la douzième suivait en trottinant. Heureusement que les Orléanais se couchent généralement en heure de poule, ou nous eussions été occis de ridicule.

Nous finîmes par arriver en placette dégagée tout au nord de la ville.

« Il dit que c'est ici.

— Il n'y a absolument rien ici.

— Il dit que l'entrée du Nœud est devant nous.

— La vois-tu ?

— Nenni, je ne vois qu'icelui roy Charles qui me montre du vide.

— C'est bien ce que je pensais. Les fantômes que tu vois sont aussi botchs que toi. Come on, people ! Rentrons avant qu'on nous surprenne en telle posture.

— Non, attendez. Je la vois maintenant. »

La douzième tomba lourdement à genoux et se mit les deux mains sur les oreilles. Bien hargneuse et croyant désormais fermement à un simulacre de sa part, je m'approchai d'elle pour la tirer hors de cette malséance.

Lorsque je refermai mes doigts nus sur son bras, j'entrai en contact avec le monde éthérique. Devant moi se tenait le roy Charles, tel qu'il était juste avant sa mort. Il souriait et pointait du doigt une petite porte, une petite porte qui ne donnait sur rien, pourtant bien droite au milieu de la placette. Je retirai ma main et le roy et la porte disparurent.

« Diables ! Qu'est-ce que c'était ? »

Les petites et les chevaliers étaient interloqués, n'ayant toujours rien vu de particulier de leur côté, alors que la douzième était encore agenouillée et secouait à présent la teste.

« Qu'entends-tu pour ainsi te boucher les oreilles ? »

Avec grande difficulté d'élocution, elle répondit :

« C'est une Nouvelle Voix, qui me parle en cervelle et m'ordonne d'entrer. »

Je restai coite de surprise devant tant d'esbardaillements. J'étais par ailleurs moultement vexée qu'on ne s'adresse point à moi directement et...

« Je sais, ma Dame, oui, mais n'y trouvez point là raison de vous fâcher. On me dit que je suis le passage et que vous êtes celle qui doit l'emprunter. »

J'ordonnai aux autres de se placer autour de la douzième afin que nous la touchions tous en même temps. L'air grandement ahuri mais n'osant désobéir, ils s'exécutèrent. Et nous basculâmes ensemble dans le Monde Suivant.

La porte réapparut, tout comme Charles le Sixième. Je donnai la Clé à Jehanne et nous avançâmes, toujours tenus à elle, comme six branches d'un même arbre. Elle introduisit ladite Clé, qui coulissa parfaitement dans la serrure. La porte s'ouvrit sur le Nœud, au sein duquel je m'étais promenée en rêve éveillé, il y avait de cela des années.

« Il nous faut y aller maintenant.

— Non, attendez !

— Qu'y a-t-il ? »

Je me tournai vers Charles.

« Que signifie *quarante-deux* ? »

Le Sixième me fixa un moment sans parler. Puis, semblant suivre instructions qu'on venait de lui murmurer, il me dit :

« C'est la réponse à la grande question sur la Vie, l'Univers et le Reste.

— Je n'entrave point.

— La réponse à la grande question sur la Vie, l'Univers et le Reste est : quarante-deux.

— Ça n'a aucun sens.

— Au contraire. La réponse fait sens à tout. Le seul problème est que vous ignorez quelle est la question. »

Et il se mit à rire comme le dément qu'il était. Ne souhaitant point poursuivre cette cinglerie fantomatique, je fis signe aux autres de continuer et nous nous engouffrâmes avec appréhension dans l'inconnu du Nœud.

2

C'était toujours landes désertiques et ruines multiples, mais encore plus délabrées que la fois précédente. La douzième et les deux chevaliers dégainèrent leur espée et ouvrirent la marche tandis que les Jehanne et moi nous placions en ringuette à leur suite. Nos pas nous conduisaient au temple, je le savais mais n'en dis rien.

Il était toujours à la même place et en pareil état, si ce n'est que les dessins cosmogoniques sis à l'intérieur du couloir s'étaient effacés. J'expliquai à la douzième que dans la grande salle se tenaient un petit homme ligoté et un puissant messager des dieux jaloux. À ma grande surprise, elle me répondit nonchalamment qu'elle le savait déjà.

Nous avancions avec précaution dans les couloirs. Les cris de torture nous parvenaient par bribes, comme étouffés. Je compris pourquoi en arrivant devant l'arche : l'entrée de la pièce principale s'était effondrée et il nous fallut dégager les pierres une à une, ce qui nous prit près de cinq cadrans et moultes suées.

À l'intérieur, les prêtres en bure noire étaient tous passés, et ne restait plus d'eux que squelettes et poussière en tas.

Au centre de la pièce, l'homme aux signes de sang était toujours là, nullement venu en âge, ceint du même bâillon sur la bouche, les yeux encore révulsés par le rire. Derrière lui, la créature avait quant à elle abandonné sa forme vaguement humaine et était désormais démon tentaculaire, nous dépassant en hauteur de plusieurs dizaines de testes. Ses trois yeux jaunes et globuleux, comme posés à plat sur sa grande face visqueuse, se tournèrent vers nous.

« Partez, partez d'ici, suppôts de l'Autre, jamais, jamais vous ne parviendrez à vos fins, non, jamais, vous n'avez aucune chance de nous vaincre, aucune, fuyez, vite, vite, vite, avant que l'on ne prenne vos âmes corrompues, et dites-Lui que nous Lui souhaitons l'éternité dans Sa cellule. »

La douzième plaça son espée devant elle en bouclier et de son autre main saisit sa hallebarde.

« En aucun cas, triple-louche. Nous venons saisir le Mage Savant et le Livre afin de libérer le Maître de dame Yolande. Je m'appelle Jehanne, je suis Guérillère et prophé…

— Ah ! mais tais-toi, tais-toi, tais-toi donc ! Qu'importe qui tu es, nous ne te laisserons pas faire. Tu es déjà morte. »

Le démon attaqua alors Jehanne par quatre tentacules, qu'elle trancha tous avec célérité. Mais, par effet de grande sorcellerie, ils repoussèrent aussitôt. Elle recommença la coupe, aidée en cela par les chevaliers qui se battaient eux aussi contre les excroissances enragées. Ils hachèrent les membranes dix et vingt fois, mais c'était en vain, car elles continuaient encore de croître, toujours plus puissantes et visqueuses ; les bouts réséqués gisant au sol formaient des immondices gluantes et tressautantes.

Le ligoté s'agita tant et plus sur sa chaise, faisant d'estranges bruits de bouche sous son bâillon et virevoltant ses yeux en gauche et droite. À l'observer plus attentivement, je saisis soudain ce qu'il voulait nous signifier et le criai aux valeureux :

« Cessez de vous en prendre aux pattes ! Il faut lui crever son œil-triple ! »

La septième et la dixième, qui jusque-là n'avaient fait que sautiller sur place en couinant, divertirent l'attention de la beste en courant autour de la salle, tandis que la quatorzième, décidément nutjobée pour de bon, tomba subitement en prière, éructant des Je vous salue Marie à l'adresse du monstre. Moi, un peu en retrait afin de n'être point éclaboussée par le sang douteux du démon, j'aidai Jehanne et les chevaliers à parer les coups.

« Attention à droite ! La hallebarde, la hallebarde ! Et là, derrière toi, mets-y donc grand coup de lame ! »

La créature était d'une rapidité folle et se battait vivement, mais les deux chevaliers parvinrent malgré tout à l'enceintrer et à lui maintenir fermement la tige dorsale. Ma Guérillère, en un mouvement sublime, lui creva alors deux yeux d'un seul coup d'espée tenue en main gauche et, de la droite, avec une dextérité similaire, fendit le troisième de sa hallebarde. La chose poussa un hurlement si énorme qu'il fit trembler les murs, ses tentacules frappèrent férocement sur le sol. Après nombre convulsions de corps, il finit par se régoulumer en amas graisseux violacé, littéralement en dissolve, pour n'estre plus que grande flaque mauve étalée à nos pieds.

Je m'approchai de l'homme aux signes, renversé de sa chaise et gigotant au sol, afin que de le remettre droit et le débâillonner ; ce faisant, j'eus l'illusion l'espace d'une seconde que ses enluminures en peau se mettaient à bouger toutes seules. Ne sachant que lui dire, j'ânonnai truisme de circonstance :

« Voilà, tu es libre ! »

Il resta immobile et silencieux. La dixième coupa ses liens à la serpette, mais il ne bougea pas plus. La douzième se colla alors à lui face contre face.

« Eh bien, es-tu muet ?

— Mais non, Jehanne, la torture l'a rendu fol, et c'est bien normal. »

Je me penchai moi aussi plus avant

« MY NA-ME IS YO-LAN-DE. I AM FROM A-RA-GON. »

L'homme me fixa et je vis à cet instant précis qu'il n'était fol en rien, ses yeux presque aussi jaunes que ceux de la beste brillaient tout autant d'intelligence que de fatigue et haute lassitude.

« Je sais très bien qui tu es, Yolande.

— Et comment donc ? Oh ! Le Maître t'a prévenu de mon arrivée ?

— Le maître ? Ah ! bien sûr, tu portes encore sa marque, je la vois mieux à présent, qui t'encombre l'âme. »

La douzième fulmina :

« Ne manque pas de respect à dame Yolande ou je te fais passer par l'espée comme la triple-louche ! Elle n'est point encombrée si ce n'est de biauté et de grâce ! »

Il ne prit pas la peine de réagir aux menaces Jehannesques et continua de s'adresser à moi sans tourner la teste.

« Ton maître est un fléau. C'est le destructeur des mondes. Pourquoi es-tu ici ? Comment as-tu pu entrer dans le Nœud si tu es toujours sa servante ? »

J'étais abasourdie d'incompréhension et laissai passer un silence avant de me grandir le dos pour lui répondre :

« Grâce à la Clé qu'Il m'a donnée, bien sûr !

— Une clé ?

— Une Clé en serrure comme je te le dis. »

Le signé sanglant renversa son visage en arrière, et sa poitrine se mit à palpiter. Je crus en une brusque convulse et voulus l'en secourir, mais un son venu du fond de sa gorge me fit comprendre mon erreur : il riait à nouveau, cette fois-ci à s'en décrocher la mâchoire.

« Une clé… décidément, il aura tout essayé… une clé… tu penses pouvoir pénétrer un autre univers avec une clé insérée dans une porte ?

— Eh bien, oui ! J'étais au début aussi estonnée que toi, mais c'est bien ainsi que ça s'est passé. »

Toute ma petite troupe confirma mon dire par des « oui absolument » approbateurs.

« Non, répondit-il froidement.

— Cesse de contredire la Vérité Vraie, et d'abord, dis ton nom, qui es-tu, toi, pour oser arguer ainsi ? Pourquoi les dieux jaloux te torturaient-ils si ce n'est pour essayer d'anéantir le Maître ? Tu m'es venu en rêve et j'ai tout vu de ce qu'ils te faisaient. Tu sais où est le Livre ! »

Il prit une grande inspiration qui ressemblait à une menace, les chevaliers dégainèrent les espées qu'ils avaient à peine eu le temps de renfourrer. Il promena sur eux un regard amusé, fit quelques mouvements comme pour se délasser les membres avant que de se rassoir en chaise et de prendre une nouvelle inspiration, icelle nettement plus apaisée.

« Je m'appelle Abdul. Je suis né il y a deux mille cinq cents de vos années. Si *être né* signifie encore quelque chose pour celui que je suis devenu. J'ai été moi aussi le serviteur du monstre que tu appelles maître. Jusqu'à ce que je comprenne sa véritable nature. Je sais où se trouve le Livre, oui. »

Il sourit âprement.

« C'est la raison pour laquelle je suis venu dans le Nœud et que je n'en partirai jamais. Tant que je resterai là, ton maître ne peut être libéré. Il est des règles que même les plus puissantes créatures doivent respecter, et le Nœud, vois-tu, fait partie de ce que l'on appelle les espaces intermédiaires. Ils sont inviolables, même pour lui. Les dieux jaloux ont trouvé une faille dans laquelle ils pourraient s'ingérer mais par laquelle ils ne sauraient plus ressortir. Ils n'ont pas beaucoup de pouvoir ici et ils savent qu'ils finiraient par y mourir. Alors, ils y envoient leurs disciples, comme ces prêtres et... cette chose. »

Il désigna le tas de graisse pourpre dont il ne restait presque plus de traces en sol.

« Le Nœud les rend eux aussi vulnérables et ils y subissent les ravages du temps, qui leur étaient jusque-là inconnus ; ils y entrent donc en acceptant d'y sacrifier leurs existences. Ils cherchent alors par tous les moyens à y découvrir le Livre afin que ce sacrifice ne soit pas vain. Non pas pour le détruire, comme tu le crois, mais pour se l'approprier. Car il leur permettrait de devenir aussi puissants que ton maître. Ils se rendent bien vite compte que c'est impossible, mais il est déjà trop tard pour eux, qu'importent les siècles qu'ils passent à essayer. En revanche, le Nœud est strictement inaccessible à ceux qui portent la marque du maître. Tous les serviteurs qui m'ont succédé ont échoué. Tu aurais dû échouer aussi. Comme je te le disais, j'ai su qui tu étais, et ce dès que tu as été en sa présence, comme j'ai tout su des autres avant toi. Je t'ai observée, j'attendais ta chute. Mais depuis l'endroit où je me trouvais et malgré tous mes efforts, je n'ai pas pu voir la totalité de ton histoire. Il y a un point aveugle. Alors je te le redemande, comment as-tu pu ouvrir la porte ? »

J'étais rétamée de confusion ; je voulais à la fois frapper cet homme ci-nommé Abdul et le faire arguter davantage. Comme il venait d'avouer qu'il savait où était le Livre, je renonçai provisoirement à le barnaudir.

La douzième recula d'un pas.

« C'est moi, Jehanne, qui ai vu la porte la première, grâce à Charles le Sixième, roy fantôme. Et, par effet de haute magie, dame Yolande, mes sœurs Jehannesques et mes frères chevaliers l'ont vue eux aussi par la touche. J'ai moi-même mis Clé Divine en Serrure Sainte et nous sommes entrés. »

Abdul se tint le visage à deux mains, les coudes posés sur ses genoux, comme s'il était pris de mal de teste soudain.

« Alors, c'est toi. – Il la fixa longuement. – *Celle qui pourra voyager dans l'espace et le temps, pour qui les dimensions ne seront séparées que d'un fin voile à lever*... J'en entends parler depuis si longtemps que j'ai cru que ce n'était qu'une légende de plus.

— Comment cela ?

— Jehanne, es-tu déjà venue ici ? »

Elle baissa la teste, après m'avoir furtivement regardée d'un air honteux.

« Eh bien, c'est-à-dire, oui, je crois. Une fois, en mien rêve, j'ai suivi dame Yolande. Je venais d'arriver au domaine et j'étais encore en petit âge. Je pensais que ce n'était que cela, une rêverie de jeunette, sans autre sens que ceux bien estranges que lui donnait ma cervelle. Mais en arrivant ici, je me suis rendu compte que tout correspondait à mon souvenir. Et Jehanne la première et Jehanne la quatorzième et mes autres sœurs parlaient elles aussi des rêves dans lesquels elles me voyaient arpenter ces terres esbardaillantes. »

Les trois Jehanne hochèrent vivement la teste.

« Mais enfin, la douzième, pourquoi ne m'as-tu jamais rien ardouillé de tout cela ?

— Pardonnez, ma Dame, je ne savais pas que cela était d'importance. »

Alors que j'étais sur le point de lui administrer belle paume dans la face pour cette intolérable omission, Abdul leva le bras pour m'en empêcher. Il se dégageait de lui une telle autorité que ma colère redescendit subitement de deux crans.

« Et l'as-tu entendu, le maître ? As-tu perçu sa voix dans le vide ?

— J'ai perçu des voix. Juste avant la Grande Bastaille d'Orléans puis dès avant d'entrer dans le Nœud. Mais en rien ne sais s'il s'agissait des voix du Maître. »

Abdul sourit franchement.

« Voilà qui est intéressant.

— En quoi donc l'est-ce ?

— Le maître, les autres, ceux qui sont de notre côté et ceux qui sont contre nous, parlent en permanence, partout, à tout le monde. C'est de cette manière qu'ils essaient d'influencer le cours de l'Histoire et la course des mondes, afin de les soumettre à leur volonté. Ils y parviennent souvent, bien que leurs voix restent des murmures quasiment inaudibles et que nul ne puisse dire pourquoi il agit de telle ou telle manière. Ils s'insinuent tant dans les esprits que leurs victimes vont suivre leurs ordres sans s'en apercevoir, commettant des crimes atroces qui semblent sans raison, allant même jusqu'à détruire des civilisations entières. D'autres, très peu, *entendent* véritablement les voix. Eux ont le choix de leur obéir ou non, car ils savent qu'on les contraint. Tu fais partie de ceux-là, Jehanne. Généralement, le maître de Yolande s'arrange pour tuer les êtres qui ont cette capacité, car ils représentent un trop grand danger pour lui. Mais il ignore ton existence, il ne semble pas t'avoir perçue auprès de Yolande. Tu es donc plus encore que ce que tu n'imagines : tu es celle qui peut nous sauver. Puisque ton aura est si forte que le maître en a été comme moi aveuglé, il ne soupçonne pas non plus la puissance et l'étendue de ton pouvoir. Sans toi, Yolande aurait échoué à entrer dans le Nœud et il l'aurait torturée jusqu'à la rendre folle, comme il a dû tenter de le faire avec ce Charles dont tu parles ; malgré tout, celui-ci doit avoir résisté. Suffisamment en tout cas pour être à même de te montrer la porte. Mais il faut que tu comprennes que vous avez mis l'avenir du monde en danger en venant me trouver. Car, comme je vous l'ai dit, il ne doit pas être libéré. Sinon, ce sera la fin des temps. »

Étant rudement écartée de cette conversation et n'y comprenant goutte, bien que chaque phrase me cave le cœur sans que j'en connaisse la raison, j'intervins à grands cris :

« Cesse cette pournillade et dis-nous où est le Livre ! C'est la voix des dieux jaloux qui sort de ta bouche ! »

Abdul se tourna lentement vers moi, m'observa les yeux grands ouverts comme si je poliotais, puis reprit la parole en détachant les syllabes, imitant ma manière de dire quand je le croyais fol :

« Ce ne sont pas les autres qui ont emprisonné le maître. C'est moi. J'ai retourné son pouvoir contre lui, en prononçant à haute voix les Paroles Secrètes dissimulées dans le Livre. Sans cela, le temps se serait effondré sur lui-même, et toutes les apocalypses auraient eu lieu, permettant au monstre d'établir son règne de chaos. J'en ai payé le prix. Jehanne, approche-toi. »

La douzième ouvrait des mires béates, son corps affaissé dans son armure et ses bras grasseux dépassant par bourrelets des manchottes. Certes, elle était Guérillère sans conteste, et pour la bastaille n'y avait mieux ni plus vaillante, mais il fallait regarder les poules en face : elle n'était point le coutelas le plus affûté du tiroir, et puis d'ailleurs je…

« Ma Dame ! Les mots s'agitent sur le corps du Mage !

— Quoi ? Que dis-tu, braillarde ?

— Les encres rouges sur sa peau, elles se recomposent, vous les voyez comme moi ? »

Les estranges symboles gravés ne bougeaient point ; un coup d'œil aux chevaliers et aux autres Jehanne m'apprit qu'eux non plus ne voyaient rien s'agiter.

« Jehanne, tu comprends maintenant, n'est-ce pas ?

— Oui ! Oh ! je puis te lire à présent ! C'est là immense magie, Abdul. Je comprends tout ce qui est sur tien torse nu. Mais comment se peut-il ? »

De sa main malpoissée du sang du monstre, elle toucha le poitrail du symbolisé. Elle suivit les lignes visibles et invisibles sur la peau enluminée, puis recula vivement, le visage débaraillé d'une expression meslant joie et sidération.

« C'est toi ! C'est toi, le Livre ! Il est inscrit sur ton corps et s'escrit encore sous mes yeux depuis l'intérieur de toi ! Oh ! je vois la destruction du tout, et le Grand Néant ! Ma Dame, il ne ment point ! »

J'enrageai silencieusement de cette folie à deux. Je ne savais par quel sortilège sorcellique cet Abdul illusionnait la douzième, mais il était d'évidence qu'elle succombait à un délire dont elle ne sortirait pas toute seule. Je pris donc les choses en main.

« Il suffit ! Bertrand, Jean, rattachez-le et sortons-le du Nœud ! Nous l'interrogerons mieux en chaume que dans ce temple en ruinage. »

La douzième tenta de s'interposer, mais je la giflai comme si elle était saoule de boissons ambrées. Son visage en devint rubicond et elle se frotta la joue, de douleur et de honte. Malgré les protestations d'Abdul et les coups qu'il tenta de leur porter, les chevaliers n'eurent point de mal à se jeter sur lui tandis que les trois autres Jehanne le tenaient en bras et jambes. Ils le calèrent en épaules d'hommes, réussissant à le sortir du temple, nonobstant sa hardiesse à se débattre.

Quelque chose n'allait point dans le Nœud : tout y était assombri, plus assombri encore qu'à nostre arrivée : on eût dit qu'une nuit profonde s'y était abattue, bien que le ciel infini soit traversé çà et là de pâles lueurs verdâtres. Sept points lumineux, semblables à de nouvelles lunes, se rapprochaient à grande vitesse et rendaient l'air brûlant, la respiration haletante, sept montagnes de feu toutes prêtes à fondre sur nous. Les ruines n'étaient plus : tout se réduisait à présent à sable et poussières.

« Vite, dépêchons-nous, cet endroit se délabre et va nous avaler ! »

Nous partîmes en course malgré l'épuisement dans lequel nous étions. La douzième suivait le rythme bien que fort en retrait, se tenant toujours la joue, l'air plus renfrogné que jamais. Je consentis à ralentir le pas pour me retrouver à sa hauteur.

« Pardonne-moi, Jehanne. Je ne voulais point te faire trop mal en gifle. Mais tu étais ensorcelée. Il fallait que j'agisse, sinon cet homme t'aurait eue pour toujours sous sa coupe. C'est, je dois le reconnaître, un très grand sorcier. »

Elle ne répondit pas, mais lorsque je commençai à reprendre ma vive allure de tantôt, elle me retint par ma robe.

« Grand sorcier n'est point, ma Dame, mais d'immenses pouvoirs lui ont été conférés, oui. Et mêmes pouvoirs m'ont été octroyés à moi, la douzième. C'est une mauvaise chose que de ne point suivre les conseils qu'il nous a donnés. Car vostre maître, ma Dame, n'est qu'un usurpateur de plus. Je l'ai lu sur la peau d'Abdul, j'ai vu l'anéantissement. Je vous ai vue, vous aussi. Et je me suis vue moi, mes sœurs, les chevaliers, et le roy Charles, et d'autres qui vont venir. Mais il ne me sert à rien d'arguer avec vous, ma Dame. Il faudra que vous vous en rendiez compte seule : vostre queste n'était point de délivrer le maître. Vostre queste était de me découvrir, moi, et ce dès vostre Révélation qui vous mettait en grand danger, afin que de vous sauver d'une mort certaine, et le monde entier avec vous. »

C'est moi qui restai cette fois silencieuse. Je retirai sa main et rejoignis les autres. Le craquèlement de mes certitudes se faisait plus évident, et ma cervelle espouvantée tentait de le contenir autant que possible. Arrivés devant la porte du Nœud, nous attendîmes Jehanne, qui, mettant à contrecœur la main sur le chambranle, lui conféra ouverture. Nous prîmes le passage en inverse et retournâmes en ville d'Orléans.

3

Le temps était suspendu dans la cité.

Deux oiseaux de nuit, une chevêche d'Athéna et un hibou grand-duc, me souffla la septième, sortis de leur bocage pour chasser mulots bien gras, étaient figés en plein vol au-dessus de nos testes. Un Orléanais à bonnet de nuit et aux dents noires, dont l'œil patibulaire et lubrique ne laissait point de doute sur la raison crapuleuse de son errance nocturne, était coincé entre deux pas, une de ses mains hâves tenant une bougie dont la flamme ne vacillait point, l'autre vérifiant la présence de ses parties basses.

Les chevaliers déposèrent Abdul en sol et Jehanne, sans esgourder mes protestations, le libéra de tous liens et l'aida à se relever.

« Nous n'avons pas beaucoup de temps, Yolande. Ton maître sera bientôt libre, je suis trop proche de lui désormais. Le processus a déjà commencé. Je ferai tout mon possible pour le ralentir. Mais même à moitié sorti de sa prison, il restera très puissant, et c'est nous qu'il viendra détruire en premier, car nous sommes les seuls à menacer sa domination à venir. »

J'allai à nouveau arguer contre cette fable, mais quelque chose me retint. Les mots d'Abdul pénétrèrent en moi comme matière vivante, plus profondément que je ne l'eusse cru ; s'insinuant comme maladie subite, ils vinrent se rallier à ce que m'avait déjà dit Jehanne. Cela m'envahissait, je sentais cette vague impatiente de me faire grande fièvre, harassant subitement mien corps et bourdonnant tant et plus dans ma teste. Une partie de mon estre se disloqua, un fil qui se rompt d'un coup net. Ma foi s'ébranla violemment contre la réalité, qui toujours vous cogne à grands coups quand on s'y attend le moins. Abdul m'observait de son air impassible, le visage de la douzième était lumineux. Je titubai, rendue hagarde par d'aussi grands bouleversements. Mon esprit se désabusant peu à peu, la machinerie qui m'avait permis de croire en mon Maître se mit à tourner en sens contraire, ses rouages réinterprétaient tous les signes que j'avais perçus et qui revestaient à présent un sens inédit. Pour la première fois de mienne vie, je dus reconnaître qu'il était possible, je dis bien *possible*, que je me fusse trompée. C'était là ma seconde Révélation Divine, bien moins vive en mire que lorsque le Maître m'était apparu, mais mille fois plus dévorante de Vérité.

Je tombai à genoux, percluse de dégoût et d'amertume.

« Oh ! God. Comment ai-je pu être so fucking stupid ? »

Abdul mit sa main sur mon épaule en signe de réconfort.

« Tu as Jehanne à tes côtés. Toutes les Jehanne et tes chevaliers. C'est grâce à eux que tu n'as pas sombré dans la folie que le maître finit toujours par infliger. Tu n'étais pas seule. Tu ne combattras pas seule.

— Mais tout est figé par diablerie ! Nous ne sommes point seuls, mais si peu ! Et le Maître est plus grand que moults océans infernaux !

— Peu importe l'apparence qu'il prendra pour se dévoiler à nous. Tant qu'il est incarné, il est vulnérable. Car c'est une autre règle immuable : toute créature doit respecter l'incarnation qu'elle se choisit. Il ne pourra retrouver sa vraie forme innommable que si je venais à mourir, ce qui le libérerait totalement de sa prison. »

Il fit silence un long moment, l'esprit desporté par réflexion tierce et hors de nostre touche. Nous étions néanmoins tous suspendus à ses lèvres.

« Mais il y a une autre solution avant d'en arriver là : s'il était trop tard pour l'anéantir et qu'il recouvrait toute sa force, il faudra que l'une d'entre vous me tue et prenne ma place. Pour devenir le Livre à son tour. »

Je méditais ces paroles lorsque la dixième s'avança vers Abdul.

« Pourquoi ne sommes-nous point en figette comme tous clampins, messire ?

— Le Nœud nous a protégés de ce maléfice. Et partout sur la terre, ceux qui ont suffisamment de force et de foi ne subissent pas la rupture du temps. »

Il se tourna vers moi.

« Il faut nous préparer. Où avez-vous rangé vos épées et vos armures ?

— Elles sont dans la maiso… »

Tout à coup retentit un bruit d'espouvante, la terre trembla comme si cent millions d'Attila chargeaient de tous côtés. Le ciel, jusque-là d'une lueur d'aurore, rose et bleutée, devint d'un noir d'obsidienne. Abdul tomba sur le sol, contraint par une force invisible, son visage trempé par la sueur d'une lutte qu'on ne pouvait saisir à l'œil nu. Les mots gravés sur son corps luisirent d'une incandescence qui ne faisait que grandir, à tel point qu'en quelques secondes il ne fut plus que lumière cornaline issue de l'intérieur de lui, qui lui brûlait la peau d'un feu ardent. Jehanne et moi nous approchâmes en grande hâte. Il parvint à soulever la teste.

« Il arrive. Je ne suis pas sûr de pouvoir résister très long… Jehanne, il faut que tu me tues. Maintenant. »

La douzième sortit sa hallebarde et la tint le long de son flanc. Elle hésita un instant. Je compris que ce n'était point pour choisir la manière d'occire le Mage, mais afin de trouver les mots adéquats qu'il lui fallait déclamer en telle occasion :

« Nenni, mon bon ami. Je ne te tuerai point. Nous allons combattre le Monstre, il n'est point trop tard. Je ne conçois nul effroi à l'idée de finir ainsi mienne existence. Je suis née Guérillère, je mourrai Guérillère. Si j'échoue, alors quelqu'une d'autre que moi se chargera de mettre fin à ta longue existence. »

Les vrombissements se démultiplièrent, le sol se fendilla et s'ouvrit sous nos pieds, faisant apparaître dans les rues d'Orléans moultes crevasses abismales.

« Non, Jehanne, il ne peut pas mourir. Tu ne réussiras qu'à le repousser pour un temps. Mais il vous retrouvera toujours et vous attaquera encore.

— Qu'il nous retrouve, et nous l'occirons encore, jusqu'à la véritable fin des temps, qui ne sera point issue de lui, je le jure. Dame Yolande m'a faite telle que je suis. Elle m'a élevée et tout appris. Par trois fois je suis née et voilà que ma vie commence enfin. J'ai compris la raison pour laquelle je me trouve ici et maintenant. Je suis venue en ce monde pour mener telle Bastaille. »

Abdul mira la douzième dans les yeux. La résolution de la susdite était inébranlable. Sa détermination me poussa moi aussi à mieux la regarder. Sienne chevelure sombre de jeunette coiffée par ses sœurs et décoiffée par le combat, ses yeux toujours aussi noirs et esbardaillants de beauté, son corps effarant de puissance. Nous avions beau estre de même taille, Jehanne était mille fois plus grande que moi.

J'avais été le jouet du Maître. J'avais certes reçu la révélation de Son Message, mais c'étaient là mensonges et bojeries auxquels j'avais cru comme la première pouillarde venue. L'élevage des petites était mienne idée et n'eut jamais Son concours. Dans cet intervalle, Il n'a fait que m'envoyer rêve confus me pressant d'atteindre sans tarder Grande-Jonction. Et rien ensuite que grand silence, et ce pendant des années.

Someone or something m'avait toutefois apporté son aide pour me soutirer à l'inconscience que j'avais eue de me soumettre tout entière à un faux dieu et Monstre infernal. J'étais en queste, mais la douzième avait raison, je m'étais fourvoyée quant à sa nature. Bien heureusement, sur ma route malaisée et incertaine, on m'avait fourni comme arme et aide suprême cette Guérillère, aussi improbable m'apparût-elle lorsqu'elle survint en mien domaine. La seule qui ait la force de nous départir de ces eschatologies imminentes. Tout était donc méticuleuse mécanique, qui nous avait réunies et nous offrait la seule chance que nous aurions de ne point précipiter l'univers entier dans le Néant de la Beste. Sans cela, nous serions mortes, chacune de nostre côté, en cadavres rongés par les Kères ; le monde aurait déjà sombré depuis décade en grand chaos. La voix Jehannesque m'extirpa de mes pensées épouvantines :

« Ma Dame, nous devons mettre Abdul en bion abri et nous préparer au combat. Icelui a raison, nous n'avons plus beaucoup de temps avant que la Créature ne soit là. Elle est déjà sortie des eaux. Je la sens arriver, grouillant vers moi à la surface de nostre terre. »

Nous courûmes jusqu'en chaume, tenant Abdul à bout de bras, dont la lumière en peau brillait tant et plus. Nous l'allongeâmes en couchette. Tandis que je mettais sur son front un linge humide, les Jehanne et les chevaliers renforcèrent leurs armures.

La douzième, déjà fortement blindaillée, ceintura plus encore ses parements. La dixième ajusta son heaume alors que la septième revêtit ample bure de moine copiste. La quatorzième enfila quant à elle une armure grise et luisante, avec, peinte sur le poitrail, la grande croix de Jésus-en-Christ. Elle ressemblait à une chevalière prête à trouver tous les graals, les mires constellées des images vibrantes des bastailles antérieures, menées par ceux qui, comme elle, croient au Dieu des chrétiens.

Jean et Bertrand distribuèrent espées, lances, hachettes et hallebardes. Je refusai pour ma part de m'estouffer sous des pièces trop lourdes pour ma complexion et enfilai donc ma plus belle robe de soie rouge, enfonçant dans des fourreaux encore neufs les seules défenses armées que je possédais depuis mon mariement : une belle espée offerte par Loulou ainsi qu'un grand coutelas diamanté.

Le sol se remit à trembler, en cent et cent fois plus fort que tout à l'heure ; je crus un instant que la chaume allait tomber en décombres et nous écraser. La douzième vint se mettre au-dessus de moi pour me protéger des débris éventuels. Ça ne dura que quelques secondes, mais j'eus l'impression qu'un siècle était passé, tant la terreur avait commencé à me ronger.

Quand je repris mes esprits, Abdul était debout. Les lueurs qui émanaient de lui s'étaient estompées mais luttaient âprement pour revenir, signe du grand combat qu'il menait pour les contraindre. Il nous sourit, triste comme Angerona, et balaya la pièce du regard afin de nous voir pleinement : quatre Jehanne, deux chevaliers, une Yolande, petite armée prête à mourir en affrontant le Terrible. Il se rassit sur le lit et se concentra un moment en fermant les yeux. Lorsqu'il les rouvrit, ils étaient rouge sang.

« Je crois que je peux encore vous aider. »

Il leva la main. À nouveau, les escritures palpitèrent sur sa peau. Cela lui causa si grande douleur qu'il ne put réprimer un cri, mais il s'acharna encore, jusqu'à ce que les symboles discontinus dessinassent des cercles parfaits. C'est alors qu'une faille s'ouvrit dans le vide juste devant lui, dans un bruit de papel que l'on déchire : la matière même de l'espace et du temps se scindait en trou de ver à taille humaine. De l'autre côté, rien d'autre qu'un noir profond, entrecoupé d'une vive lumière fugace, comme nuit d'été sans lune brisée par des éclairs de canicule.

Puis soudain, de la brume électrique apparurent l'une après l'autre nombre silhouettes de femmes. Certaines portaient des ornements de teste et des drapés d'époques si lointaines qu'il n'en restait guère de traces dans l'Histoire. D'autres étaient issues de siècles précédents dont nous conservions encore souvenir. Les atours des dernières à sortir de la faille m'étaient en revanche totalement estrangers. Je sus immédiatement que celles qui se présentaient à mes yeux étaient les mêmes qui étaient passées en ombres dans mes rêves et que j'avais senties si proches.

Elles surgissaient toutes du grand fil sis entre les morts et les vivants, passés et à venir, pour rejoindre nostre ligne de temps, armées de pied en cap et prêtes à en découdre avec toutes créatures, bestes, démons qui se mettraient en travers de leur chemin.

À dire le vrai, tous étions promptement ahuris par tel tour de magie esbroufant et pourtant bien réel. Abdul s'appuya à une poutre transversale, souriant cette fois avec candeur.

« Elles savent tout du maître et des bastailles qu'il faut mener contre lui. Elles ont vécu et vivront en Guérillères, tout comme vous. Grâce à Jehanne, elles ont perçu votre désarroi dans le cercle du temps, il y a déjà longtemps de cela. Elles m'appelaient, mais je ne les avais pas entendues jusqu'à présent. Elles ont presque forcé le passage. »

Et n'eûmes plus besoin d'arguties supplémentaires pour comprendre. Car toutes les belles présentes étaient nos sœurs d'instinct. Le même sang coulait dans nos veines, la même vie passée à se battre, les mêmes hydres protéiformes à anéantir. Oui, nous les reconnaissions parfaitement désormais, toutes nous les reconnaissions, nos esprits et nos corps meslés par telle symbiose qu'elle dépassait logique et raisonnement. Et leurs prénoms et leurs histoires nous revinrent en teste comme de vieux souvenirs enfouis qui par quelque événement subit retrouvent intacte leur vigueur d'autrefois.

Il y avait là avec nous Dihya, reine berbère et hardie furieuse. Ching Shih, piratesse du royaume de Chine à la teste de mille huit cents navires et quatre-vingt mille hommes et femmes qui répandaient la terreur sur les océans. Les samouraïs Hangaku et Tomoe Gozen, qui, bien que partageant le même nom, n'étaient point de branche familiale similaire, quoique d'aussi grande habileté à la lame. La druidesse germaine Veleda du premier de nos siècles. L'amirale et reine Artémise, armée de sa dague et de son espée. Timoclée la Thébaine, qui lapida son violeur au fond d'un puits avant que de recevoir les honneurs d'Alexandre. Zénobie de Palmyre, repoussant l'empereur romain. Et, enfin, l'amazone née à deux millénaires d'intervalle de ses cousines grecques, la farouche Seh-Dong-Hong-Beh du Dahomey, impitoyable et sublime dans sa grande férocité au combat[1].

Nous nous tombâmes dans les bras les unes les autres, comme famille que la vie a séparée et que des circonstances tragiques réunissent, l'amour et l'affection endormis quelque part dans le creux de nos âmes s'éveillant soudain avec une joyeuse brutalité.

Nous étions prêtes.

L'heure était enfin venue.

1. Pour des renseignements plus précis concernant ces Guérillères, vous pouvez vous référer au texte « Nouvelles Vies parallèles des femmes illustres » escrit par Yolande elle-même et dont vous trouverez des extraits dans l'appendice de cet ouvrage.

4

J'ordonnai aux chevaliers de rester à l'intérieur et de prendre grand soin d'Abdul, à nouveau animé de tressaillements et d'une fièvre véloce.

Au sortir de la chaume, des éclairs mauves déchiraient le néant qu'était devenu le ciel, dissemblables à ceux qui se trouvaient dans la faille et n'ayant rien à voir non plus avec orage de nature : c'était là manifestation de la masse énorme qui s'approchait et trouait nostre réalité de sa face délétère.

Nous nous dirigeâmes vers la Grand-Porte. Le soldat figé qui la gardait avait encore sur le visage la peur qui l'avait rendu merdre-en-chausse à la vue d'une chauve-souris sur le point de l'attaquer.

Une ombre passa derrière lui, qui, en se révélant, me laissa interdite : le roy Charles VI se tenait tout à côté. Il souriait de son visage fantomine et ne semblait plus à l'agonie de ses douleurs passées : il avait retrouvé l'éclat et la beauté de sa jeunesse, ci-près bien avant que le bal Ardent ne vienne lui prendre ses amis les plus proches et la moitié de sa peau en guise de dot, ne lui laissant pour vivre qu'une chair martyrisée et la nutjoberie qui lui cuisait le cervelet.

Il était étincelant à tous points de vue, et nous salua d'un geste à nouveau royal. Puis il frotta ses mains paume à paume. Au bout d'un court moment surgit une lumière, aussi bleue qu'un ciel d'été, comme l'émanation en énergie compacte de grande pureté d'âme. Elle se glissa le long des grilles de fer du pont-levis et du bois de la Grand-Porte, qui s'ouvrirent silencieusement.

Lorsque je levai la teste, le roy avait disparu des remparts pour réapparaître juste devant Jehanne, qui mit aussitôt genou à terre.

« Mon bon Roy, mille mercis. »

Il lui prit les épaules et la releva. Ainsi je compris que, par effet de magie éthérique, il n'était plus spectre mais de sang et d'os. Je m'avançai vers lui et fis une révérence que je n'avais pas faite à quiconque avec autant de sincérité depuis mienne naissance.

« Yolande, Jehanne. Je ne puis point vous accompagner plus avant, nenni ne le peuvent non plus les autres petites et chevaliers de vostre ordre, qui souhaitaient pourtant vous aider à nouveau en cette grande lutte. Vous allez devoir mener ce combat seules en bielle armée Guérillère. Mais ce que j'ai acquis, dans la vie comme dans la mort, ne sera pas inutile pour autant dans cet affrontement. Je serai le Gardien de la Ville, et la protégerai des ingérences du Monstre, aussi vaillamment que je le pourrai. Je ne doute point de vostre réussite, ni de la résistance d'Abdul aux lueurs mortes. Mais, si les choses se passaient mal, sachez que je prendrais sa place dans le Nœud, où sont déjà réfugiées les âmes des disparus, pour ne point donner corps à la Beste. »

Je ne pus m'empêcher de m'interroger à voix haute :

« Mais alors, vous avez à nouveau un corps, et bien vivant, ô Roy ! Avez-vous réussi à échapper au spectral et à renaître ?

— En rien. Je suis mort et le resterai jusqu'à la fin des temps. Mais la mort n'est point la fin, c'est une transformation et le début d'autre chose, bien plus vaste que la seule existence physique. J'habite pour l'instant ce vaisseau que j'ai connu autrefois. Ailleurs, je suis différent. Tout dépend de celui ou de celle qui pose son œil sur moi. J'ai veillé sur vous, dans la vie comme après, en cerf blanc qui observait les étapes de vostre queste. »

Je restai bien éberluée, ne sachant qu'ajouter d'autre.

« Qui sont ceux qui nous ont aidés, Roy Ardent, afin que nous en soyons là ? »

La voix de la douzième me fit sursauter. Les autres Jehanne s'étaient rapprochées de nostre cercle, tout comme Ching Shih et Timoclée. Elles attendaient impatiemment la réponse à une question que nous nous posions chacune de nostre côté. Le sourire du roy se transforma en une ligne plus sombre.

« Je ne suis point autorisé à vous le dire. Ceux qui nous protègent ne se révèlent guère, il faut aller les chercher là où ils résident, dans les interstices des mondes, au creux des espaces invisibles. Mais même s'ils rechignent à se montrer, ils sont biel et bien là, nous octroyant leur égide sans restriction ; ainsi avons une chance de nous battre contre tous démons à armes égales. La seule chose que je puis partager avec vous est leur nombre exact : ils sont en tout et pour tout quarante-deux.

— Les rencontrerons-nous ? »

Dihya avait demandé cela à bonne distance, légèrement effrayée par le roy des brûlures, sa magie immanente entrant en frottement avec la sienne, d'égale puissance.

« C'est là certitude. Vous les rencontrerez, vous les avez déjà rencontrés, le temps n'est qu'une boucle dans laquelle nous sommes tous entraînés. Abdul a moïsé bon passage pour vous conduire jusqu'à nous. J'ai aidé à ouvrir la porte du Nœud. Mais bientôt, très bientôt, lorsque vous serez à nouveau réunies, vous aurez appris à maîtriser seules ces pouvoirs dissimulés en vous, et n'aurez plus besoin de nostre intercession pour voyager entre les mondes. »

Toutes les guérillères hochèrent la teste et je fis de même ; ce que venait de dire le roy n'était point hypothèse mais évidence, l'évocation d'un événement non encore advenu mais dont on distinguait pourtant les contours dans nos machineries de cervelles.

Un nouveau tremblement de terre nous saisit par surprise. Derrière la Grand-Porte, Il attendait nostre arrivée en son champ de bastaille.

Charles VI, dont tout sourire avait disparu, se retira près du mur de pierre pour nous laisser aller. Passant près de lui, nous le saluâmes chacune nostre tour.

Jehanne en teste, nous nous avançâmes dans l'inconnu qui déformait tout.

Le ciel se parait à présent d'un mauve délavé. Le sol mourait, les herbes vertes piétinées plus tôt par les chevaux se desséchaient à l'œil nu et tombaient en poussière. Les arbres étaient devenus gris de maladie et semblaient avoir poussé aux bords du Styx pour faire irruption depuis le fond du Tartare, leurs branches sinistres se mouvant tels des serpents.

La douzième s'arrêta net tout en haut de la colline au sortir d'Orléans, et chaque Guérillère fit de même une fois à sa hauteur. Lorsque j'arrivai moi aussi, je ne pus qu'ouvrir la bouche de prostration.

Tout l'horizon brillait d'une noirceur infinie. En son milieu, un œil gigantesque et sauronique posait sur nous un regard de mépris : l'œil du Maître.

Issue d'un brouillard de ténèbres, une armée de Phonoi[1], que je comptais au nombre de cinq mille au moins, chevauchait à grande allure vers nous. J'observai Jehanne qui n'était en rien troublée et affichait au contraire un air intrépide, semblant amusée

1. Nom masculin pluriel, singulier : *Phonos*. N'ayant pas de mots exacts pour qualifier l'ennemi, Yolande le désigne donc par cette appellation de l'incarnation masculine du meurtre, en religion grecque.

de la situation qui s'avérait à la hauteur de sienne espérance.

Soudain, surgissant par l'escalier du chemin d'angoisse, en hurlance germanique, une chevalière embagousée vint se placer tout à côté de nous. À ouïr cette voix vociférante et éraillée de christianisme, je compris qui se trouvait sous l'armure vert et blanc, mais ne voulus point y croire. Je m'approchai de la silhouette dagobertienne et demandai à la femme armée d'une espée à fleur de lys de se nommer sans attendre :

« Ach ! Qui crois-tu que je sois, Yolande ?

— Mais Vostre Maje... Isabeau, que faites-vous en ce lieu d'apocalypse ?

— Du verstehst nichts, Arschloch ! Je suis née pour ça ! C'est la Bêêêêêêêêêêêête ! La Bêêêêêêêête de la fin des temps ! J'étouffe de joie ! C'est là mon destin, Yolande ! Mein Kind est tout près du sacre, rien n'arrêtera son ascension, pas même la bouche d'ombre qui s'ouvre sous nos pieds. C'est à moi qu'il revient de combattre ! Tu pensais vraiment que j'allais rester Arsch en trône et laisser une créature sortie des enfers l'empêcher de se faire oindre par l'huile de Clovis ? Nenni ! Tu es folle de douter de ma dévotion ! Allez, maraudes, n'ayez point peur, Dieu est avec nous ! Monjoiiiiiiiie ! Saint Deeeeeeeniiiiiiiiiiis ! Lass uns das Biest töten, for God's sake ! »

La reine défourailla son espée et la brandit, débardaillée de moults borborygmes teutons.

Les Phonoi seraient là dans quelques minutes peut-être. Leurs montures monstrueuses, semblables à des aurochs dotés de quatre yeux et à la fourrure vivante, ne galopaient point sur la terre ; ils flottaient dans l'air avec une célérité de démons. Nous étions déjà en train de nous mettre d'instinct en position de bastaille.

Sur la plaine par-delà la colline, la dixième, la quatorzième et la septième entouraient Jehanne en belle garde.

Timoclée appela sa jument qui sortit de l'éther et l'enfourcha d'un saut, hurlant à la suite de la Bavaroise qu'Androktasiai était avec nous. Isabeau se plaça à la droite des Jehanne, la Thébaine en inverse, toutes deux accompagnées des samouraï Hangaku et Tomoe, armées de leur naginatas.

Sur la gauche, Dihya tenait sa flissa magique, Artémise à ses côtés. À leur exact opposé, Veleda levait son bâton de chêne tandis que Zénobie avait fait surgir de sa robe un thyrse volé aux dieux.

Seh-Dong-Hong-Beh était en retrait près des remparts d'Orléans et observait, impassible, l'arrivée des espouvantables créatures. Sa peau noire et son crâne rasé transperçaient l'œil de beauté, sa toge couleur de rouille était à peine serrée à la taille par une ceinture en peau d'homme. Elle frappa trois fois en sol sa grande lance à la pointe acérée. Derrière elle apparurent ses propres Guérillères, mille amazones vestues comme elle et poussant cris de luttes inconnues. Ching Shih fit de même en plantant sa dague dans la terre ; les piratesses sous ses ordres parurent en nostre réalité en tenant haut leurs dagues aux manches en rubis.

J'étais quant à moi sur la colline et n'attendais que le signal de la douzième pour me lancer à l'assaut.

5

Au fur et à mesure de leur approche, les silhouettes des Phonoi se dévoilèrent à nos mires. Au creux de leurs grands capuchons noirs étaient faces de peau sans yeux ni bouche, verdâtres de putrescence. Ils étaient d'une taille de cinq ou six hommes, vêtus de lèdres de ténèbres qui s'effilochaient dans la course effrénée qu'ils menaient pour nous atteindre. Leurs bras étaient tout autant chair en décomposition, laissant paraître des os polis par le temps et couverts de signes gravés en lettres dorées dans la langue du Maître. Ils faisaient tournoyer des labrys, luisant de la haine immense contenue dans leur double lame.

Le choc entre les deux armées eut lieu au point zéro du temps, au centre d'une plaine sise à côté de la ville appelée autrefois Orléans. Jehanne donna le coup prime, explosant à la hallebarde le crâne d'une monture dont les bouts cervelliques jaillirent en geysers, le Phonos passant cul par-dessus teste et tombant en sol, sans pour autant en perdre l'équilibre.

Les trois autres Jehanne se ruèrent sur lui et plantèrent leurs espées partout en son corps hideux. Au sortir, les lames n'étaient point couvertes de sang mais d'un liquide noirâtre de cadavre dont l'odeur empuantit l'air tout aussitôt, au point de me faire tousser même à la distance où j'étais.

Aux espées le Phonos restait indifférent et avançait au cœur du losange Jehannesque : la dixième et la quatorzième avaient beau l'attaquer sans relâche, il ne faillit pas et mettait un pied squelettique devant l'autre, la septième parant pour ses sœurs chaque coup de tranche.

La douzième en fit tomber un deuxième puis un troisième, qui se relevèrent immédiatement. Elle combattit seule le quatrième, tranchant les membrines qui giclaient en bruit blanc et repoussaient à la seconde, tels les tentacules de la triple-louche.

Timoclée chargea sous les cris d'*alalăla*, Hangaku se tenant en équilibre sur la croupe de sienne jument, toutes les deux décapitant la première vague ennemie. Isabeau et Tomoe n'eurent pas l'occasion de les suivre, car deux cents Phonoi déferlaient déjà sur elles par la droite. Elles les affrontèrent de bien belle manière ; la reine, que son hénaurmité maintenait harnachée au sol plus sûrement que grande montagne, écharpait à l'espée tandis que Tomoe virevoltait autour d'icelle tel un oiselet farouche, faisant montre d'une redoutable précision de lame. Les montures restaient à terre, gisant en clamserie, tandis que les Phonoi ne mouraient point et se relevaient toujours. Isabeau jurait comme mille tribus barbares dont elle était issue et l'espée royale s'enfonçait sans faiblir en peau mortifère ; Tomoe quant à elle tentait de tailler en pièces les membrines déjà mortes, mais icelles se dissolvaient immédiatement en sol. Toutes les créatures en résurrection avançaient vers Jehanne.

Veleda de son bâton de chêne et Dihya de sa flissa, iridescentes de magie céleste, contraient des éclairs diaboliques par une grande lumière blanche, les reportant sur la vague monstrueuse qui s'évaporait avant que de se reconstituer cent mètres plus loin comme si de rien n'était. Les deux sorcelantes, illuminées de l'intérieur, récitaient cantiques anciens et autres psalmodies féroces. Artémise et Zénobie repoussaient du mieux possible ceux qui arrivaient à leur hauteur pour protéger les hautes mages. Collusées pour attaquer ensemble, elles étaient capables de massacrer quatre Phonoi d'un seul mouvement de lame.

Malgré tous leurs efforts pour nous en débarrasser, la deuxième vague allait nous atteindre. Je ne savais que faire, n'osant point me jeter en bastaille de peur d'être prestement dépassée et de ne point pouvoir défendre mien poste, ultime rempart avant Orléans figée. Sis en chambrette auprès des chevaliers, Abdul convulsait, hurlant et bavant, les lumières de son corps, vivantes et corruptrices, sortaient d'icelui comme du sang véritable s'échappe d'une plaie béante. Bertrand et Jean le contenaient, allongés sur lui, et la douleur les transperçait eux aussi, telles des milliers d'aiguilles cheminant dans leurs veines.

Derrière moi, piratesses et amazones du Dahomey s'élancèrent, meslant cris de guerre tiers, Seh-Dong-Hong-Beh et Ching Shih en première ligne de leurs troupes respectives. Elles découpèrent, brisèrent, arrachèrent elles aussi chairs friables et os pendants, fendant les crânes en deux, jetant au loin les cadavres qui se reconstituaient, puis recommençaient, et recommençaient encore, inlassablement. Je vis trente guérillères s'acharner sur un seul Phonos, des corps de tous les âges formant une masse compacte de fers et hurlements, réduisant le monstre en brouet de ténèbres. Mais il revint à la vie moins d'une minute plus tard.

Dihya et Artémise partirent en grande course pour seconder les Jehanne, qui étaient parvenues à avancer malgré tout, faisant une grande trouée dans la ruée des créatures, tandis que Zénobie allait prêter main-forte et dague sûre à Ching Shih, qui se débattait avec trois Phonoi. De son coutelas, elle cisailla les six mains putrides qui étranglaient la piratesse. Icelle la remercia d'un hochement de teste en se relevant, et elles repartirent toutes deux à l'assaut.

Partout, les combattantes étaient à présent couvertes du sang noir des monstres. Leurs propres montures gisaient en plaine, éventrées et entraillées, crânes en bouillie et yeux crevés.

Je levai mon espée, bien consciente en l'occurrence de mon manque absolu d'entraînement à son maniement, pourtant certaine qu'une force du Dessus agissait à travers nous. Mais je ne savais guère si cela serait suffisant, car, malgré nostre ardeur, nous étions en train de looser puisque tuions en Danaïdes ; et une troisième et quatrième vague nous seraient fatales à n'en point douter.

J'observai l'œil du Maître qui s'approchait déjà sur l'horizon et perçus à l'intérieur, ceinte en l'iris, l'étincelle cosmique ayant créé l'existence et s'apprêtant à la reprendre. Des formes passaient dans les ténèbres, des estres qui avaient vécu sur d'autres terres et sur la nôtre. Il les contenait en Lui, leurs âmes suppliantes appelaient un secours qui ne viendrait peut-être point. Je me vis alors parm'iceux, mon esprit vacillant dans la foule des occis, alimentant Sa haine sans cesse renouvelée pour ceux qui osaient contester Sienne suprématie.

Un Phonos arriva droit sur moi. Je pris mon espée à deux mains. Je me forçai à ne point regarder sa face absente, me concentrant sur les mouvements de son labrys. Je parai un coup, puis deux, la beste immense recula d'un pas. Je donnai de l'espée avec toute mienne force et fis mouchette, transperçant de ma lame son torse dont un os se détacha. Je fus moi aussi aspergée du liquide noir, l'odeur pestilentielle manqua de me faire m'évanouir. Je le fendis jusqu'au ventre. Il retint ma découpe d'une main squelettique mais puissante. Les loques de sa bure se dissolvaient dans l'air, et c'est là que je vis, derrière l'os brisé, en pleine mire d'icelle Yolande, la seule partie de son corps qui fût parfaitement intacte. En l'endroit où le cœur palpite chez les vivants, une tumeur minuscule, dissimulée par les peaux fétides, vibrait d'un éclat vivace. J'appuyais dessus comme sur bouton de pus, mais nenni l'agrégat rougeâtre ne se creva. Nonobstant, le Phonos changea diablement d'attitude, et au lieu de vouloir mettre mien corps en ruinage, s'affairait à me divertir de l'endroit précis. Toujours en lutte, je jetai un œil aux autres Guérillères. Elles démantibulaient les monstres partout sur le champ de bastaille, mais se concentraient sur teste et membres, nullement sur l'infinitésimale grosseur carmine. Icelle restait perdue sous les cages thoraciques, et même lorsque le corps était réduit à rien par tranchage, on pouvait l'y apercevoir inaltérée.

Je pris mien petit coutelas et ni une ni deux l'enfonçai dans le chas osseux où se trouvait la viscosité rougeoyante, réussissant enfin à la percer de part en part.

Le Phonos poussa un hurlement terrible qui fit vibrer l'air autour de nous. Il s'agita comme un animal effrayé, essayant de retirer l'arme, mais n'y parvenant point. Il était à présent agenouillé devant moi, se répandant en cris. Je repris mon espée et je le décapitai d'un coup sec. Sa teste encore encapuchonnée roula à terre. Mais, cette fois, elle ne se reconstitua point. Je vérifiai du bout du pied plusieurs fois. Le Phonos ne bougeait plus : il était dead. J'étais esbardaillée de joie et regardai mes combattantes, voulant leur vociférer mienne méthode d'occision. Mais Timoclée, qui avait les yeux rivés sur moi pendant mon duel, sans doute au cas où celui-ci tournerait en ma défaveur, me précéda d'une seconde. Elle leva son espée et se mit en portevoix.

Et c'est à partir de cet instant que le combat et la nature du combat changèrent du tout au tout.

APOCALYPSE NOW

1

Nous étions bien avancées en plaine, empoissées du liquide des âmes noires, lorsque nous entendîmes le cri de Timoclée. Ainsi la faiblesse des monstres résidait en tel cœur cousu caché, une tumescence vive aux creux des corps délabrés.

Il y eut un frémissement dans la horde de Phonoi, comme si eux aussi escapitaient que leurs affaires tournaient mal. Nous cassâmes le losange pour nous mettre en formation d'aile de pigeon. Je marchai sur un petit talus de membrines mortes et remortes qui fondaient au sol et eus l'impression en m'approchant des Phonoi que certains d'iceux étaient tentés de reculer mais n'osaient point, que ce fût par maléfice ou par conviction meurtrière trop bien implantée en leur crâne.

J'encourageai mes sœurs à redoubler d'ardeur. Bientôt, Timoclée, Isabeau, Tomoe et Hangaku vinrent compléter nostre pigeonnerie, qui commençait à avoir l'allure d'un aigle conquérant. La magie issue du bâtonnet de Veleda fit d'autant plus d'effet, détournant les éclairs qui ne tombaient plus qu'à l'horizon, agaçant l'œil du maître. À l'arrière, les Guérillères du Dahomey arrachaient et broyaient les érubescences à mains nues, alors que les piratesses de Ching Shih, elles, les découpaient précautionneusement à la dague avant que de se les jeter l'une à l'autre par jeu, riant et s'ébrouant sur les cadavres désormais immobiles des créatures. Dihya maintenait plusieurs Phonoi au sol, sa flissa plantée en brochette dans la viande, tandis qu'Artémise et Zénobie écharpaient les monstres et retiraient des poistrails leurs vies écarlates. YO seule sur sa butte avait déjà à ses pieds bielle collection de cœurs occis qui formaient comme des petites fortifications autour de la Sublime.

La première et deuxième vague d'assaillants étaient désormais soumises à nostre barbarie guérillère. J'étais pour ma part esbaudie de voir que si minuscule partie du corps mâle pouvait leur causer grand effroi et mort définitive ; mais nous étions à présent à même de barrer la route de la troisième et quatrième cavalerie.

Car d'un seul bloc à la lame effilée, c'était partout tranchements et cris d'horreur des tranchés. J'étais rendu extatique par le joyeux massacre. Le sang de néant des corps ennemis se déversait tant sur le sol qu'il nous arrivait aux chevilles et rendait nostre marche visqueuse et alentie. Il fallait par ailleurs jeter de tous côtés les incandescences rubis pour continuer nostre percée.

Je voulais atteindre l'œil. Les autres Guérillères le comprirent et nous firent passage, aux Jehanne et à moi, restant soit en retrait, soit dans les angles aveugles pour s'occuper des récalcitrants à la clamserie.

Le maître, enflammé de rage en pupille, observait son désastre. J'affichai quant à moi diable sourire. Alors qu'il semblait sis sur un horizon lointain, je vis que ce n'était là qu'une illusion supplémentaire : l'œil était enténébré de brume et donnait l'impression de vide, ses contours soulignés par une nuit sombre, alors qu'il ne se trouvait en réalité qu'à deux cents toises devant nous.

Mes sœurs Jehannesques et moi avançâmes côte à côte. Les hordes de Phonoi ne paraissaient plus des bouches d'ombre, telle machinerie Morel subitement coupée de sienne source d'énergie. Ce n'était pas tant la reconnaissance par le maître de sa défaite prime, même si elle était indéniable, mais plutôt sa manière de nous signifier sa résolution à nous combattre lui-même : il nous attendait. Ou, comme je le ressentais au fond de mienne cervelle, il m'attendait, moi.

Fierbois brillait de la magie de Veleda et Dihya, emplie de la hargne de toutes les Guérillères qui combattaient encore sur le champ, et de toutes celles qui ne s'y trouvaient point, enclavées quelque part sur une ligne tierce du temps, ne sachant rien de nostre espopée bien qu'animées de la même rage que chacune d'entre nous à cet instant, tout entière concentrée vers le Monstre.

La dixième et la quatorzième se mirent derrière moi, alors que la septième était dos à nous afin que de nous préserver d'une attaque fourbe.

En un quart de cadran, nous étions aux abords du maître. La quatorzième ne put s'empêcher de pousser un cri de pure terreur, murmurant que c'était là Satan en personne. La dixième ne pipa mot, mais je la sentis se raidir, alors que la septième détaillait en cervelle la Beste de haut en bas pour siennes notes à venir. L'œil n'était point seul vibrionnant dans l'air : c'était toute une partie de sa face, rendue jusque-là invisible par une autre barrière sorcellique, qui se trouvait à présent sous nos yeux.

Sa peau de serpent verte et moirée, aux écailles chacune plus grande qu'une chaume, composait une épaisse carapace. Des cornes moultes et surgissant sur sien corps, si nombreuses qu'on n'eût pu les compter sans devenir folle, transperçaient les nuages à hauteur de ciel, les grattant de leurs pointus. Je fis quelques pas supplémentaires, intimant aux Jehanne de rester à leur place.

« Je n'ai point peur de toi, Père de toutes les calamités. Je suis Jehanne, Guérillère et prophétesse, venue pour te vaincre. »

Un son guttural, comme provenant du fond de la Terre, me vrilla le cervelet. Le maître rugissait. Quelque chose d'énorme frappa la terre qui se fendit comme pomme par coutelas ; une faille courut jusqu'à moi, si large et longue d'abîme que je dus me jeter sur le côté pour ne point y être engloutie. J'étais secouée par le choc et les Jehanne affichaient désormais testes d'effroi innommable. Il fallut le temps de me relever et de me remettre en bon ordre pour voir pourquoi : une patte à cinq doigts tout aussi écailleux et suintant de laideur, pourvus de griffes cradouillées par des millénaires de massacres et couvertes de poussières d'os, s'était posée sur la plaine.

L'énorme membrine s'anima à une vitesse impossible, provoquant un vent de tempeste. Je reculai pour la première fois, ne pouvant rien tenter d'autre en cette poignée de secondes que de mettre Fierbois devant ma face. Lorsque les griffes arrivèrent sur moi, j'avoue sans honte avoir fermé les yeux. J'attendis mienne fin. Mais elle ne vint pas.

Je rouvris un œil puis l'autre. Je n'étais point morte mais j'eusse préféré, car bien pire spectacle s'offrait à mes mires. La dixième avait couru devant moi pour m'offrir son corps en bouclier. Une griffe la perçait de part en part, son corps semblait agité de convulsions et du sang Jehannesque en jaillissait. Mais ce n'étaient point là convulsions de moribonde : toujours armée de son espée, elle attaquait sans relâche la patte monstrueuse, ne l'entamant point malgré ses coups féroces. Les bourrasques et tourbillons qui en déferlaient nous empêchaient de la rejoindre. Les autres Jehanne se mirent à hurler, j'ouvris moi aussi la bouche, mais aucun son ne put en sortir. Loin derrière moi, les Guérillères restaient également silencieuses. Il n'y avait plus d'autres combats sur la plaine que celui de la dixième avec la mort. Je sursautai en sentant une main se poser sur mon épaule.

YO avait traversé le champ de bastaille. Elle était couverte des matières de Phonoi et seuls ses yeux en étaient épargnés, qui brillaient de colère. Je pris sa main dans la mienne. La dixième arrivait au bout de ses forces. La patte tentait de s'en débarrasser comme d'un insecte acharné. Son petit corps frêle fut soudain pris de spasmes et saccades, qui firent tomber son espée en sol. D'un seul geste, le Monstre la rejeta alors à nos pieds. Son estre n'était plus qu'une plaie ardente ; mais elle vivait encore et tourna son regard vers nous. Sa bouche en râle était envahie d'humeurs sanguinolentes qui coulaient lentement sur sa gorge, et ses jambes tressautaient. Dans un dernier souffle, elle s'adressa à moi :

« Jehanne, ma sœur. Occis-moi cette Atrocité. »

Je le lui promis, mais eus à peine le temps de formuler telle promesse qu'elle était déjà partie en esprit. Ses yeux morts fixaient le ciel noir. Son visage n'était point encore apaisé : c'était à moi qu'il revenait de faire en sorte qu'il le fût.

2

Plus furieuse que la fureur elle-même, je me mis à courir vers la patte, n'écoutant point ni les supplications de YO ni celles de mes sœurs. J'évitai de justesse un autre coup de griffe fourbesse en plongeant juste à temps. Là, je plantai Fierbois dans la peau monstrueuse, épaisse comme mille troncs. Elle s'y planta jusqu'en moitié de lame. La Beste poussa une hurlade mineure. Je m'accrochai au pommeau et m'en servis pour escalade ; la patte me secouait en tous sens mais je tins bon, obstinée sur mienne prise.

Je crus qu'une deuxième patte viendrait me chasser ou m'écraser en figue sur la première, mais nenni. Ainsi je compris : un seul œil, une seule patte, une seule partie de visage. En Orléans, Abdul faisait grande résistance. Siennes enluminures et symboles trémulaient sur son corps, mais les chevaliers n'avaient plus besoin de le tenir, bien qu'ils veillassent à ce qu'il ne se blessât point. Le Mage se frappait la poitrine à intervalles réguliers, tels des coups portés sur un tambour, les yeux grands ouverts mais parfaitement blancs, comme s'il s'était réfugié en lui-même afin de mieux combattre. Icelui ne criait ni priait point, gardant pourtant sienne bouche grande ouverte, à l'intérieur de laquelle on pouvait voir les lueurs mortes essayer de se frayer un chemin avec grandes difficultés. Le maître n'était point encore totalement libéré.

Je retirai la lame de la peau d'écailles, ce qui fit gicler un sang de lave, brûlant comme de l'acide et rouge comme l'Enfer, que je dus esquiver en méthode krafftienne. Le sol se mit à fondre autour du maître et ouvrit des trous gigantesques dans le monde. Du profond d'icelles abysses se firent entendre des bourdonnements inhumains, grondements de monstres immenses. De chaque enfonçure infinie des estres d'Ailleurs arrivaient à la surface. Les Guérillères se précipitèrent, YO en tête, leurs armes multiples à la main. La Sublime me cria :

« Continue, Jehanne ! Laisse-nous nous occuper de ces abominables ! »

Les piratesses firent corps avec leur cheffe autour du premier vide, tout comme l'amazone du Dahomey faisait corps avec ses soldates autour du deuxième. Dihya et Veleda rendirent leurs bâtonnets indivisibles dans une fusion de magie tournoyante et se placèrent un peu plus loin sur la plaine de manière à pouvoir user de leurs pouvoirs sur tout ce qui surgirait. YO et mes sœurs Jehannesques, suivant les samouraïs, arrivaient près du dernier abîme, Isabeau juste derrière, qui s'élançait de toute sa masse et semblait rocher propulsé par quelque fabuleuse machinerie.

Je replantai Fierbois plus haut et me hissai à la force du poignet, légère comme la vengeance.

Artémise, Zénobie et Timoclée se précipitèrent sur le maître. Au lieu de m'y suivre, elles se mirent à trancher la patte de toutes leurs forces, évitant les rongements de lave. La peau de la Créature était plus solide que tout ce qu'elles connaissaient, mais leur vigueur était sans pareille, et, bientôt, des écailles acides s'en arrachaient, laissant la peau verte à nu.

Le Monstre hurlait et à ses vociférations répondaient celles des bestes qui se hissaient du fond de leur monde jusqu'au nostre. La première à apparaître posa ses longs doigts décharnés aux abords du gouffre et en jaillit aussitôt. Portant longue cape ocre qui lui couvrait la face, des centaines de membrines s'agitaient dans sien dos. Une couronne festonnée de racines noires était posée sur sa teste. Les Guérillères du Dahomey lui sautèrent dessus, plantant leurs lances partout dans son corps. Les mains démesurées les attrapaient une à une, fermant le poing pour les broyer, et jetaient au loin leurs corps destruits. Mais rien n'arrêtait la soldatesque de Seh-Dong-Hong-Beh. L'amazone elle-même, s'aidant des lances plantées comme accroches, montait jusqu'à la face jaunie par les ans du Roy effroyable.

Je continuai ma propre ascension. L'œil n'était plus fixé que sur moi. Quand je levai la tête, j'y vis l'esbardaillement du Monstre de voir un nouvel insecte qui, cette fois, parvenait à lui ramper sur le corps : de l'incrédulité meslée d'une pointe bien agréable de peur subjacente ; comme si, dans sienne cervelle antédiluvienne, l'idée qu'il était possible que nous réussissions à l'entraver était en train de se former.

Du second gouffre s'ébroua un titan d'écailles marines, bleu de peau, l'œil couvert d'un voile aveugle, des nageoires griffues lui servant de membres. Il tenta d'attraper YO, mon cœur manqua un battement, mais la dame évita l'attaque d'un bond et la quatorzième, au cri de Nostre Père, trancha sèchement l'excroissance visqueuse. Cabriolant avec une grâce inouïe, Timoe et Hangaku s'attaquèrent au tronc, permettant ainsi à la septième, juchée sur les épaules d'Isabeau, de lancer moults coutelas dans les yeux morts, faisant mouchette à chaque fois.

J'arrivai jusqu'à l'épaule du maître. Il s'agitait avec violence, mais j'étais bien trop ancrée, il se trouvait impuissant à me chasser. Ainsi, de grimpette en grimpage, j'atteignais l'œil lui-même. Dans la sclère bouillonnaient des tornades de vie, juste là, dans les fluides de la Beste. Le front n'était pas d'écaille mais d'antimoine, la lave remplacée par des fumerolles toxiques qui me faisaient tousser à m'en faire rendre les poumons par la gorge. Néanmoins, je plantai à nouveau Fierbois et me tins ardemment en équilibre sur la garde, me penchant vers le champ de bastaille. Artémise, Zénobie et Timoclée avaient réduit la patte en charpie, abandonnant leurs armes pour se saisir des griffes brisées et équarrir la peau jusqu'à l'os.

De la troisième excavation saillit un ver blanc graisseux de la taille de vingt hommes, sa bouche béante laissant paraître moultes rangées de dents tranchantes comme lames d'espées. Ching Shih ordonna à ses piratesses de reculer d'un pas et de se tenir prêtes. D'un saut habile, elle s'arrima sur le ver, ses jambes de part et d'autre de la gueule d'acier, brisant les dents à l'aide de sa dague. Lorsque la chose la rejeta hors de l'abîme, ses Guérillères prirent sa place, chacune à son tour, jusqu'à ce que la bouche infernale ne fût plus qu'un trou glaireux.

Le titan marin était déchiqueté par les coups d'espée qu'il avait reçus, et de ses yeux crevés s'écoulait un sang d'océan. Moitié des amazones du Dahomey se mouraient, mais Seh-Dong-Hong-Beh, dans un effort qui semblait presque aux limites de sienne capacité, arrachait la couronne de la créature en jaune.

C'est alors que Dihya et Veleda concentrèrent toute leur haute magie dans le baston unique, visant et les monstres et les gouffres. Iceux commencèrent à se refermer, piégeant les bestes dans leurs contours, les obligeant à tenter de s'extraire ou bien à retourner au noir profond dont elles étaient issues. Les Guérillères redoublaient leurs coups, de rage commune et de force sidérante.

Je regardai droit devant moi : j'étais plus haut dans le ciel que le sommet de la plus haute montagne que j'avais vue de mienne vie. J'embrassai l'espace minuscule dans lequel nous vivions. Les villes, au loin, d'Orléans à Paris, semblaient pauvres termitières branlantes qu'un seul souffle du maître aurait pu destruire sans effort. Tout au fond de cet horizon brillaient les estranges lumières de Carcosa. Je sentis ce que signifiait vraiment nostre fin des temps ici-bas : une seconde dans l'éternité du cosmos, l'anéantissement d'un grain de sable à l'échelle de l'univers. Presque rien.

Je levai Fierbois au-dessus de ma teste et poussai un grognement primal, issu du tréfonds de mon estre. Les Guérillères qui achevaient les monstres y répondirent pareillement, levant comme moi leurs armes vers le ciel.

Il n'y avait plus de reculade possible quant à ce que je devais accomplir et je me fis lentement à l'idée de ma mort, comme je m'étais faite à celle de ma vie : deux biautés convulsives, l'une comme l'autre inéluctable. Je montai encore en escalade jusqu'à la racine des cornes. Je ne savais pas si mienne idée était la bonne, mais je me tins fermement à l'une d'icelles d'une main, reprenant Fierbois dans l'autre, et, après avoir tourné le dos au grand vide, je plongeai aussitôt.

Il ne fallut que quelques secondes pour arriver jusqu'aux paupières du maître. Je tenais à présent l'espée à deux mains et la plantai en partie molle de l'œil. Il y eut un rugissement capable par sa force de vider les vivants de toute espérance ; mais, à ma grande surprise, l'espée glissa comme coutelas en beurre dans le blanc de l'œil, créant des lueurs foudroyantes qui m'aveuglèrent tout à fait. Les hurlements répétés de la Beste blessée me firent alors perdre l'ouïe : j'étais coupée du monde mais je pouvais percevoir par la touche les effets dévastateurs de mon tranchage.

YO me raconta ensuite que Fierbois scintilla d'une lumière inconnue de nostre monde qui me recouvrit tout entière. Moi, en cet instant, compris seulement que je n'étais point en libre chute mais en attaque ultime et ne ressentant nullement les effets de pesanteur jusqu'à ce que, au bas de l'œil, l'espée ne butât sur la partie la plus dure de la joue et ne me fasse perdre mienne prise. Je tombai cette fois lourdement en sol de je ne sais combien de pieds. Tous mes sens me revinrent aussitôt et les Guérillères m'entourèrent.

Le Monstre tremblait follement, ses cris faisaient vibrer mes os et me privaient d'air, son œil fendu en deux laissait échapper des humeurs noires, sa patte frappant désespérément le sol de la plaine et y creusant de nouveaux trous dans lesquels elle s'enfonçait elle-même.

De la pupille entaillée, les âmes commencèrent à s'enfuir. C'était là spectacle esbardaillant à plus d'un titre et je fus coite devant telle biauté. Après des siècles, peut-être des millénaires d'enfermement, elles pouvaient désormais s'extirper de leur prison et aller librement. Au milieu du million d'icelles, je reconnus la dixième, dont la mort avait certes altéré le corps mais point la pureté d'estre. Elle voleta un instant auprès de moi, voulant me toucher sans le pouvoir, avant que de rejoindre les autres qui lui firent bielle feste et l'entraînèrent avec elles.

Je fus soudain tirée en arrière par Hangaku et Tomoe, qui m'emmenèrent loin des gouffres qui se refermaient tout à fait. Ching Shih m'allongea et m'examina, décrétant d'un mot que je n'étais point blessée, ce qui estonna tout le monde, moi y comprise. Artémise me releva. Le maître hurlait toujours, mais cela ressemblait de plus en plus à des râles qui allaient en diminuant, jusqu'à ce que grand silence se fît sur la plaine. Nous tenant la main, nous attendîmes qu'il disparaisse tout à fait de nos mires.

Le ciel se déchira à nouveau, mais c'était cette fois un voile de vie qui recouvrait le voile de mort précédent ; l'aurore reparut, intacte, et la lune en robe d'or, et les étoiles encore visibles. Je me tournai vers Orléans.

Sur la colline, la silhouette chancelante d'Abdul, soutenu par Jean et Bertrand. Le corps du Mage était toujours couvert des escritures, mais elles n'étaient plus agitées et mouvantes. On ne faisait qu'en deviner la trace, comme de vieilles cicatrices vouées à estre oubliées, au moins pour un temps. Les Phonoi commençaient de se désagréger dans l'herbe reverdie.

Les trois hommes voulurent s'approcher de nous, mais, empêchés par la moultitude de corps en train de disparaître, ils s'arrêtèrent à mi-chemin. Abdul nous fit signe de teste et leva la main, qui s'illumina à nouveau d'une grande magie rougeoyante, dont il avait à présent le plein contrôle.

Des brèches dans l'espace s'ouvrirent un peu partout autour de nous. Les Guérillères rangèrent leurs armes et nous nous serrâmes les unes contre les autres en grande ronde de sororité. Toutes d'accolades et de ries, elles murmurèrent psalmodies dans leurs langues rendues en Babel.

Elles repartirent une à une sur leur ligne de temps en nous faisant de belles promesses de revoyure. Nous nous aperçûmes que nostre réalité était toujours figée : les oiseaux dans le ciel étaient encore peints en plein vol, l'aube dispensait perpétuellement les mêmes rayons, le soleil à la lisière de l'existence hésitait à revenir tout à fait avec nous en ce monde.

Nous restâmes bien seules à cinq, avec auprès de nous le corps de la dixième. Je le chargeai en épaule et nous revînmes vers Abdul et les chevaliers terrassés de tristesse. Isabeau, restée mutique depuis la fin de la bastaille, nous caressa le visage à tous et toutes, et, pour la première fois depuis que je l'avais vue, nous offrit sourire franc et honneste, plein de compassion et compréhension. Toujours sans un mot, elle se débarrassa de son armure, sous laquelle elle portait robette de reine, rivière de diamants incluse, et rentra vivement dans Orléans par la Grand-Porte. YO s'approcha d'Abdul.

« Pourquoi le temps n'a-t-il point repris son cours normal ? »

Il s'assit un instant près du cadavre de mienne sœur, et le contempla avec âpre désolation d'âme.

« C'est à moi qu'il revient de le remettre en route. Je redeviens humain, ou, en tout cas, ce qui s'en rapproche le plus selon vos critères. Le maître est endormi. Il le restera longtemps. Quand les mots du Livre se seront enfin apaisés durablement sur ma peau, tout redeviendra normal. »

Il nous adressa un rictus sans joie aucune.

« Enfin, pour les autres du moins. »

Il désigna du doigt la dixième.

« Il nous faut l'enterrer ici. »

J'enrageai :

« Tu veux l'enfouir en terre sur cette colline ? Sans cérémonie ni sépulture ? C'est indigne d'une telle Guérillère et m'y refuse !

— Au contraire, Jehanne. C'est ici qu'elle a combattu, c'est ici qu'elle est morte. Elle doit reposer à cet endroit même. Personne ne saura que son corps se trouve là, mis à part nous, et c'est l'essentiel. »

Je protestai encore mais finis par me ranger à son idée. Car où aurions-nous pu l'enterrer si ce n'était précisément là ? Ma sœur dominerait ainsi pour l'éternité nostre champ de victoire. Nous creusâmes tous à tour de rôle, et je déposai son petit corps en fond de tombe. La quatorzième tint à réciter une prière chrétienne et nous la répétâmes mot à mot, lui conférant une solennité qu'elle n'avait jamais eue dans quelconque église. Nous rentrâmes en chaume et je m'effondrai en couchette, d'épuisement et de chagrin. Je ne sais pas combien d'heures je restai inconsciente ; d'ailleurs, cela avait-il un sens de compter ainsi quand plus aucune minute ne s'écoulait ?

3

Mais à mon réveil, YO était debout à côté de moi, penchée sur ma couchette. Je me relevai contre les coussins et vis qu'Isabeau nous avait rejoints. Elle était en grande discussion avec les Jehanne et les chevaliers. Abdul se tenait dans le fond de la pièce. Sur sien torse nu, un seul symbole persistait à se mouvoir encore, mais il était si peu encré que je ne parvenais plus à distinguer ses minuscules oscillations. En murmures afin de ne point estre entendue, je demandai à YO :

« Ma Dame, que se passe-t-il ? Que fait ici la reine ? »

Elle soupira, secouant la tête.

« Elle s'accroche à cette pournillade de Prophétie. Regarde-la. Elle est convaincue d'avoir aidé à vaincre la Bête de saint Jean et souhaite poursuivre l'espopée Guérillère afin de mettre le Dauphin en trône.

— Devrions-nous ?

— Tu le souhaites ?

— Je ne sais… peut-être ?

— Je pense que toi et moi avons suffisamment sacrifié au royaume pour ne plus estre redevables à quiconque. Il est hors de question que nous risquions encore nos vies pour le règne d'un homme. Nenni.

— Alors qu'allons-nous faire ?

— J'ai une idée. »

Le dernier symbole sur le corps d'Abdul cessa tout à fait de bouger. Le temps reprit subitement son cours alors que nous étions en plein milieu de nostre conversation.

Le lendemain soir, je me présentai devant la Cour accompagnée de la septième et de la quatorzième. Charles était assis sur un trône provisoire que les Orléanais lui avaient fabriqué, Marie d'Anjou tout à côté de lui. Les deux se couvaient des yeux avec belle indécence. Je me prosternai devant le cancrelat à qui j'avais réclamé audience puis m'avançai vers lui, tenant la quatorzième par la main.

« Mon Prince et Roy, je viens devant vous au jour d'hui car il s'est produit grand chambardement. Les Voix sont venues me trouver hier au soir et m'ont parlé toute la nuitée. Le ciel est vaste et biau et plein de mystères. Et en voici un joliment neuf, qui nous confirme que la Parole de Dieu est parfois rude à la comprenette. Je ne suis plus prophétesse, ni Guérillère en vostre nom. Chacun a sa part dans cette Prophétie. Mienne mission fut de délivrer Orléans de la vermine englishoise. Et Orléans est délivrée. Je n'ai plus rien à faire parmi vous. Je vous présente donc la nouvelle élue du Seigneur. La grâce divine est venue en elle tandis qu'elle me quittait pour toujours, oui, je vous le dis en tremblant mais sans honte, je l'ai sentie quitter mon corps pour envahir le sien. C'est icelle qui entend désormais les Voix. Et c'est à icelle qu'il revient de vous mettre en trône. À Reims, la ville des roys de France, en la Sainte Cathédrale, oint de l'huile sacrée. Mon Prince et Roy, ci-présente s'appelle Jehanne, tout comme moi. C'est le moyen qu'a trouvé Dieu tout-puissant pour vous démontrer que bien que nous soyons doubles, nous restons une et seule à vos yeux. Je vous demande de bien vouloir vous occuper de ma sœur comme vous vous êtes occupé de moi. Et de lui octroyer ce que vous m'avez octroyé. Car la voici désormais auréolée de la Sainte-Gloire.

Charles répondit :

« All right, all right, all right. Mais c'est bizarre, non ? Je veux dire, on change comme ça ? C'est sûr ? Tu me dis la vérité ?

— En rien ne saurais vous mentir, jamais. Et tout ce que je vous dis est la Vérité Première.

— Ma sœur a bien parlé. J'entends les Voix du Ciel quand elle ne les entend plus. Et elles m'ont dit de vous sacrer, de bouter les Englishes hors de France et de libérer Paris. Je suis toute gorgée de l'amour de Dieu et j'ai accepté Sa difficile mission.

— Ouais, bon d'accord. Orléans, j'y croyais moyen, mais hé, je suis là, non ? Alors pourquoi pas, après tout. Mais ça va poser plein de problèmes. Je veux dire, la bergère de Domrémy, pucelle, sainte de Lorraine, ça marche vraiment pour tout le monde. Si on change de prophétesse, il faut changer l'histoire, forcément. Tu viens d'où, toi ? Tu es bergère aussi ? »

La septième vint interrompre la conversation :

« Pardonnez mon abrupte intervention, mais, si je puis me permettre, il n'est point besoin de changer la fab… l'histoire. Car, comme vous l'avez si judicieusement rappelé, elle commence à prendre en cervelle de pouillards. La modifier maintenant serait un remuement qui emplirait de doutes même les plus convaincus. Seules la Cour et vos Majestés doivent être au courant de cette retournade. Car le Seigneur Dieu nous dit là chose vraie par la bouche de la prime Jehanne. Elles sont deux, mais en réalité une seule. Et vous verrez que même iceux ayant déjà approché la première prophétesse seront bientôt persuadés d'y avoir toujours vu la seconde, malgré leur physique dissemblance. Aussi, qu'elle partage la même genèse ne me paraît point improbable. Parlant de cette genèse, il faudrait rajouter des détails et sans tarder. Où sont les frères aimants de Jehanne ? Il serait bon de les voir rappliquer pour la soutenir. Et de quels saints viennent les Voix ? Ce n'est pas encore précisé. Il reste donc moultes choses à conter. Par ailleurs, bien que la nouvelle Jehanne sans nomb… la nouvelle Jehanne fasse fort jeune, elle a déjà dépassé la vingtaine. Il serait de bon aloi de la remettre en adolescence. Je connais fort bien cette histoire. Si vous me faites l'honneur de me choisir comme chroniqueuse, je serais apte à m'occuper de son pourlichement.

— Et toi, comment tu t'appelles ?

— Je… je m'appelle Jehanne.

— Évidemment. OK, très bien… Je comprends pas trop ce qui se passe, mais vous avez l'air d'être au point, donc bon… Alors, tout le monde est d'accord, on a une nouvelle sainte ? »

La Cour, d'abord hésitante, finit par acquiescer. Charles leva ses deux pouces en l'air, ce qui, d'après ce que j'avais saisi de sa façon d'être, signifiait là sienne grande satisfaction. Les nobliaux vinrent féliciter la quatorzième qui trépignait. La septième était déjà entourée de scribes prenant en note tout ce qu'elle leur ardouillait.

J'en profitai pour quitter discrètement la Cour.

Et l'Histoire se remit gentiment en branle.

30 MAI 1431

La mitre d'infamie, mal apposée sur sa face, avait fini par s'envoler. Le bourreau Thérage n'eut point le cœur d'aller la lui remettre. Ainsi pouvait-on voir la quatorzième en majesté, ligotée à la poutre, ceinte d'une belle robe rouge, la grande boisellerie à ses pieds.

En trois estrades, sur la place du Vieux-Marché de Rouen, le bûcher avait été dressé. Sur la première, les Englishes et parmi eux leur chef Winchester, puis les membres du tribunal sur la deuxième, et enfin la quatorzième sur la dernière avec, tout à côté, le prédicateur. Alors qu'on la contraignait à se repentir de ses péchés, elle souriait largement à la foule, heureuse d'estre offerte à la mire publique.

Je ne sais si elle put nous apercevoir, moi et YO qui nous tenions pourtant au plus près d'elle, avec Jean et Bertrand.

À la lecture de la sentence, elle ne dit rien et continua de sourire. Les grouillots glutinés la traitaient de putain des Armagnacs, de sorcière, de tant de choses impies qu'elle n'avait jamais été.

Le Dauphin, finalement devenu Charles VII, l'avait abandonnée comme Père abandonne Fils en croix. Et elle fut prise par la vermine englishoise, vendue, mise en procès, condamnée, repentie, relapse, condamnée une nouvelle fois. Et au jour d'hui mise à mort.

Nous suivions de loin tous ses succès et victoires puis défaites terribles grâce à la septième, qui nous racontait tout, avec force détails, dans ses lettres hebdomadaires. En rien ne pouvions intervenir, car c'était là son Destin escrit, comme nous l'avait appris Abdul. Tout cela avait déjà eu lieu et devait rester immuable.

Toujours huée par ceux qui l'avaient crainte ou adorée, la quatorzième regarda le ciel une dernière fois. Puis on mit le feu aux fagottines à ses pieds et la foule redevint silencieuse.

Les flammes s'élevèrent lentement jusqu'à complètement encercler la pauvrette. C'était là un aperçu du feu de l'Enfer dont elle s'effrayait régulièrement dans siennes prières. Elle n'en laissa pourtant rien paraître et souriait encore. C'est alors qu'elle se mit à rire. Je pensai dans un premier temps que c'était là confusion de ma part et qu'il s'agissait de larmes de désespérance, dues à la proximité de sa fin. Mais nenni, le rire grossissait tant et tant qu'il n'y avait nul doute : la quatorzième riait, à gorge déployée, tandis que la fumée meurtrière lui entrait par narine et par bouche. Elle riait à s'en décrocher mâchoire et cou, la tête et le ventre soumis à des mouvements incontrôlables. Les gens, désaxés de cervelle par cette attitude, en restèrent saisis de stupeur, ne sachant point comment réagir face à telle attitude dans un moment aussi solennel.

Au bout de quelques minutes, ce fut à nouveau silence complet. La quatorzième avait perdu conscience, sa tête reposait mollement sur son épaule, la chaleur des flammes adjacentes avait brûlé sa robe. Le bourreau s'approcha et montra aux clampins qu'elle était morte, exposant à l'œil infâme du monde le corps nu de la sainte, prouvant ainsi qu'il n'y avait point eu substitution. Puis ce fut la seconde crémation, qui brûloit tout son corps ; et celle-ci prit des heures. Sa peau blanche et pure se calcina, couverte çà et là de bulles de pestilence qui explosaient à intervalles réguliers. La chair fondit tout entière et ses os se découvrirent, des humeurs bouillonnantes coulèrent hors de sa cage thoracique. Sous la pression des flammes et de la chaleur immense, sa boiste crânienne éclata en mille et un morceaux et des bouts de matière rose giclèrent sur nous ; son ventre s'ouvrit en deux et des viscères jaillirent sur le sol. Puis le tout se flétrit, noircit pleinement, se rendit en cendres. À la fin il ne restait plus en bûcher que des bouts d'os épars et le cœur, intact. L'espace d'un instant, alors que Thérage tenait ledit cœur entre ses mains crasseuses, je perçus un battement. Puis un autre. Et à l'insu de tous qui ne voyaient rien, le cœur de ma sœur se remit à palpiter vivement dans les mains du bourreau.

Il ajouta matière malpoissante sur les restes Jehannesques et ce fut là l'ultime crémation : il ne fallait rien laisser de son corps qui eût pu servir d'hommages, reliques ou objets d'adoration pour les siècles à venir. La foule satisfaite se dispersa avec d'ignobles hululements de satisfaction.

La quatorzième venait d'atteindre la Sainteté dont elle avait toujours rêvé.

Lorsque tout fut terminé, Yo, Jean, Bertrand et moi chevauchâmes jusqu'à nostre maison.

C'est en réalité un bien beau domaine, à l'extérieur de tout, avec jardinets et petites mares d'un joli vert galant.

C'est là que nous vivons désormais.

Je passe mes journées à la chasse dans les forêts alentour et j'ai acquis belle réputation auprès des pouillards. Je fais souvent étape en auberge lors de mes grandes parties et trouve toujours jeunette apte à lever jambe par-dessus mienne et quelques errants aux saveurs délicieuses que je fais rôtir avec des herbes folles.

Quelquefois, YO et moi restons seules, sises en cheminette, et, après lui avoir raconté mes exploits en gibiers, tout en force déployée et grands morceaux de bravoure, là, au milieu de mes trophées de chasseresse, nous parlons de l'espopée des Jehanne : elle met sa main dans la mienne et nous évoquons mille souvenirs de mes sœurs et des Guérillères du Temps.

J'apprends à contrôler seule mes aptitudes spectrales ; et les fantomines et les mondes ne m'apparaissent plus à toute heure, mais seulement lorsque je le désire. Le maître est toujours enfermé dans sa cage. Abdul fait des allers-retours entre le Nœud et nostre réalité où il s'est trouvé bonne situation en se faisant élire pape des catholiques, ce qui nous donne bien des ries à tous et toutes. J'ai souvent envie de visiter les autres mondes, de l'espace et du temps, mais je n'ose point encore m'y aventurer. Bientôt peut-être.

Je ne sais pas ce qui arrivera quand la vie aura passé sur nos cadavres et que ceux qui viendront après nous auront loisir de lire la vérité de nostre histoire.

Mais voici ce que je sais au jour d'hui :

Je m'appelle Jehanne, je suis guérillère, prophétesse, anciennement sainte, toujours riante, gabelante, ripaillante, bienbuvante et bienbaisante, issue de la compagnie des Hautes Gousses et diablement fiérote, harnacheuse de pimpantes, apte à la chasse des gibiers de tous ordres et gourmette de mets humains, Maîtresse des hallebardes, Impératrice des espées, Hardie à la lutte, Dévorante à mains nues, Ennemie de la curaille d'abbaye, Carnassière ultime, Reine combattante ayant reçu la puissance de toutes celles qui m'ont précédée et qui me succéderont, par le sang que je répands Sorcière de premier ordre, Dernière Survivante de l'Assemblée, Piratesse parmi les Piratesses, Druidesse parmi les Druidesses, Samouraï parmi les Samouraï, Habile au trémouillage de la langue et à la Sainte Chope, Dévoreuse de cochonnailles, Adextre du majeur tendu, Experte en anéantissement des bullshiteux de toutes obédiences,

Bien Au-dessus du lot genré, toujours Hautement Irrécupérable,

Heureuse, Vivante,

et ça suffit bien pour l'instant.

APPENDICE

Les poèmes offerts par Jehanne à Yolande sont extraits de l'œuvre de la grande troubarde Marie-Claudette de Charlemagne. Escrits en collaboration avec Monsieur Jacques-Jean d'Haurtplain, on peut les trouver dans plusieurs de leurs recueils, notamment les célèbres *D'iceux* et *Si on pouvait d'amour se contenter*.

Vous en trouverez ci-joint trois dans leur ensemble.

Pour retenir l'amour

Esgourdant diables mots
Esgourdant bien, merci
Fadasseux bibelots,
À l'usage asservis

Qu'on aura pas de bis
Que mienne rose a péri
Que jadis est jadis
Et n'est point au jour d'hui

Puisque tout devient ruine,
Nostre amour fantomine

Entends bien ce que suit

J'm'en irai te chercher, en royaume estranger
Même si en carole, femmes dansent à côté
J'arracherai tien esprit, à Chioné ou Ekhi
Je sorcellerai mes tours
Pour retenir l'amour

D'ainsi débarouler
Pouvais te dispenser
Et ne point tant offrir
Car j'ignore le souffrir

Clampines disent qu'au jour d'hui
Clampines disent que tous nous usent comme ci
En rien ne suis clampine oh ! non

Avant que l'on s'bondage
Que nos fruits soient hors d'âge

Entends bien ce que suit

J'm'en irai te chercher, en royaume estranger
Même si en carole, femmes dansent à côté
J'arracherai tien esprit, à Chioné ou Ekhi

Je sorcellerai mes tours
Pour retenir l'amour

J'inventerai moultes langues
Pour que t'en sois exsangue
Et dans tiennes malles ici
D'éternelles vignonneries

Tous les rites hérétiques,
Issus des mages d'Afrique,
J'les dirai au grand jour,
Pour retenir l'amour

Je me couronnerai
Pour ne point t'éloigner
Et rongerai mes fadaises
Pour raviver la braise

Je serai ces clampines
Qui t'font courber l'échine
Ces cris-là seront tiens
Si tu m'prends par la main

Pleine lumière et joliesse
Pour qu'ton cœur soit en liesse
Je deviendrai du velours
Pour retenir l'amour

Pour retenir l'amour

Pour retenir l'amour

Pour retenir l'amour

Pour retenir l'amour

Pour retenir, pour retenir, pour retenir l'amour
oh ! l'amour oh ! l'amour

Pour retenir l'amour

Ne le puis

Embourber fleuvines
Traîner ma charge
Devenir marine
ça passe large

Narguer machinerie
Rire haut des clercs
Même Jésus-Christ
N'y peut rien faire

Je gère miennes bastons
Cogne à mon tour
Pendre Bourguignons
J'l'ai su en Cour

Suis sans nul vice
frêle non plus
Vos maléfices
vous s'ront rendus

J'connois les frimas
Je m'ébats dans l'gel
Mais une vie sans elle

Ne le puis

Je suis restée coite
Depuis décades
C'est comm's'prendre une droit'
La tête en rade

Rage cramoisie
Maux noirs de peur
Connois cette vie
C'est sans douleur

Je sais bastailler
J'en suis marrie
Mais rien n'est d'ries
Juste ici

J'connois les frimas
Je m'ébats dans l'gel
Mais une vie sans elle

Ne le puis

Tout m'assaillant
De pis en pis
En tous cadrans
Tenant l'défi

J'veux du savoir
Jour comme nuit
Mais qui peut voir
Amour qui luit

J'connois les frimas
Je m'ébats dans l'gel
Mais une vie sans elle

Ne le puis

Ne le puis

Ne le puis

Ne le puis

Mais une vie sans elle

Ne le puis

Ne le puis

Ne le puis

Ne le puis

Si fol amour comptait

Je fantasme sa belle face, tourderôle sien corps
Puis je le croquine vivant en mienne chaume d'or
Je pourrais tant arder
Si je savais tout dire
Mais comment peut-il lire
Tréfonds de mienne pensée

De quoi usent les grouillotes qui obtiennent grand succès ?
Dites-moi mien péchés et mien rêves en excès
Moi j'offre un pur esprit, mien cœur et tous cadrans
Mais faisant quincanelle, on m'en demande autant

Si pouvions bien aimer
Si fol amour comptait
Si pouvions changer royaume, en belle joie d'octroyer
Si pouvions bien aimer
Si fol amour comptait
Morphée en maître ici régnerait, pour l'esternité

Mais sanglante en tous songes et pétale à l'herbier
Ci-quand le mal des tiers revient me dévorer

Telle vie n'est point estanche, mienne île est en plein vent
Du portillon fermé entends moults hurlements

Les children en domaine et les fleurs à la ronde,
Mienne douce existence où bat le cœur du monde
Quand tempeste s'annonce, promesse de douleurs
Quelle espée prévaut au duché de nos peurs ?

Si pouvions bien aimer
Si fol amour comptait
Si pouvions changer royaume, en belle joie d'oc-
troyer
Si pouvions bien aimer
Si fol amour comptait
Morphée en maître ici régnerait, pour l'esternité

Si pouvions bien aimer
Si fol amour comptait
Si pouvions changer royaume, et si tout renaissait
Si pouvions bien aimer
Si fol amour comptait
Serions nous-mêmes Morphée

Si fol amour comptait

NOUVELLES VIES PARALLÈLES DES FEMMES ILLUSTRES

par Dame Yolande d'Aragon

Édition entièrement révisée par l'autrice

(Extraits)

Icelle Yolande qui te parle ai escrit ce petit *Traité des femmes puissantes*. Tu y trouveras quelques renseignements volés à l'Histoire et parvenus jusqu'à nous malgré farouche volonté des hommes d'effacer les Grandes Guérillères des registres. Tu pourras ainsi mieux comprendre la férocité de celles qui composent nostre troupe et la force de nostre armée.

Artémise Ire

Reine d'Halicarnasse, née au cinquième siècle avant Jésus-en-Christ, Artémise fut également générale et amirale lors de la seconde guerre médique, participant à moultes bastailles, dont celle de l'Artémision, de l'Eubée et de Salamine.

Elle s'empara du trône à la mort de son mari, écartant son beloved little boy qui eût dû succéder à son père, arguant qu'à vingt ans il était encore « en bas âge du front ». Elle régna ainsi sur Halicarnasse, mais également sur les îles de Cos, Nissiros et Calymnos. Maîtresse en l'art de la navigation, grande tacticienne de combat et guérillère imbattable à la dague et à l'espée, elle était adorée par son peuple qui la considérait comme une merveille, tandis que les royaumes alentour la voyaient comme une bizarrerie, une curiosité et parfois même un monstre, à cause notamment de sa volonté inébranlable de paraître en habits d'hommes, de rester en première ligne avec ses soldats et de n'avoir aucun autre conseiller qu'elle-même.

Lors de la guerre médique la seconde, elle décida de s'allier au roy perse Xerxès Ier contre les Grecs. Malgré ses victoires précédentes, Artémise déconseilla au roy de se lancer en combat à Salamine, considérant que les Grecs étaient certes inférieurs en nombre, mais plus grands en habileté maritime et qu'ils connaissaient mieux l'endroit. Xerxès balaya d'un revers de main d'homme ses préconisations. Malgré-ce, elle ne trahit point sa promesse en loyauté et accepta d'y commander cinq navires. Elle se distingua alors par sa bravoure et sa pugnacité, tout autant que par sa grande stratégie de cervelle. Alors que la flotte de Xerxès était prisonnière d'un détroit et ne pouvait plus manœuvrer, échouant comme elle l'avait prédit, elle ne perdit rien de son ardeur, coula plusieurs navires ennemis, parvint à sauver la totalité de son équipage et repêcha même le corps d'Ariabignès, icelui frère du roy, pour le lui rapporter et lui offrir ainsi grandes funérailles. Les Grecs, sur le point de remporter la victoire mais voyant cette femme lutter sans relâche, monter sur les cordes pour lancer ses dagues, hurlant des ordres à ses hommes afin qu'ils ne cèdent rien à l'ennemi et manœuvrant sur l'eau comme le meilleur de leurs généraux, lui donnèrent aussitôt le surnom d'Amazone de la mer.

Après cette défaite perse, Xerxès ne savait plus que faire pour mener combat et hésitait entre plusieurs attitudes à suivre. Finalement revenu à la raison, il fit mander Artémise, à laquelle il offrit une armure complète, la suppliant de lui donner à nouveau biel et bion conseil. Elle lui fit la proposition de se retirer en Perse et de laisser son général Mardonios poursuivre la bastaille, l'essentiel étant qu'il fût à l'abri et à même de reconstituer ses troupes. Il suivit prestement son avis et la couvrit d'honneurs.

Artémise vécut quelque temps à Éphèse, avant que de retourner sur ses terres, qui prospérèrent jusqu'à sa mort.

Ching Shih

Piratesse issue de l'empire de Chine, Ching Shih naquit en l'année 1775 et mourut en 1844.

D'abord courtisane d'une grande délicatesse, elle était engagée en bordel flottant stationné dans le port de Canton. Lorsqu'elle fut enlevée par les hommes du pirate Cheng I, icelui tomba éperdument amoureux d'elle et lui demanda de devenir son espouse en bonne et due forme. Ching accepta, à une seule condition : pouvoir commander seule une de ses flottes. Contrat de mariement fut établi et Cheng alla même au-delà des requêtes de sa femme : il lui offrit de partager le commandement et cinquante pour cent du butin. Très vite, Ching Shih conquit le respect des pirates et piratesses par sa haute intelligence, charisme incontestable et habileté guérillère.

En l'année 1807, la flotte de Cheng I et Ching Shih fut prise en terrible tempête. Des vents d'une violence démoniaque secouèrent leur propre navire. Cheng I « tomba » alors du bateau et mourut en haute mer. Le lendemain, Ching Shih prit la teste des pirates et régna sans partage. À l'apogée de sienne gloire, elle dirigeait mille huit cents navires et avait sous ses ordres quatre-vingt mille marins, constituant ainsi la plus grande assemblée piratesque de tous les siècles confondus. Surnommée par clampins et nobliaux « l'assemblée au drapeau rouge », icelle n'aura de cesse de mettre en échec l'empire de la dynastie Qing, tout comme les empires portugais et britannique. Ching Shih appliquait des règles strictes à son équipage : il était interdit de piller un village déjà venu en aide aux pirates d'une quelconque manière. Tout marin qui viendrait à voler le butin pour lui seul était condamné à mort. Tout pirate qui oserait déshonorer de son appendice mol une prisonnière était décapité.

La flotte au drapeau rouge fut inlassablement attaquée par l'empire chinois, qui ne supportait point son pouvoir grandissant, Ching Shih lui causant tant de dommages qu'il fut obligé d'acheter à bas coût barquettes de pêche pour remplacer les navires qu'elle coulait.

Finalement harcelée tant et plus et venant en âge, elle demanda une amnistie pour elle-même et ses marins ; ce qu'elle obtint sans problème grâce au respect que l'empereur entretenait pour si farouche ennemie et par l'amour que lui vouait le peuple de Chine, qui ne murmurait son nom qu'avec grande admiration.

Revenue en terre ferme, elle réussit à placer un de ses children à un poste confortable au sein du gouvernement impérial et réclama pour elle-même un bordel et un cercle de jeux à Guangzhou, qu'elle dirigea jusqu'à sa mort.

Dihya

Guérillère berbère et reine de l'Aurès, née au huitième siècle après Jésus-en-Christ, aussi nommée la Kahina ou Kahena, en langue arabe al-Kahina, ce qui signifie « la prophétesse » ou « la devineresse ».

Issue de la tribu zénète des Djeraoua, établie dans les Aurès, elle succéda en 688 à Koceïla, dont elle était déjà conseillère en tactique de bastailles, et devint ainsi cheffe de toutes les tribus berbères et byzantines, en guerre farouche contre les armées omeyyades, incarnant alors icelle seule la résistance à l'envahisseur. Elle remporta moults combats et repoussa sans cesse les assaillants. Dihya était réputée pour user de pouvoirs de haute magie qui terrorisaient ses ennemis. Recevant conseils et protections des entités invisibles, elle acquit nombre de connaissances surnaturelles, voyant le passé et pouvant prédire l'avenir.

Le général et gouverneur omeyyade Hassan Ibn Numan, parti s'emparer de Carthage, ouït les défaites de son camp et demanda quel était ce grand roy qui régnait désormais sur toute la partie nord du Maghreb. Esbardaillé qu'on lui répondit que c'était nenni un roy mais une reine, il décida d'aller l'affronter.

Dihya, disposant d'espions everywhere, eut vent des intentions du général et marcha sur la ville de

Baghaï, dont il eût pu faire une base avancée, la détruisant pour faire montre de sa puissance. Le général fut donc contraint de contourner les ruines et de s'arrêter près d'une rivière pour que son armée puisse y passer la nuitée. La reine apparut alors en rive opposée, suivie de quelques hommes seulement, jaugeant les troupes ennemies sans mot bouliner. Les deux soldatesques s'observèrent en silence pendant des cadrans, jusque ce que perce l'aube. Les Omeyyades attaquèrent et découvrirent alors le biau stratagème mis en place par Dihya. Le gros de ses troupes étant dissimulé en dunes et collines de sable, ses archers lancèrent mille et mille flèches, tandis que la cavalerie, non loin de là et elle aussi en cache, surgit et finit de les massacrer.

Ainsi, la reine eut pleine victoire sur ses ennemis et établit un royaume berbère puissant et indépendant, qui s'étendait des montagnes de l'Aurès aux oasis de Gadamès.

Mais nulle femme puissante ne peut avoir paix en ce monde, et elle fut à nouveau attaquée des années plus tard. Ayant alors dépassé les cent ans, elle reprit malgré-ce les armes et repartit au combat, où elle fut finalement tuée, à quelques mètres du palais qui l'avait vue naître.

Une légende prétend néanmoins qu'elle ne fut point occise mais disparut tout bonnement du champ de bastaille, emportée par une grande lumière blanche surgie du ciel.

Hangaku Gozen

Issue du siècle le treizième après Jésus-en-Christ, au cœur de l'empire du Japon, Hangaku Gozen fut une guérillère samouraï parmi les plus célèbres de tous les temps.

De la famille Jo, elle était forte en taille : les chroniqueurs s'accordent à dire un mètre quatre-vingt-huit. Après avoir prouvé sa vaillance sans faille et sa loyauté à son clan, elle se retrouva avec sa sœur Shukenaga à la teste de trois mille hommes et tint un fort, et joliment, contre une armée ennemie composée de dix mille soldats. Armée de son naginata, elle n'hésitait point à trancher, écharper et décapiter. Elle ordonnait des stratégies complexes contre les assaillants, toutes victorieuses, et n'hésitait jamais à se lancer au milieu des hordes adverses, qui se faisaient tant réduire les membrines à chacun de ses coups que d'aucunes refusaient de continuer les combats. Plusieurs jours passèrent sans que la vigueur de Hangaku fût entamée, pas plus que celle de sa sœur, qui aimait elle aussi éparpiller la soldatesque apeurée. Finalement blessée par une flèche fourbe, elle fut capturée et emmenée devant le shogun Minamoto no Yoriie, qui, astramé par tant de puissance guérillère, épargna sa vie.

Elle tomba alors en amour d'un homme de la province de Kai, avec lequel elle se maria. D'icelle union naquit une little kid que sa mère initia au mode de vie des samouraï. Et ainsi, d'une petite l'autre et d'une génération la suivante, son savoir et sa force coulent encore dans le sang des children d'au jour d'hui.

Isabeau de Bavière

Hell no !

Seh-Dong-Hong-Beh

La plus célèbre cheffe des amazones du Dahomey. Par fourberie des hommes, racisme en couleur de peau et autres bullshiteries, son lieu de naissance ainsi que ses dates de vie et de mort nous sont inconnus, si ce n'est qu'elle vécut au dix-neuvième siècle après Jésus-en-Christ. En l'an de grâce 1851, elle était à la teste d'une armée de six mille combattantes.

L'ordre auquel appartenaient ces furieuses avait été fondé en 1708 par la reine Tasi Hangbè, sœur jumelle du roy Houessou Akaba, emporté par la variole. Elle créa le corps des amazones en tant que régiment combattant et l'intégra pleinement aux armées du royaume. Lors d'une guerre contre les Ouémènou, icelle reine prit elle-même la teste des guérillères, travestie en homme et si semblable à son frère dans cet accoutrement que tous les soldats en furent galvanisés.

Au cours des siècles et des générations, certaines amazones entrèrent volontairement dans l'ordre tandis que d'autres furent recrutées par force et en très jeune âge parmi les esclaves. Malgré l'atrocité du recrutement susdit, les contraintes et les volontaires formait une sororité unie contre tous et loyale au roy ou à la reine en trône.

Elles acquirent une réputation d'intrépidité sur tout le continent d'Afrique. La soldatesque masculine les surnomma Mi-non, ce qui signifie « nos mères », et le bastaillon ainsi composé était considéré comme sacré. Leur entraînement était aussi rude que la hardiesse qu'elles déployaient en bastaille. Il consistait en une série d'exercices périlleux, que même un Spartiate aguerri aurait trouvé épuisants, comme traverser une construction d'épines ou tuer un taureau à mains nues. Si la lance était leur arme de prédilection, elles étaient également habiles en espée, en sabre, en esgorgement au coutelas, et maîtrisaient plus de cinquante techniques de corps à corps, enseignées et transmises d'une génération l'autre. Elles finirent même par obtenir biel uniforme du roy et grande commande de fusils et mousquetons, et, s'entraînant en cibles, devinrent les seules femmes armées de feu du continent. Les Mi-non n'avaient que deux règles : combattre et tuer sans se soucier de sa propre vie et ne jamais faire de prisonniers. Ainsi, tout ennemi capturé était systématiquement décapité. Les diables blancs du royaume de France eurent bien du mal à les vaincre, espouvantaillés par leur incroyable courage et leur audace sans faille.

Seh-Dong-Hong-Beh est généralement représentée en uniforme, tenant en sa main une teste d'homme coupé, et souriant joliment, tout en grâce et biauté féroce.

La dernière de ces combattantes mourut en 1979.

Timoclée

La grande Timoclée, née en la ville de Thèbes, vécut au quatrième siècle avant Jésus-en-Christ. Elle était la sœur de Théagène, dernier commandant du Bastaillon Sacré, corps d'élite composé d'hommes en mariement entre iceux, qui combattaient avec fureur, soutenus par la force de l'amour qu'ils portaient à leur husband.

En – 335, l'armée d'Alexandre le Grand envahit Thèbes, qui se trouva alors livrée à pillage et exactions diverses. La Maisonnée de Timoclée tomba aux mains d'un capitaine thrace. Ce bardolé de vérole entreprit de la déshonorer avec violence à l'aide de ses parties basses, la meurtrissant du dessous par grande vilenie. Il exigea ensuite de savoir où Timoclée cachait ses bijoux et autres biens précieux. Conservant sa contenance malgré l'horrible événement, elle lui expliqua que, ayant compris que la ville allait être mise à sac, elle avait dissimulé moultes verroteries de valeur dans le puits à sec sis en son jardinet. Le capitaine s'en approcha avec avidité et se pencha pour regarder à l'intérieur. Utilisant bielle technique de combat enseignée par son frère, elle fit basculer le chicoteux dans le puits. Là, elle appela ses servantes et ses children, qu'elle avait mis en cache pour qu'ils ne fussent point esgorgés, et, tous ensemble, ils lapidèrent l'agresseur en ayant bien des ries.

Les soldats thraces, alertés par les hurlements agoniques de leur chef, se saisirent de Timoclée, et, liée et garrotée comme fagote, elle fut emmenée devant Alexandre. Elle reconnut sans conteste le meurtre et en prit seule la responsabilité, arguant qu'il ne s'agissait point d'un crime mais de la juste punition de la violence qui lui avait été faite. L'empereur la fit libérer et ordonna ensuite qu'aucun acte de vengeance ne soit commis contre elle, sous peine de mourir de sa main ou de laisser Timoclée s'en charger. Tant qu'il resta à Thèbes, une partie de sa propre garde impériale s'assura qu'elle était traitée avec grand honneur. Elle devint ensuite guérillère célébrée et héroïne de la ville.

Tomoe Gozen

Tomoe Gozen naquit en grand empire du Japon, en 1157.

Guérillère samouraï, elle fut générale et combattit au côté de son amant Yoshikana au cours de la grande guerre de Genpei.

Maniant habilement le naginata, elle était tout aussi douée pour la chevalerie, le tir à l'arc et le kenjutsu, soit l'art du sabre samouraï appelé katana. Ayant atteint un haut niveau de grâce, elle impressionnait alliés et ennemis, se jetant sans peur en grandes bastailles, à la teste des chevauchées. Enchaînant victoire sur victoire, Tomoe et Yoshikana reprirent le contrôle d'une ville appelée Kyoto. N'esgourdant point les conseils de Tomoe, Yoshikana agit en homme et tenta de prendre le pouvoir sur le clan Minamoto, dont il faisait partie, enlevant pour ce faire l'ancien empereur Go-Shirakawa. Le chef du clan, son propre cousin Yoritomo, envoya alors ses troupes contre tel traître de famille. Obligés de fuir Kyoto sous l'invasion multiple d'une innombrable armée, ils affrontèrent à plusieurs reprises les troupes de Yoritomo, mais la confrontation en lieu-dit Awazu signa leur fin.

Malgré leur grande résistance et leur acharnement, les soldats tiers étaient trop nombreux. Yoshikana, sentant sa mort proche, demanda à Tomoe de fuir, avant que de se faire seppuku : ce qui consiste à s'ouvrir le ventre à grands coups de sabre pour éviter tout déshonneur. Respectant la tradition, Tomoe le décapita juste ensuite et traversa le champ de bastaille ennemi, démembrant encore ci et là et farouchement, la teste de son amant dans la main gauche et son katana dans l'autre.

C'est la dernière fois que ceux qui racontent l'Histoire l'ont vue, galopant et réussissant à passer outre les lignes adverses. D'aucuns disent qu'elle se jeta dans la mer depuis une haute falaise, d'autres qu'elle se réfugia en temple bouddhiste et y vécut le reste de sienne existence, tandis que certains prétendent qu'elle chevauche encore et se bat toujours avec la même vigueur.

Veleda

Point de date de vie et de mort pour icelle, mais la grande prophétesse germaine Veleda illumina de magie le premier siècle après Jésus-en-Christ.

Son nom gaulois signifie « voyante ». Fille de Senegax et issue de la lignée des Bructères, elle vécut en une immense tour dominant tous les ciels sur les rives de la Lippe. Elle eut moultes influences sur toutes les populations germanique, celte et gauloise, qui la tenaient en grand respect et la considéraient comme une déesse vivante. En comprenette constante avec les dieux Sucellos, Père de la mort et de la résurrection, et Nantosuelte, Mère du feu, de la nature et de la terre, Veleda réglait les conflits entre tribus rivales par leur intercession. Elle joua un rôle essentiel dans la grande révolte batave, au point que les Romains, tentant d'écraser les rebelles et réussissant par fourberies d'hommes, se montrèrent cléments envers ceux qu'elle protégeait et n'osèrent point toucher à la merveilleuse, qui ne fut pas plus inquiétée.

De partout venaient la voir princes, empereurs, roys, chefs de toutes obédiences, mais elle n'accordait d'entrevue qu'à ceux qu'elle jugeait dignes de recevoir son conseil et sa grâce.

Elle faisait par ailleurs régulièrement démonstration de sa magie aux idiotiques qui tentaient de la diffamer en affirmant qu'en rien n'était sorcelante. Mille témoignages attestent de sienne maîtrise de tous les arts de la foudre et du feu.

Acceptant de se laisser capturer par la troupe d'un général romain pour éviter le massacre d'une famille chère à son cœur exilée en Englishlande, elle fut emmenée à Rome, où elle vécut quelques années avant de s'échapper. Elle retourna alors dans sa tour, et y continua son règne de puissance. Rien ne nous permet d'affirmer qu'elle n'y est point encore.

Zénobie

Septimia Bathzabbai Zénobie, mieux connue sous le nom de Zénobie de Palmyre, vécut au troisième siècle après Jésus-en-Christ. Elle était l'espouse du prince Odéssat de Palmyre. Après qu'icelui fut lâchement assassiné avec un de ses children en 267, Zénobie fit immédiatement transférer à son fils non encore clamsé Wahballat les titres de son père, dont celui de roy des roys, et prit ainsi le surnom de Reine Mère.

Elle fit ensuite de Palmyre le foyer culturel le plus biau et brillant du Moyen-Orient, attirant artistes et philosophes, qui la comparaient à juste raison à Cléopâtre et par l'intelligence et par le charisme.

Constatant par ailleurs l'incapacité du mol et pédophile empereur Claude à défendre le royaume de Syrie, elle décida de prendre elle-même les choses en main et de remettre l'armée en bion ordre. Envoyant sa soldatesque contre les Perses qui la harcelaient, elle conquit toutes les provinces syriennes, mais aussi celles d'Égypte, d'Arabie et de Phénicie, étendant son autorité jusqu'en Asie Mineure en la contrée de Bithynie.

Le chaos régnant à Rome après la mort de Claude, elle proclama son beloved little boy Wahballat empereur et prit le titre d'Augusta, mère de l'empereur.

Aurélien, nouvellement monté en trône dans la ville italienne, refusa cet état de fait et décida de la combattre, après d'âpres négociations avec elle.

Les bastailles furent nombreuses et de grande ampleur, transformant ce qu'Aurélien pensait devoir être courte guerre en longue épopée. Pour autant, il finit par vaincre Zénobie et entrer dans Palmyre. Devant la biauté des palais, il ne fit point détruire la cité, et devant la grandeur de Zénobie, il décida de ne point l'occire et d'épargner tout autant la vie de son little kid. Condamnée à l'exil et amenée à Rome, elle fut obligée de participer à la cérémonie de triomphe d'Aurélien, avant d'être ensuite envoyée à Tibur.

Elle parvint à s'en échapper avec Wahballat quelques années plus tard, quittant l'Histoire officielle pour entrer dans une autre.

Voici les plus bielles branches de mienne famille. Inutile d'y rechercher les frères et les soeurs sans intérêt, les children clamsés : ils ont été ignorés volontairement.

YO

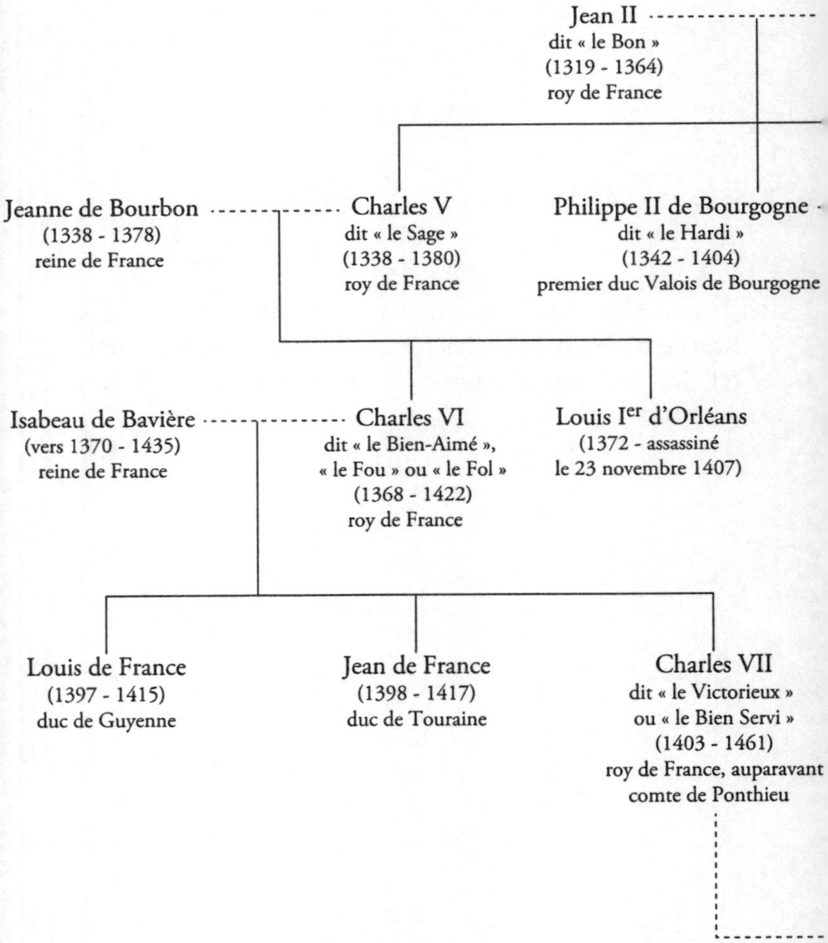

La dynastie des Valois

Bonne de Luxembourg
(1315 - 1349)

Marguerite III de Flandres
(1350 - 1405)

Marie de France
(1344 - 1404)

Robert Ier de Bar
(1344 - 1411)

Jean Ier de Bourgogne
dit « Jean sans Peur »
(1371 - assassiné
le 10 septembre 1419)

Yolande (ou Violant) de Bar
(vers 1365 - 3 juillet 1431)

Jean Ier d'Aragon
dit « l'Amateur
de la gentilhommerie »
(1350 - 1396)

Yolande d'Aragon
(1381-1442)

Louis II d'Anjou
(1377-1417)

Louis III d'Anjou
(1403 - 1434)

Marie d'Anjou
(1404 - 1463)
reine de France

Cet ouvrage a été mis en pages
par Nord Compo à Villeneuve-d'Ascq
Impression : CPI Firmin-Didot
Dépôt légal : août 2022 – N° 2548 (170021)
Imprimé en France